① 倪匡珍藏限量紀念版

衛斯理傳奇之

天涯

（含：鑽石花・奇玉）

倪匡 著

無窮的宇宙，
無盡的時空，
無限的可能，
與無常的人生之間的永恆矛盾，
從倪匡這顆腦袋中編織出來。

——金庸

總序

「衛斯理故事」已經寫了十多年，出版社要將過去出版過的重新整理出版，自然不免增訂刪改一番——所做的功夫不多，因為一直認為當時是怎樣寫下來的，是好是壞，盡量保持原狀，比較好一些。要改，或有更好更新的寫法，可以放在新的故事中去發揮。

但，還是做了不少校訂的功夫。

由於這個系列採精裝合訂本的裝幀方式，每本篇幅大增，均納入兩個或兩個以上的原著故事；所以，編冊的次序，和舊的大有不同，但儘可能照原來寫作時的次序來編號。例如第一本是《天涯》，納入「鑽石花」和「奇玉」兩個故事，第二本是《邂逅》，納入「地底奇人」和「衛斯理與白素」上下篇故事……但也無法依足，有的是因為原發表日子記不得了，有的因為遷就年數。反正每個故事都是獨立的，這個問題不大。

還有，一些書名，也都依原發表時的原名，曾被改過的，又改了回來，這情形不多，會在各書的分序中加以解釋。

以上是對一些新編冊的一些說明，可以算是總序。新冊，總要有點與舊的不同的新氣象才好，至於封面設計等等，自然皆重新做了安排，並以期使這套書大有萬象更新之氣勢，那更人人可以一眼就看得出來的。

倪匡

目錄

鑽石花

目錄

鑽石花

序言

「鑽石花」這篇故事，是衛斯理為主角故事中的第一篇，寫作時，還完全未涉及「科學幻想」這個題材。在第一次出版的時候，曾再三考慮要不要列入，結果還是列入了。因為這是衛斯理這個人物的「首本戲」，對這個人物的來龍去脈，有相當詳細的交待。不久之前，一位讀友就問：「衛斯理的中國武術，主要是哪裡學來的？」就有點自己也記不清楚，還是他有肯定的答案：是杭州瘋丐金二的徒弟。

這種「典故」，就是全出在「鑽石花」這個故事中。

本來，一直很喜歡在「連作小說」的形式中，利用出現過的各類人物，雖然故事不同，但熟悉的人物，經常出現，可收事半功倍之效。「鑽石花」中的人物，除衛斯理之外，其餘的，都再也未曾出現過，像石菊，應該十分可愛，可以再現，黎明玫是死了，無話可說。

其所以未再用到「鑽石花」中其他人物的原因，只怕是為了它不是科幻題材故事的緣故——總之，寫作人有很多情形，都不是有意安排的，至於無意間何以會出現這種情形，實在無從追究。

由於這是最早期的作品，所以在重校之際，改動之處也相當多。多年寫作生涯，文字總比以前要洗練得多了。

倪匡

第一部：彈向大海的鑽石

這是一個隆冬的天氣，在亞熱帶，雖然不會冷到滴水成冰，但是在海面上，西北風吹了上來，卻也不怎麼好受，所以，在一艘遠程渡輪的甲板上，顯得十分冷清。那天晚上，又是一點月光也沒有，黑沉沉的天上，只有幾顆亮晶晶的星星。我因為生性喜靜，這大晚上，我又穿著一件厚厚的大衣，可以不畏凜烈的西北風，我在甲板上踽踽地踱著，倒感到這樣的境界另有一番意味。

正當我以為是獨自一個人在甲板上的時候，忽然聽得「嗤」地一聲，我立即循聲望去，只覺在欄杆上，另有一個人倚著，望著海面，那「嗤」的一聲，正是從他那裏所發出來的。

我心中感到十分奇怪，因為剛才那一聲，曾經學過中國武術的人，都可以聽得出，那是以極強的指力，彈出一件東西的聲音，也就是如今一般武俠小說中所說的「暗器嘶空」之聲。

因此我停住了腳步，點著一支煙，在點火的時候，我偷偷地抬起頭來仔細打量那個人。只見他左手拿著一隻布袋，右手伸入布袋之中，拈出一粒小東西來，向空中一揚，「嗤」地一聲，那粒東西，便跌入了海中，濺起的水花並不高。

在那粒東西劃空而過的時候，我看到那粒東西，發出一絲亮晶晶的閃光。

那一定是無聊的人，在將玻璃珠拋向海中，以消遣時間，我想。

與其一個人在甲板上閒踱，何不走過去和他搭訕幾句？我又想。因為每一個人，如果你能夠設法打開他心扉的話，你就一定可以聽得到一個極其動人的故事，不論那人是行動之間太過矯揉的貴族還是過著原始生活的土人。這是我的經驗，所以，我輕輕地來到了他的身邊。

那人像是全然未曾發覺我在向他走近，仍然是望著黑漆漆的海面，機械地將那袋中的東西，一粒一粒地拋人海中。直到我來到了他身邊，只有四五尺遠近處，他才猛地回過頭來。

我和他打了一個照面，天色雖然黑暗，但是就著遠處射過來的燈光，我可以很清楚地看得清他的臉面，他是一個三十不到的年輕人，雖然有著一種憂傷得過分的神氣，但是卻仍然可以看出他是一個剛毅的人，大約因為他所受的打擊實在太大了，所以臉上才出現這樣的神氣來。

他冷冷地望了我一眼，眼色是如此之冷峻，然後，簡單地道：「走開。」我並沒有聽從他命令式的說話，只是停住了腳步，不再前進。

「走開！」他二次冷冷地叱著。我向他作了一個不明所以的神情，他忽然冷笑了幾聲，轉過身去，又重覆那機械的動作。

我在他身旁站了好一會，他一直將那些小粒東西拋人海中，我也不斷注視著他。在附近的一個船艙的窗中突然亮起了燈光，而燈光映了出來之際，我已經陡地看清，他拈在手中的，竟是一粒足有十五克拉大小的鑽石！

在那一瞬間，我完全呆住了！我絕對不是一個守財奴，但對於印度土王式的豪奢，卻也不表苟同。因為錢，畢竟是有著許多用處的！

而那個穿著一套墨綠色西裝的年輕人，竟將那麼大顆的鑽石—世上最值錢的礦物—順手拋入海中！而在我發現他以前，他不知已經拋出多少粒！

霎時之間，我腦中不知閃過了多少念頭，最後，我猜想他是一個走私集團的人物，他將鑽石拋入海中，多半是一種最新的走私方法。

我雖然轉了不少念頭，但是卻只費了極少的時間，我立即踏前一步，喝道：「住手！」

我那陡然的一喝，顯然收到了預期的效果，那年輕人突然間呆了一呆，回過頭來，而就在這一剎那間，我右手中指向外「拍」地一彈，那支已吸了一半的香煙，向他的面門彈了出去，同時，左手翻處，已然抓向他手中的布袋。

那年輕人一偏頭，將我彈出的香煙避開，可是煙頭上著火的地方，因為一彈之力，迸散開來，卻也燙了他的臉，使他怔了一怔。

就在那一怔之際，我已然捉住了他的手腕，一沉一抖間，手臂一縮，已然將他手中的布袋搶了過來！我一得手就退後，那年輕人的眼中突然射出了兩道精芒，向我狠狠地撲了過來！

我早已看出那年輕人也是曾經練過中國武術的，因此早已有了準備，一見他撲了過來，身於便向後退了開去。可是，就在我一退，他向前一撲的時候，他的身子撲到了一半，突然以一足支地，轉了一個半圓，這一來，他便變得向我的側邊攻過來，我的躲避，變得完全失去了作用！

而亦是在那一瞬間，我也已然看出了那年輕人的師承！

當時，我心中既怒且驚，再想要應變時，左手的肘處，突然一麻，瞬霎之間，那一隻軟布袋，又被他奪了回去，而他一奪回了軟布袋之後，身形晃動，也向後疾退了開去。我豈肯甘心於這樣的失敗？連忙伸手人袋，已然取出一柄手槍來，槍口指向他，冷笑一聲，道：「不要動。」那年輕人立即身形僵住了不動，他本來是一個後退之勢，僵住了不動之後，氣勢矯健，簡直像是一頭蓄滿了勢子的美洲豹！

我看到我的把戲，已然將他制住，心中不禁高興。因為我的手槍，說來好笑，那只是我漫遊澎湖群島時，島上一個老漁民送我的禮物，是海柳木雕成的，形狀和真的左輪一模一樣。

當時，我的心內，對這樣一個有為的年輕人，在中國武術上，已然有了如此造詣的人，竟會參加走私集團，實是十分氣憤，冷然道：「想不到北太極門下的弟子，竟會幹出這樣的事來！」

那年輕人的面上，突然現出了奇怪的神情，像是在奇怪我能猜到他的來歷。

我心中也感到有點得意，因為我一上來，就道破了他的師承，使他不能不有所顧忌！我和北太極門，雖然沒有什麼淵源，但是他剛才向我撲來，又突然中途轉身的這一式，卻正是北太極門的秘傳身法，「陰極陽生」之式，而我又知道北太極門對門下的弟子，約束得極嚴，像那年輕人那樣，實是有取死之道的！

可是，在那一剎間，我的心情，只不過略鬆了一鬆，那年輕人，就向我倏地撲了過來！這一下，倒是大大地出乎我意料之外，正想閃避開去時，忽然眼前一股勁風，那隻看來盛滿鑽石的布袋，先向我迎面飛到，我的身後，便是欄杆，欄杆之後，便是大海。

如果我向外避了開去的話，那一袋鑽石，非跌到海中去不可！

在那樣的情形之下，我只得先伸手，去抓那袋鑽石，剛一抓到，右腕一陣劇痛，「啪」地一聲，那柄手槍已然落到了甲板上，只聽得一陣「格格」之聲，我連忙退開，定睛看時，只見那柄假槍，被他一踏一踩，已然碎成了片片！

海柳木的木質十分堅硬，可是那年輕人卻輕而易舉地將之踏成碎片，我心中不禁吃了一驚。那年輕人一見是假槍，也冷笑一聲，抬起頭，向我望了過來。我們相隔七八尺遠近，互望了半晌，才聽得他冷冷地問道：「你是誰？」

我自然不肯道出姓名，因為我認定他的背後，一定有一個龐大的集團在支持著，而這樣一個集團，以一個人的力量去對付他們，無論如何無法討好。

因此，我只是道：「你想知道了我的姓名，就好和你的黨徒對付我麼？」

當時，我絕未想到，那一句話，竟會引起他那麼大的震動！

只見他面色一變，陡地道：「我的黨徒？你究竟知道了什麼？」

話未講完，只見他身形一矮，雙掌翻飛，已然向我一連攻出了兩掌——北太極門的掌法招式，變化本就極其精奇，而且，每一招的變化，隨心意變化，頗具鬼神莫測之機。

那年輕人一連向我攻了幾掌，掌風極其勁疾，我在接住那一袋鑽石之際，身子曾向後退了一步，此際難以還手，只得一退再退，背心已然挨在欄杆之上，可是那年輕人的攻勢，卻越來越是淩厲，身形欺人，「砰」地一聲，我肩頭上已然中了一掌。

那一掌，正擊在我的肩頭，力道實是大得出奇，我向後一仰，半個身子已然出了欄杆！我心知一定要跌入大海之中了，對於那年輕人如此對付我，我心中當然氣憤之極，就在我身子將要跌入海中之際，雙腿交替踢出，足尖連鉤，這乃是一式「鐵腿鴛鴦鉤」，將那年輕人的身子鉤住，電光石火間，兩人一齊跌進了大海之中。

在一艘行駛中的船跌入海中的經驗，我至少已經有過十次以上。當我們兩人，糾纏在一起，向海中跌下去的時候，實在是十分危險的，因為那和從船上躍下去完全不同。跌下去，如果離得船身太近的話，一被捲人船底，絕無倖理。

因此，我一覺出自己的身子已然離開了船身，雙腿一鬆，就著下跌之勢，猛地向前一竄，斜斜地向前，掠了出去。

而當我掠出之際，我可以覺出，那年輕人使了一式「旱地拔蔥」，反向上躍起了四五尺來。可是，他仍未能回船上。

在那時候，我突然對那年輕人，生出了一絲憐惜之念！因為像他那樣，直上直下，跌入海中，能夠生還的機會，實是微小之極！

中國武術，在近三百年來，每下愈況，而甘鳳池、呂四娘等八人之後，傑出的高手，已然不多見，晚清和民國初年之際，大刀王五、霍元甲、馬永貞等人，固然名噪一時，但比諸甘鳳池等人，卻差了不知多少。

當然，三千年來的武術傳統，並不是就此斷絕了，而是身懷絕技的人物，大都不露真相，以致漸漸湮沒了。再加上武俠小說的誇大，有些人竟認為中國的武術，全是小說家言！

那年輕人在武學上的造詣，已然到了頗高的程度，雖然他「行為不檢」，但如果就此死去，倒也不免可惜。

因此，就在我將要跌入海中之際，縱聲叫道：「快離開船身，越遠越好！」

我一講完，身子便沒入了海水之中，一入水，也顧不得海水的寒冷，便向海底下，疾沈了下去，那年輕人有沒有聽從我的警告，我已然不得而知了。我伏在海水的深處，直到輪船經過時的暗流，傳到了海底，我才浮了上來。

那艘輪船，已然離得我們遠遠，我知道呼救是沒有多大用處的，在水中，我將那袋鑽石，塞入大衣袋中，又脫去了大衣，以便手足靈活些，在海面飄流著，等待著大明之際，或許有水警輪或是漁船經過，那我就可以上岸了。這一夜的滋味，實在不怎麼好受，但尚幸未到天明，我已然飄到了一個小島。

那小島實在是小得可憐，我上了岸，忽然看到一縷煙，在兩塊大石之間冒起，我連忙跑了過去，只見一個人，傍著一堆火，倚著大石，正在烤乾他身上的衣服，我一到，他便轉過了頭來。

我們兩人互望了一眼，不禁都「哈哈」一笑，那燃著了火，在烤乾衣服的，正是剛才我在輪船上所遇到的那個敵人！

我老實不客氣地在火堆旁邊，坐了下來，他也不和我說話，我只見他小心翼翼地，在火上烘乾一張白色的紙片，神情之間，顯得極其嚴肅，但仍然流露著我初見他時的那種悲傷。

那張紙片是什麼呢？他一再將鑽石拋入海中，為什麼對那樣的一張紙片，卻如此小心呢？

我一面自己問自己，一面用心打量他，只見他眉字之間，英氣勃勃，身於約有一九零公分上下，無論從哪一方面來看，他都是一個極其有為的年輕人。那時，我已然開始感到，自己對他的估計，或者是錯了！但是，他為什麼要將鑽石拋入海中呢？這一個謎，我一定要解開它！

只見他靜默了好一會，將那張白紙翻了過來。這時我才看清，那原來是一張照片，有如明信片大小的相片。他緩緩地抬起頭來，將那張相片，送到了我的面前。

我低下頭去看時，只見那相片上，是一個西方少女。背景是一片麥田，麥浪襯著少女的髮浪，顯得那麼和諧，那麼悅目。

而那少女的眼神，一看便知道是極其多情的那種，和此際那年輕人的眼神，差不了多少。

「你的愛人？」我看了一會兒，抬起頭來問，對方點了點頭。

「她死了？」我又問，當然是根據他此際憂傷的神情。但是他卻搖了搖頭。

我感到自己太冒昧了，向火堆靠近了些，不再言語。那年輕人忽然道：「你為什麼要提醒我？」我只是淡淡地一笑，道：「你一定要知道麼？」那年輕人道：「是。」

「那末，」我說，「就像我一定要設法，將你送到北太極門掌門人那裏去，不令你再沈淪下去一樣的道理！」

那年輕人突然揚起頭來，「哈哈」一笑，神情之間，像是十分倨傲。他雖然沒有開口說話，但是我已然看得出他的意思，是說我沒有能力，將他擒住，交由北太極門的掌門人發落！

「你笑什麼？」我明知故問。

「我笑？我笑你的口氣好大！」他直言不諱，我喜歡這樣的人，我從大衣口袋中，取出那一袋鑽石來，擱在離火堆兩丈開外的一塊石頭上，道：「那我們不妨試一試，看誰能搶到那袋鑽石。」

他連眼角都不向那袋鑽石轉動一下，只是冷冷地道：「好，不妨試一試。」

我給他傲慢的態度，也撩得有一點惱怒。而且，久聞得人家說，北太極門，在太極拳劍的功夫上，另有新的發展，不是掌門人嫡傳的弟子，並不外傳，眼前這個人，年紀雖輕，武功造詣，已至如此地步，當然一定是北太極門的嫡傳弟子。

如果他是的話，看他此際的態度，毫不驚惶，難道北太極門的掌門人，也已然同流合污？真是如此的話，將來不免有衝突之日，何不在今日，先試一試北太極門的真實本領？我想了想，便道：「你聽好了，我數到三，大家一齊發動！」他只是冷冷地點了點頭，仍是一派不在乎的神氣，背對著那袋鑽石。

我吸了一口氣，數道：「一——二——三！」我自己數數字，當然要沾一點便宜，一個

「三」字才出口，一個箭步，我已然向那袋鑽石掠去，而就在此際，只見他一個倒栽筋斗，淩空翻起，一陣輕風，竟然趕在我前面！我趁著他在我身旁掠過之際，突然一伸手，向他後肩抓了出去！

那一抓，乃是擒拿法中的背部麻筋抓法，以食、中二指，插向他的「肩井穴」，同時，大拇指從他的肩腫骨狹端之下骨縫之中插入。只要一被我拿中，略一發動，他便酸麻不堪，不但不能動彈，我大拇指所插之地，乃是「風尾穴」，力道重了，他可能受重傷！我當然無意令得他受重傷，所以出手，只是以快為主，用的力量，並不是十分的大。

那一式「背筋拿法」，才一使出，我食、中兩指，已然觸及他的背部，眼看就可以將他拿中之際，只見他身形陡地一凝，身子半轉，將我這一拿，避了開去，緊接著，便是一式「攬雀尾」，四式變化，推、躲、擠、按，一齊發出。

這四式變化，式式均是對付我向他按的右手而發，來得快疾無比，我心中一驚，暗暗叫了一聲「好」，非但不避，反而向前跨出一步，擠近身去，右臂向外一揮，左手已然發出一招。

那一招，仍然是擒拿法中的招數，配合身形踏前，左掌由外向裏向下抄拿，右掌由外向裏向左帶拿，配合而成送拿之勢，雙手形成了兩個徑只尺許的圓形！這一招「逆拿法」才一使出，他立即向後，被我逼出了一步。而在他後退之前的那一瞬間，我們兩人的手腕，相交了一下，我的身子，也不由得退出了一步。本來，我們兩人，已然全來到了那袋鑽石面前，各自跨開了一步，那袋鑽石，仍然是在我們兩人的當中。

我們兩人的目光，卻是誰也不去望那袋鑽石，卻相互緊緊地盯著對方。

此際，我也已然覺察，如果我當真要將對方擒下，交給北太極門的掌門人的話，絕對不是容易的事，而他當然也知道，要將我擊倒，也得化出極大的代價！

我們兩人對峙著，誰也不想先發動，足足有十分鐘，他的神態，突然鬆馳了下來，拍了拍手，道：「算了，還爭什麼？」

我也一笑，道：「那就算了——」怎知我下面一個「罷」字，尚未講出，他突然趁我神情略一鬆弛之際，一俯身，手伸處，已然將那袋鑽石，抓到了手中，身形向後，疾掠而出，一揚手道：「這是什麼？」

剎那之間，我心中實是怒到了極點，因為剛才，他的那一句話，竟不是出於真心，而是欺詐！

我雙眼中，已然射出了怒火，他卻一笑，道：「朋友，兵不厭詐，難道你因此便以為我是卑鄙小人麼？」

我將剛才的情形，平心靜氣地想了一想，也覺得自己著實是太大意了些，那年輕人實在是給了我一個對待敵人的極大教訓！

我氣平了下來，向他走過去，並伸出了手，他也正要伸手過來的時候，突然，「砰」地一聲槍響，劃破了這荒島的寂靜！

我們兩人，陡地吃了一驚，只見從一大堆亂石上，一條極苗條的人影，連翻帶滾，翻了過來。

緊接著，又是「砰砰」兩下槍響，子彈在空中呼嘯而過！

我們都可以看得出，那連接而發的三下槍聲，全是向那個由亂石崗上滾下來的女子而發的。而如果不是那女子身手矯捷的話，她一定已然飲彈身亡！

我們兩人，互望一眼，立時身子也伏了下來。那年輕人向我望了一眼，低聲道：「你真有槍麼？」我苦笑了一下。

我們一齊貼著地面，迅速地移動著，隱身在一塊大石頭的後面。抬頭去看那個女子時，似乎她並沒有發現我們兩個人的存在，緊緊地靠在一塊大石後面。前後沒有多久，石崗子上就出現了兩個人，那兩個人，手上全都握著手槍，四面張望了一眼，分明是尋找那女子的蹤跡，忽然，他們看到了我們所燃起的那個火堆。

那兩個人，全都戴著鴨舌帽，將帽沿壓得低低的，也看不清他們的臉面，只見他們一步一步地，走下亂石崗於來，一看他們的情形，便知道他們是將那火堆當作了目標。

而在他們將要走下亂石崗的時候，其中一人，又舉起槍來，「砰砰砰」地亂放了三槍。

本來，我的心情，也是十分緊張，因為無論如何，火器的力量，總不是人所能抵擋的，可是，那人亂放了三槍之後，我卻像是吃了一顆定心丸。因為，從他亂放槍的情形來看，那正是他心中害怕的表示。

同時，我也看到，那隱藏在大石之後的女子，身子略略挪動了尺許。我已然可以看清了她的側面，她身上所穿的，是一件很普通的織錦花棉襖，是黑底織出許多形態不同的白菊花的那種，一條黑色的西裝褲，燙著短頭髮，頸上圍著一條銀白色的絲巾，全身就是黑、白兩種顏色——因為她的臉色，也是那樣的白，異樣的蒼白。

我雖然只看到她的側面，但是卻看到，她有一張非常秀氣的臉龐。她的打扮，似乎是普通都市少女，但是她的神情，卻有一種說不出來的氣魄風韻。

我向身旁的年輕人，望了一眼，本來是想徵詢一下他對那個少女的看法。可是，在我一回頭間，卻看到那年輕人的面色，是那樣地難看！他的雙眼定在那少女的身上。果然，他是因為看到了那少女，才會有那麼難看的面色的。

而他的面色，包括了恐怖、失望（甚至是絕望）和一種倔強的反抗！我從來也未曾見過一個人的臉上，會有著這樣複雜的神情！

我只在一瞥之間，已然可以肯定，那年輕人和少女之間，一定有著什麼不尋常的糾葛！但是我此際，卻沒有辦法去深究它。

因為那兩個人，已然下了亂石崗子，離開那少女，只有七八尺遠近。而看那少女的神態，分明是要向那兩人撲去！這是一個極其危險的舉動，正在這個時候，一個極奇怪的念頭，倏然像閃電般掠過我的腦際，那就是：我不能看那個少女去涉險，因此，我立即拾起了一塊石子，向外彈了出去，我用的乃是柔勁，石子並沒有破空之聲，但是落地之際，卻發出極是清脆的「拍」的一聲響！

那「拍」的一聲，在那兩人的左首響起，那兩人立時轉過身去。這本是我的意料之中的事，便立即轉過臉去，看那少女，看她是否知道，那是她襲擊敵人的一個極佳機會！只見那少女的臉上，掠過了一絲驚訝之色，但是她卻並沒有回頭望來，身形如燕，貼地向前，疾撲了出去，雙手一張，便已然拿住了那兩人的後頸！

那兩人怪叫一聲，「砰砰」兩下槍聲，向前直射了出去，當然傷不到那少女。

而那少女雙臂用力一抖間，只聽得「格格」兩聲，那兩人的頭，向旁一側，呻吟之聲不絕，手中的手槍，也跌到了地上，那少女已然用重手法，將他們兩人的頭頸骨扭得脫了臼。

我自然知道此際那兩人身受的痛苦，他們再也握不住手槍，也在我的意料之中，只見那少女立即踏前一步，纖足起處，將一柄手槍，踢出老遠，而幾乎是同時，一俯身，已然將另一柄手槍，拾了起來。

我見那少女一舉奏功，便從大石之後，走了出來，可是那少女卻在此際，轉過身來，我的老天，她手中的手槍，槍口正對著我！

我猛地怔了一下，不敢再向前跨出。雖然剛才，我幫助了她，而我也絕不是膽小的人，但是我卻不敢再向前跨出。

因為她的神情，那種冷若冰霜的神情，那種堅決的眼神，看得出她是一個想做什麼就做什麼的人，而向我開槍這樣的事，在她來說，一定是一件極小的事！她轉眼直視著我，冷冷地問道：「你是誰？」

「小姐，」我攤了攤手：「你不至於會向我開槍吧？」

「難說。」她的回答，竟是那樣的簡單，但是，她的眼光，終於從我的身上，向旁移了開去。我順著她的眼光，向後望去，只見她是向那個年輕人望去時，那年輕人，像是僵了一樣，身子一動也不曾動過，面上的神情，也像是石雕—但是我相信，即使是文藝復興時期的藝術巨匠，也必然難以捕捉這樣複雜的神情。我再回頭向那少女望去，只見她的全身，猛烈地震動了一下，面色變得更白，槍口也轉動了幾寸，由對準我，而變得對準了那個年輕人。這種情形，証實了我剛才的看法，但是，我卻依然不明瞭他們兩人之間，有著什麼樣的糾纏。好一會，那少女才以冷酷到幾乎不應該是她這樣的少女所應該有的聲音，道：「跟我回去！」那年輕人的身子，猛地震動了一下，雙手掩面，幾乎是痛苦地叫道：「不！」那少女緩緩地向前，踏出了一步，道：「那份地圖呢？」那年輕人迅速地解開衣服，我可以看到在他貼肉處藏著一個尼龍紙袋，那尼龍紙袋很厚，他解了下來，將那個紙袋，向那少女拋去，少女一伸手接了過來，仍然冷冷地道：「跟我回去吧！」那年輕人動了一下，仍然道：「不！」

少女的石雕似的面容，掠過一絲憂傷的神情，手槍一揚，道：「那你轉過背去，我就地執行掌門人的命令。」年輕人面色大變，張大了口，講不出話來。

這時候，連我也大吃一驚。前面已經說過，我在一見那年輕人將鑽石一顆一顆拋入海中的時候，便認為他是在幹著不法的勾當。而當我知道他竟是北太極門中的人之後，我心中更是氣憤。因為北太極門的聲名極好，他的行為，一定會受到極重的懲罰。如今看那少女的神情，和他一定是同門師兄妹，我感到意外的是，她會帶著處死那年輕人的命令！

那年輕人呆了一會，才道：「這……真是掌門人的命令麼？」

那少女在口袋中，摸出一塊半圓形、漆成血似的紅色鐵牌來，「叮」地一聲，拋在那年輕人的面前，冷冷地道：「你自己看吧！」

她的語氣，仍然是那樣冷酷，像是對方的生死，和她一點關係也沒有。可是，她拋出那面圓令的時候，臉上的那種苦痛的神情，卻絕對瞞不過我！

那年輕人低頭一看間，面如死灰，呆了一呆，才抬起頭來，顫聲道：「掌門人為什麼派……派你……來執行？」那少女略略地轉過頭去，不願被對方看到她眼中已然蘊滿了晶瑩的淚水，道：「是我自己要求的！」

那年輕人的身於又震了一震，面上突然現出了憤然之色，幾乎是叫嚷著道：「我知道，你是為了羅菲的緣故，師妹，你——」

他的話講到一半，那少女已經尖叫著，打斷了他的話頭，道：「你願不願意跟我回去？」那年輕人也突然住口，道：「不！」

那少女拇指輕輕一扳，「克」地一聲，撞針已然被她扳了下來。

她的身子在微微顫動，一點也沒有血色的手，也在發抖，而她的槍口，仍然對著那年輕人。這是極危險的事情，只要她的手指，稍微用一點力道，甚至只要她再抖得厲害一些子彈便可以呼嘯而出！那年輕人也一定死於非命！

我一看到這種情形，連忙踏前一步，道：「小姐，有事慢慢商量！」

那少女連望都不向我望一眼，一字一頓地道：「你再說一遍！」那年輕人昂頭望天，幾乎是毫不猶豫地道：「我不回去！永不！」

那少女面上那種痛苦的神情，又出現了一次，而槍口也向上略揚了半寸，我連忙身形掠起，想向她撲過去，先將她手中的槍奪下來再說。

就在我身形展動之際，只聽得她叱道：「你想死？」同時「砰」地一聲，槍已響了！剎時之間，我呆了一呆，簡直不知道發生了什麼事情，直到看到了那少女憤怒和惶恐交織的神情，我才感到自己的左肩，一陣熱辣辣地奇痛，下意識地伸手一摸，竟摸了一手鮮血！

那一槍，不曾打中了那年輕人，卻打中了我！我回頭向那年輕人看去，只見他極快的身形，向外掠了開去，在他原來停留的地方，將那一袋鑽石，放在地上，那少女立即對準了他的背後又放了一槍！

可是那少女的這一槍，並沒有射中目標，那年輕人連閃幾閃，又跑遠了十來丈，那少女再扣扳機，只發出「克」地一聲，子彈已然射完了。她連忙也展動身形，向前追了過去，兩人一前一後，迅速地隱沒在亂石崗子的後面，只聽得一陣機器響聲，傳了過來。

我的手緊緊地按住傷口，也跟了過去，只見那少女呆呆地站在海灘之上，海風吹動著她圍在頸上那條雪白的絲巾，一條小艇，艇尾激起陣陣水花，艇首昂起，正在向前疾馳而出，艇上的駕駛人，正是那個年輕人。

那少女呆了並沒有多久，便身子拔起，向另一艘漆成紅、黃兩色的遊艇躍去。

我不等她躍到那遊艇上，便大聲叫道：「小姐，慢一慢！」那少女在半空之中，猛地一扭身，落在海灘上，道：「先生，很對不起你，我還要去追人。」

「小姐，那位朋友，」我急急地道：「還留下了一袋鑽石，你總不能讓它留在荒島上的吧！」

那少女的面上，立時現出了一陣極其驚訝的神色，反問道：「一袋鑽石？那麼說，他已經找到了！」她講到這裏，突然住口不言，一雙秀目，直視著我，改口道：「你為什麼不要了它？」

「嘿，」我心中不免有點忿怒，道：「小姐，你看錯人了！」

她又望了我一眼，立即向亂石崗子的後面奔去，不一刻，便已然回了轉來，那袋鑽石顯然是在她西裝褲的袋中，她掠過了我的身邊，又向那遊艇奔去，將要躍起時，才忽然又回過頭來，道：「你的傷勢——」

「不要緊，」我苦笑了一下，「那兩個人，會死在荒島上的。」

「哼，」她冷笑了一聲，「那兩個人，你知道他們是誰的部下？」

我反問道：「誰？」那少女向那艘遊艇一指，道：「你難道不認識這艘遊艇？」我心中一動，向那艘遊艇望了一眼，只見艇首赫然漆著「死神號」三個字，我更加吃了一驚，不禁替那小姐擔心，道：「小姐，你竟敢與他作對？」

那少女鄙夷地笑了笑，並不回答。我看得出她是一個極其有自制力、高傲、冷靜的少女，但是我也看出，她心底深處，一定有著一樁極其痛苦的事情蘊藏著。

我當然更知道，這一男一女，那一袋鑽石，都和一件極其複雜的事情有關，我絕對無意介人這件事中，但是我總也不能就此負著槍傷，毫無希望地在這荒島上等待。因此我想了一想，道：「不論怎麼樣，你射傷了我，總得帶我離開這個荒島！」

她面上現出為難之色，但終於答應了下來。我們兩人一齊躍上了那艘遊艇，解開了纜繩。她熟練地開動了馬達，遊艇「拍拍」地響著，向前駛去，駛出的方向，正是那年輕人剛才駛去的方向，這時候，那小艇早已看不見了。

一直等到「死神號」完全離開了荒島，我和那少女才進了船艙中，我們兩人剛在船艙中坐定，忽然聽得「咯」地一聲響，一扇暗門，打了開來，一個人步履「咯咯」有聲，走了出來！

我和那少女兩人，都吃了一驚，因為剛才我們上那遊艇的時候，也曾經大略地檢查了一遍，看艇上是不是有人。而在遊艇上，竟然也會設有暗室，那倒確實是我們所料不到的。

我們兩人，立時站了起來，那人卻道：「請坐，兩位請坐！」我看到那少女神色一變，身形微矮，準備向那人撲過去，那人將手中的手杖，略略揚了一揚，笑道：「石小姐鎮定一點，你看看四周圍！」

第二部：和死神交鋒

我和那少女四面一望，心中更是吃驚！本來，掛著油畫的兩處地方，油畫已經自動地向旁移開，現出兩個尺許見方的洞。

每一個方洞的後面，都有一個滿面橫肉的大漢，端著槍瞄準著我們！遊艇的船艙能有多大？槍聲一響，我們實在是連躲避的機會也沒有！

我和那少女互望了一下，在這樣的情形下，我們有什麼法子不依言坐下來？

那人的臉上，一直保持著微笑，那種微笑，甚至是極其優雅的！

我趁機打量他，只見他穿著一套筆挺的、三件頭、領子很闊的西裝，戴著一副金絲邊眼鏡，手中握著一條黑沉沉的手杖，大約有五十上下年紀，完全是一個受過高等教育的中年紳士。

隨我們坐下之後，他也坐了下來。我發覺他在坐下來的時候，行動像是不十分靈活，接著，我更發現，他的左腿是假的！

這個發現，實在令我心驚肉跳·因為「死神號」的主人，正是左腿裝上木腿的，那是他在一場槍戰之中，僥倖漏網的結果。

而關於「死神」的傳說，我聽得太多了。如果形容一個無惡不作的匪徒，也可以用「傑出的」這一個形容詞的話，那麼，他便是一個本世紀最傑出的匪徒，最強大的匪徒，他所進行的犯罪活動，範圍之廣，簡直是不可想像的，從販賣女人到偽制各國的錢幣。他殘殺同道的手段，簡直是駭人聽聞的，以至人們稱他為「死神」！各國警局的資料室中，莫不將他的資料，列入頭等地位，但是，我卻無論如何想不到，這樣一個匪徒，竟然會如此文質彬彬！

他坐了下來之後，先向我看了一眼，昂起頭來，叫道：「蔡博士！」一個約有六十上下的老者，應聲而出，他手中提著很大的一隻藥箱。「死神」的臉上，仍然帶著那樣高雅的微笑，向蔡博士指了一指，道：「蔡博士是真正的醫學博士，有兩個博士的銜頭。」

蔡博士謙虛地彎了彎腰，神情也是十分文雅。「死神」又道：「這位朋友，受了槍傷，蔡博士，你得令他快些痊癒，不要像你在緬甸戰爭中那樣，為日本皇軍服務，將美軍高級軍官的輕傷變成重傷！」

蔡博士「哈哈」一笑，向我走了過來。他並沒有花多久的時間，便將我肩頭上的傷口包紮的妥妥當當，又為我注射了一針，才又退了開去。「死神」在椅上伸了伸身子，道：「好，我們該談一談買賣了，如果我沒有認錯的話，這位是衛先生？」

對於我並未曾自我介紹，而他便能知道我是什麼人這一點，我並不感到什麼意外。不必客氣，我也不是一個寂寂無名的人物。尤其是「死神」這樣的匪徒，更應該一看我左手無名指上的那枚紫水晶戒指，便可以認出我來。我肩上的槍傷，經過「蔡博士」的一番手術，疼痛已然減去了不少。應付像「死神」這樣的人，暴跳有什麼用？我也客氣地欠了欠身，道：「不敢，我叫衛斯理。」

我報出了姓名，我身邊的那少女，面上也現出了驚訝的神色。

顯然，她也聽到過我的名字，並且知道我的為人，但是她卻未曾想到，她一槍誤傷的，便是出名的愛管閒事的衛斯理！

「死神」笑道：「幸會！幸會！我是誰，兩位應該知道了？人家替我取的外號，實在不敢恭維！」他講到這裡，「嘖」地一聲，像是感到十分的遺憾，又道：「其實，我絕不嗜殺……」

他忽然又頓了一頓，叫道：「傑克！傑克！」

我和那少女都冷冷地望著他，只見從船艙門口，射進來了一道銀紅，來勢極快，片刻之間，已然到了「死神」的身旁。

「死神」笑吟吟地，將牠接住，那是一頭約有一公尺高下，全身雪也似白的長臂猿，雙眼充滿光亮地瞪視著我們兩個人。

「死神」又欠了欠身子，道：「兩位請原諒，我在談到大買賣的時候，習慣上，喜歡傑克也在場的。嗯，剛才，我說到甚麼地方？」

「剛才你說到實際上並不嗜殺！」我帶點譏諷提醒他。

「是！是！我並不嗜殺。」他的樣子，像是所講的話，絕對出於真心一樣：「人們叫我『死神』，那是因為他們太不肯放棄金錢的緣故。我只要錢，如果有人寧肯為錢犧牲性命的話，我是應當成全他們的，是不？」

我心中實是充滿了怒火，我竭力地克制著自己，不衝向前去，在他那白得過了份的臉頰上摑兩掌！我只是冷冷地道：「這是我所聽到過的狡辯之中，最無恥的一種。」

「死神」的臉上一點怒色也沒有，反倒作了一個極其欣賞的神情，道：「多謝你的稱贊。衛先生，我要和石小姐談一件買賣，我想你是沒有份的，請你離開『死神號』如何？」

我不明白「死神」和這位少女之間，有著什麼樣的糾葛。

但是無論如何，我絕不能聽憑那少女一人，面對著這樣一個凶惡的匪徒。

「不！」我挺了挺胸，語意十分堅決：「我既然在了，事情就與我有關！」

「衛先生，」那少女卻轉過頭來，冷冷地向著我說：「你還是快走吧！」

「死神」得意地笑了起來，道：「衛先生，你想護花，怎知石小姐卻不領情，本人久仰閣下大名，很想和你做個朋友，不想和你做敵人，閣下請吧！」我不等他說完，便「霍」地站了起來，一抖手間，兩枚鐵蓮子，已然向兩旁守著的大漢，激射而出！

那兩個大漢，雖然只有頭部露在那個方洞上，然而我可以知道，這兩枚鐵蓮子，一定能夠令得他們，再也沒有放槍的能力。

因此，我並不去察看那兩枚鐵蓮子發出的效果如何，就著兩枚鐵蓮子激射而出之勢，向「死神」疾撲了出去！我左肩雖然受傷，但右臂的力道仍在，在撲向前去之際，我身形一矮，想抓中「死神」的假腿，將他掀翻在地，再打主意。

可是，就在我剛一撲出之際，突然聽得「吱」地一聲，眼前銀光掣動，那頭叫做「傑克」的長臂猿，已然向我迎面撲了過來，長臂晃動，向我的雙眼，疾抓了過來！這一下變化，確是大大地出乎意料之外，我那一撲之勢，不得不收住，連忙向後退出，只聽得「死神」叱道：「傑克，住手！」

那頭長臂猿極其聽話，立即後退了開去，我定了定神，還想有所動作時，又聽得「死神」哈哈大一笑道：「衛先生，發的好暗器！」

我向他定睛一看，不由得倒抽一口冷氣，只見他手中所握的手杖，已然橫了過來，杖尖正對準著我，那手杖，竟是一柄特製的槍！杖尖對準我，也等於是槍口對準著我！

「死神」的槍法之好，是全世界聞名的，他要射你的左眼，只要你是在射程之內，便絕不會射中右眼的。我僵立在當地，進退兩難。

「死神」仍然是微笑著道：「請坐！請坐！我最喜歡和勇敢的人打交道。但是，我卻不喜歡和拿生命作賭注的人打交道！」

在槍口的脅迫下，我只得退後兩步，又坐了下來。「死神」向洞口兩個血流披面，已然昏了過去的大漢，望了一眼，道：「真對不起，我早應該想到，對付衛先生這樣有名的人物，派兩個飯桶，有什麼用？衛先生看看我的這一個小設計！」

他打著「哈哈」，但手在他所坐的沙發柄上的一枚按鈕上，按了一按。只聽得頭頂傳來一陣「軋軋」之聲，我抬頭看去，只見原來掛在艙頂的一盞吊燈，燈罩是一朵蓮花的形式，這時候，蓮瓣垂了下來，露出一排槍口，那根本不是燈！

「死神」悠然道：「這是無線電控制的，我把按鈕再按動一下，七槍齊發，衛先生，我本是電工學博士，你不想試一試我的設計，是否可行的，不是麼？」

我只是憤然而默不作聲。那少女的臉色，也顯得特別難看。因為那七根槍口，作扇形排列，有一半是向著她的身子的。

「好了，」「死神」滔滔不絕：「衛先生既然有興趣，我也不便加以拒絕。」他轉向那位少女，道：「石小姐，三億美金，雖然可愛，但是你的生命，總不止值那一點小數目的吧？」

三億美金！我當真給這個數字，嚇了一大跳，難怪「死神」口口聲聲，說這是一件「大買賣」了！

那少女偏過頭去，道：「我不知道你在說些什麼。」「死神」「嘖」地一聲，眯著眼睛，對那少女熟視了好一會，同時挪動一下坐姿，然後慢條斯理地續道：「可愛的少女，可愛的謊言，石小姐，你知道的，地圖在什麼地方？」

「死神」在講到最後一句話的時候，眼中突然射出淩厲無匹的光芒，令人看了，心中不禁暗自生驚！我聽得他提起「地圖」，猛地想起剛才，在荒島上，那少女曾逼著那年輕人，拿出一份地圖來的。地圖、那一袋鑽石、三億美元，在我腦中，迅速地轉動起來。我感到我雖然要和「死神」作對，但我仍是絕不能退出這一場爭鬥，不義之財，固然不取，但是無主的財物，我倒一向主張取來做一些有用的用途的。

那少女面上的神情，顯得十分的冷漠，仍然道：「我不懂你說些什麼。」

「死神」大笑起來，像是聽到了一個極其有趣的笑話一樣：「自從你一在印度的白拉馬普屈拉河附近出現，裝出對攀登喜馬拉雅山十分有興趣的時候，我便派人注意你了。我們不妨攤牌了，我所知道的，遠比你想像的來得多！黃俊呢？他從意大利回來了麼？啊，石小姐！你吃驚了！」

我回頭向那少女望去，果然，她冷漠的面容中，現出了驚惶的神色。

「死神」又道：「現在，你願意談一談了麼？」

那少女的臉上，現出無可奈何的神色，道：「你總得給我考慮考慮！」

「死神」忙道：「當然！當然！」他身子向後靠了一靠，右手中指，離他那沙發柄上的按鈕，只有半寸。我雖然想再向他襲擊，但是我和他相隔，足有七尺，一個人移動七尺，速度再快，也及不上手指移動半寸的速度，所以我只好不動。

「死神號」一直在迅速的前進，已然到達茫茫大海之中。

從「死神號」前進的速度來看，我深信「死神號」雖然從外看來是遊艇，但實則上，卻一定有著最佳的炮艇的性能！

艙中靜了下來，那少女抬起頭來，望著對住我們的那一排扇形的槍口，在呆呆地出神。足尖敲打著地板，發出輕微的「拍拍」聲。我不知道她是不是當真在考慮向「死神」屈服，忽然，我猛地怔了一怔，那少女的足尖，敲打著地板的聲音，乍一聽來，像是一個在焦慮之間的不注意的動作。可是我聽了沒有多久，便已然認出，那是一種鼓語。世界上的鼓語有許多種，也有專門研究鼓語的學者，我在這一方面，也曾下過不少功夫，所以聽出那是中國西藏康巴族人的鼓語。

康巴族是藏族的一個旁支，族人最是英勇善戰，也擅於以皮鼓來傳遞消息，他們不但以鼓語召集戰士，也以鼓語來談情。康巴族因為住在深山之中，所以他們的鼓語，也是最冷門的一種，我傾耳細聽了一會，只聽得那少女不斷地在叫喚：「勇敢的朋友，效天空的大鷹，帶著獵物飛去吧！」

我深信那少女是在向我通這種鼓語，但是我卻弄不懂她是什麼意思。我拼命地思索著，也輕輕地以足尖敲打著地板，回答她：「美麗的姑娘，你的聲音我聽到，但是我卻不明白你的心意！」「死神」本來在悠閑的抽煙，此際，突然定睛望著我們。

我心中吃了一驚，但我仍然裝著不經意地點著腳，發出同樣的鼓語。

「衛先生，」「死神」突然叫了我一聲，「你到過非洲？」

「到過非洲的大部分地區。」我一聽得他提起非洲來，心中就寬了不少。他顯然不愧是一個機警已極的人，他已看出了我和那少女之間，是在暗暗地通著消息，而且我敢斷定他也深諸不少鼓語，但是我更知道，康巴人的鼓語，他絕對不懂！

「唔，非洲是一個很不錯的地方！」他一面和我敷衍著，一面深深地思索。我仍然留心著那少女足尖點地的聲音，聽得她道：「等我有所行動的時候，你就可以明白。」

「死神」的面上，現出了一個坦然的神色。當然，這是他以為我們兩個人，只不過是焦慮而點著腳尖的緣故。那少女忽然道：「我想好了。」

「死神」道：「我希望結果對我們的買賣有利。」

那少女微笑了一下（直到此際，我才發現她微笑起來，原來是那樣的甜蜜），道：「我可以幫你找到那份地圖，但是我要分一半。」

「嘖嘖，」「死神」搖著頭，道：「美麗的小姐，你實在不用那麼多的。」

「為什麼不要？我在那個山谷中住膩了，有這個機會，可以來到外面的世界，我當然需要錢！」

「那麼，由我送給石小姐一百萬美元，也足夠了！」「死神」滿臉關懷的神氣。

「太少。」那少女的回答很乾脆。

「好！」「死神」雙掌一擊，道：「咱們也乾脆些，小姐，要知道我雖然得到了地圖，但未必能到手的哩，你取二百萬吧！」

那少女冷笑一聲，道：「四分之一。」

「死神」攤了攤手，道：「小姐，四分之一，是會引起匪徒窺視的，不過你如果堅持的話，我可以答應你，地圖在什麼地方？」

那少女又是一笑，道：「在新加坡一家銀行的保管箱中。」「死神」立即道：「鑰匙呢？」少女道：「你別忘了，我也是四分之一的股東！」

「死神」大笑起來，道：「對！我們一起去取，石小姐，如果取到了那一大筆錢，我也打算退休了，你實在是為全世界做了一件好事，但是喜歡刺激性新聞的人，卻不免要埋怨你了！」

那少女跟著他笑了笑，道：「我離開的時候，曾經答應我母親，拍幾套相片，帶回去給她。如今，我不能回去了，這兩套相片，我想托衛先生帶去。」她轉過頭來向著我：「衛先生，想來你不會拒絕的吧！」

我心中正感到愕然之際，突然想起她的鼓語來，她曾說：「當我行動的時候，你就明白了。」如今，我的確已明白了。

因為我知道，她是要將那幅地圖交給我！她想到利用公開交授這一點，令得「死神」以為她沒有那麼大膽，而給她騙過去。但是這個辦法，對付「死神」這樣的人物，會有用麼？

當我想到，那幅地圖，分明是和三億美元這樣龐大財富有關的時候，我的心也不禁激烈地跳動起來。而我繼而一想，更是心中產生了一種莫名其妙的感情。因為我想到，那少女將地圖交給了我，她當然不能再應付「死神」，而她的生命……

但當時，我實在不可能全面詳細地去考慮問題，只能立即道：「當然可以！」那少女一笑，道：「我叫石菊，你一到中國和印度的邊境，雅魯藏布江的下源，向人提起我的名字來，便一定會有人帶你去見我的母親了，相片在這裏。」她取出了兩雙尼龍紙袋來。我認得出其中一隻，正是那年輕人給她的，而另一隻，卻不知是什麼。

我伸手接了過來，卻不收起來而向「死神」一揚，道：「石小姐，我覺得似乎應該讓死神先生，過目一下！」「死神」的眼中，正射出獵鷹也似的眼光，注視著那兩只尼龍袋。

石菊道：「當然！要不然，他還當是那幅地圖，就此交了給你哩！」

我對於石菊的鎮定和勇敢，心中不禁佩服到了極點。我絕不是未見過世面的人，但是那時候，我的手未免微微發抖！

「死神」立即道：「能夠欣賞一下石小姐的倩影，當然是莫大的榮幸！」

我早知道「死神」是一個極其精明的人，他的每一樁犯罪行為，幾乎都是十全十美，絲毫不露破綻的。他當然不肯輕易放過這兩個尼龍袋的！

一時之間，我倒沒有了主意，連忙再以康巴人的鼓語，向石菊一問：「給他嗎？」得到的回答很簡單：「給他！」

老實說，我真給這一個回答迷惑了，我想我所料的，石菊要將那幅地圖交由我手中，帶出「死神號」一事，絕對是不會錯的。

但是，為什麼她又肯將那兩個尼龍袋，交到「死神」的手中？難道說，那兩個尼龍袋中，所包的根本全不是地圖，那麼，石菊此舉，又有什麼意義呢？

我略想了一想，便將兩個尼龍紙袋，放在地板上，向前面推了過去，「死神」用那柄特製的手杖，將兩個尼龍袋，挑了起來，眼卻望著我們。

石菊的臉上，現出極度不在乎的神氣，兩眼也直視著「死神」，而我，雖然看不到自己，也可以知道自己臉上，是一片茫然不解的神色。

「死神」將兩雙尼龍袋掂了掂，取起了其中的一隻，剛要撕開來的時候，我的心已然「怦怦」地跳了起來，因為我認出，那尼龍袋正是從那年輕人——多半就是死神提過的那個黃俊那裏來的，石菊卻笑眯眯道：「不要拆那袋，那袋照得不好。」

「死神」的臉上，也帶著微笑，道：「石小姐，你叫我不要拆這一袋，一定以為我會不信你所說，仍然去拆這一袋的，但是我卻不，我聽你的話！」他放了那一袋，取起了另一袋來！

在那時候，我不禁佩服石菊罕見的聰明！

那時候，我也知道了石菊實質上是在進行一種極其危險的賭博，她先賭「死神」不會拆開那兩個尼龍袋來一看究竟的，她輸了。但是她還有本錢，她再賭「死神」只會拆開其中的一隻來看，因為那兩只尼龍袋，和袋中白紙包著方方整整、薄薄的一包，從外表來看，實在是沒有多大的分別。

第二場的賭博正在進行，「死神」因為太聰明了，所以已輸了一著，他因為石菊的一句話，而放下那幅地圖，取起了另一隻尼龍袋。

但是「死神」仍有大獲全勝的機會，只要他拆開了一個尼龍袋，再拆開另一個就行了！

而就算是石菊在第二場「賭博」上，取得了勝利的話，她仍然輸去了一項最大的賭注，那就是她的生命！因為她既然在「死神」的掌握之中，不交出地圖來的話，「死神」豈肯輕易地放過她？

我感到在那幅地圖，和近十多年來，突然不聞聲息的北太極門，一定有著極其重大的關係，而石菊也準備以身殉圖的了！

「死神」將尼龍袋拆了開來，又撕開了包在外面的白紙，裏面是一疊，約有二三十張，放大成明信片大小的相片，「死神」一張一張地看了一遍，突然打了一個「哈欠」，顯得他一點也不感興趣。

看完了之後，連包都不包好，便站了起來，連另一個尼龍袋，一齊交給了我。我心中暗叫一聲：石菊贏了！「死神」果然以為兩袋全是相片，他沒有這個耐心再看下去！

我接過了相片和那幅地圖，塞在衣袋中，只聽得石菊道：「我們現在往哪裡去？」

「死神」伸了一個懶腰，道：「當然是新加坡，衛先生，再向前去，是一個島，你在那裏上岸如何？」我向石菊望了一眼，道：「好。」

然而，我又以足尖點地，仍用康巴人的鼓語，向她問道：「你怎麼脫身？」石菊的態度非常悠閑，回答道：「你不必管我。」我進一步地發問：「我們還可能見面嗎？」實在的，我對石菊，心中已然起了一種莫名其妙的感情，實在不希望離開她，她的回答是：「只有活佛才知道。」那句話，等於是「只有上帝才知道」，鼓語中，當然是沒有「上帝」這一字眼的。

我心中起了一陣衝動，幾乎想將我袋中的那幅地圖，交給「死神」，而換得我們的自由。但也正在這個時候，石菊轉頭，向我望了過來，她堅定無比的眼色，壓制了我的叫喊，我心中暗暗地嘆了一口氣，而「死神」號在這時候，也已然漸漸地駛近小島了。船靠岸的時候，我在兩名大漢的監視下上了岸，在我回首一顧時我發現船首的「死神號」三字，已然被一塊具有「天使號」的鐵牌所遮住。「死神」也踱出了甲板來「哈哈」一笑，道：「死神和天使是差不多的，是不？衛先生，死神號的速度，你應該知道，是任何水警輪所追不到的，因此，你不必費神到警局去了。」我望著他，又望著艙中的石菊，心中感到說不出來的難過。

「死神」的手杖，在甲板上敲了兩下，向我略略彎了彎腰，作了一個淺淺的鞠躬，「死神號」的馬達，又「拍拍」地響了起來，片刻之間，已然將海水劃開了兩道，駛了出去。

我呆呆地站在海灘上，心頭感到莫名的惆悵，石菊落在「死神」的手中，等於是一隻腳在鬼門關中！我並沒有考慮多久，便決定要到新加坡去！

我的父親，交給我一筆不算小的財產，我自己雖然不善於經商，但是我卻有一個很好的經理人，在出入口生意方面，每年均有不少的利潤，在一家餐館中，和他通了一個電話，吩咐他立即為我訂一張機票，我要飛到新加坡去！

「死神號」遊艇的速度雖快，但無論如何，比不上噴射式飛機的，我將餐室的電話，告訴了我的經理人，要他將向航空公司交涉的結果告訴我，然後，我要一個酸辣魚湯，除下了呢帽，在餐室的卡位之中，舒服地坐了下來。

餐室中的食客，並不是十分擁擠，我微微地閉上眼睛。噴著煙圈，在計劃著到了新加坡之後，應該採取什麼步驟。

當然，第一步，先要知道「死神號」是停在什麼碼頭上，然後才可以採取步驟，這並不十分難，只要我先到，就可以調查得出來的。

最困難的，當然是如何才能將石菊從「死神」的手中，拯救出來！

我正在絞盡腦汁，想著各種妥善的辦法，待者已然將湯送了來。我正待開始飲湯時，忽然，一個衣服很襤褸的老太婆，來到了我的卡位前，她手中拿著兩張馬票，用顫抖的聲音道：

「先生，只有兩張了。」（按：在這個故事創作的時候，老人家在餐室賣馬票是很普通的事，現在，連「馬票」也絕跡了，社會生活方式變動其快無比。）

我絕對不信任大馬票的三百萬分之一的中彩機會，但是在這樣的情形之下，我總不會吝嗇那四元二毛錢的，我摸出了一張五元的紙幣，那張紙幣，還是濕淋淋，實際上，我此際的衣服，也是十分潮濕，在先略略填飽了肚子之後，我早已想好了下一步，是到臥室中去好好地睡上一覺。

在餐室中，遇到賣馬票的老婦人，這本是很普通的事情，可是，就在我將那張五元紙幣，摸出來的時候，我心中卻陡地興起了一個奇異的念頭，眼前的這個老婦人，有點不尋常。

這可以說，全是下意識的作用，在像我這樣的生活，如果不是靠著有獵狗般的警覺，有十條命，那十條命也早就完了。

那時候，如果我確切地說出那老婦人有什麼不對，我也說不出來，只是我覺得，她雙眼不瞧著我的那張五元紙幣，卻向餐室門外，望了一眼。

我立即隨著她的眼光，只見玻璃門外，有一條人影一閃，而也就在那一瞬間，我看到那老婦人的左手，接近我的那盆「酸辣魚湯」，跟著有一粒小小的白色藥丸，從她的手中，跌到了湯中，動作乾脆俐落，可惜逃不過我的眼睛。

她的動作，極是快疾，左手立即又伸手過來，將我的那張五元紙幣，接了過去，找回了八毛給我，我心中暗自吃了一驚，只見那粒藥丸，落下的時候，正好跌在湯上的一片檸檬上，立即溶化不見。

我已然準備立即伸出手來，握住她的手腕，但是轉瞬之間，我卻改變了主意，接過了她找給我的八毛錢，那老婦人再不向別的顧客兜售，就匆匆地走了出去。

剛才，我還以為那老婦人是被人利用的，但是看著她匆匆走出去的情形，我已然發現，那老人可能根本不是一個婦人，而是高超的、驚人的化妝術的結果。

我一等她走出了門日，立即取出手帕，在湯中浸一浸，又將整盆湯，連碟子潑翻在地，藏起了那塊手巾，以便化驗那「老婦人」放入湯中的那粒藥丸，究竟是什麼成分。

當侍者聽到聲響跑過來的時候，我丟下了十塊錢，便走了出去。

還沒有出餐室，我就將大衣翻了過來——這件大衣，是我定製的，一面是深棕色，而另一面也可以穿著，則是藍色，在時間不允許周詳的化妝時，這樣的一件大衣，可以有很多用處。

我又圍上了圍巾，像街頭上的多數行人一樣，走出了餐廳，略一觀望間，便看到那老婦人，正匆匆在轉過街角去。

我立即跟在後面，那老婦人一直向前走著，走得十分匆忙，當然，她想不到後面會有人跟蹤的，就是她想害的人！

我跟著她走過了兩條街，忽然一輛救護車，「嗚嗚」地叫著，迎面駛了過來，我看到那老婦人停了下來，臉上現出高興的神情，我仍是低著頭，在她身旁走了過去，然而，又等她越過我的前面。

在那一瞬間，我的心中，實在是十分吃驚。那老婦人見到救護車，臉上便露出高興的神情，當然是她下的毒藥，毒性發作得極大的緣故！（後來，經過化驗，証明我所料不錯，那枚藥丸，竟是氰化鉀，在半分鐘內，可以致人於死地的！）

我一直跟著她走，走上了一條斜路，見她摸出一支粉筆來，在一張電影招貼下面的牆上，畫了一個圓圈，又在圓圈上，打了一個交叉。然後，她便走了回來，步履也不像剛才那樣匆忙了。

我知道再跟蹤這個老婦人，已然沒有多大的意思，便遠遠地停了下來，任由那老婦人離去。

沒有多久，果然有一個阿飛模樣的男子，來到了那電影海報的附近，左觀右望，看了一會，我看到他的眼光，停留在那個符號上，只見他嘴唇，「噓」地吹了一聲，轉過身來，走人對面的一家咖啡室中。

我連忙跟了進去，只見他拿起了電話，我找了一個卡位坐了下來，取了一個小小的機械在手，那是一種遠程的偷聽器，世界上絕不會超過十具，我用的那具，是我個人研究的結果，當然，其他人也可能有同樣的發明的。

我今天（我執筆的時候）聽說這種東西，在美國已然非常普遍，作為私家偵探所不可缺少的工具了！

我將偷聽器握在掌中，放在耳旁，從他撥電話時，每一個號碼倒轉回去的時間中，我首先得知了他所撥的號碼（這又是一個小小的偵探術，撥零字，倒轉回去的時間最長，撥一字，則最短，每一個電話機都是一樣的，你可以不必望著人，只聽聲音，便知道那人所打的電話號碼了）。

靠著偷聽器的幫助，我甚至可以聽到對方的聲音，那竟是一個異常性感的女性聲音。

只聽得那飛型男子道：「老闆嗎？」那邊答道：「是！」那飛型男子作了一個手勢，道：「解決了！」那性感的聲音格格地笑了起來，道：「怕沒有吧！」那飛型男子，現出了尷尬的神色，道：「符號是——」那面的聲音叱道：「住口！」

飛型男子聳了聳肩，那女子的聲音又道：「我接到的報告，是他走脫了，我們已經……」

本來，我可以清楚地聽到她說話的，那對我實在有極大的作用，因為她分明在對那飛型男子道及下一步對付我的方法，可是就在她說到最緊要關頭的時候，咖啡室中的點唱機，突然怪聲嘈叫了起來，那是一曲貓王的「Poor Boy」，相信熟悉這首歌曲的人，一定知道貓王開始的時候，是怎樣地大聲怪叫的！

歌聲將所有的聲音，完全淹沒，我只見那飛型男子擱下聽筒，向餐室望來，目光停在我的身上，狠狠地望了我一眼，就走了出去。而緊接著，一個穿著絲棉襖的人——他就是突然放下毫子去點唱的——也向咖啡室外走去。

本來，我並不知道我的敵人是什麼人，但如今我明白了。促使我明白的原因，是因為我已然完全落入對方的監視之中。

我翻轉大衣的把戲，只瞞得過那個下毒的「老婦人」，但是卻並沒有瞞過其他監視我的人。

我相信除了「死神」之外，世界上雖然另有幾個，極是狠辣，極是兇頑的匪徒，但如果說此際，對我撒下了這樣一張大網的，不是「死神」的話，那簡直是不可信的。

「死神」瞭解我，正像我瞭解他一樣，我早就應該想到，他不會就此放過我的！

他一定曾通過了無線電，令他的爪牙，注意我的行蹤，而設法將我置之於死地，作為他第幾百號的犧牲品。

網是撒得那樣的周密，我已成了一個網中之魚了麼？多少年來，我遇到過無數凶頑的敵人，鬥上一鬥了！

我已然是網中之魚，不錯，但是我這條魚，卻要不待對方收網，就從網中躍出，直撲漁人！我決定立即到「死神」在當地的巢穴中去！

我先和我的經理人通了一通電話，知道晚上九時，正有飛機去新加坡，已然弄到了機票。我再打電話給一個當私家偵探的朋友，這位朋友的姓名我不想宣佈，他得到了那個電話號碼的地址，和該址的主人的姓名，一個香噴噴的姓名：黎明玫。我出了咖啡室，見到兩個人，不自然地轉過背去。

我心中暗自好笑，向他們直走了過去，他們臉上，現出了吃驚的神色，我倏地伸手，在他們的肩上，各自輕輕地拍了一下。

他們兩人想閃身躲避，可是我那兩下，乃是我所練的武術，「飛絮掌」中的一招「柳絮因風」，出手何等快疾，他們怎能避得開去？

他們給我拍中了一下，面上不禁變色，我卻向他們一笑，道：「不必怕，我不過是告訴你們，你們可以休息一下，不必再跟蹤我了！」

然而，我拋下發呆的那兩人，逕自行出斜路，招了一輛的士，向找到的地址而去。

現在是下午四時，我還可以有四個小時的時間，和「死神」的爪牙，鬥上一鬥！

路上十分靜，我不斷地望著後窗，後面並沒有車輛追來，偶然有一二輛車，也全然不是追蹤我的模樣。

我心中暗暗得意，心想當我突然在那個「黎明玫」的面前出現的時候，她一定會感到吃驚了！就在這個時候，我所坐的那輛計程車，突然停了下來。

我立即抬起頭來，只見司機已經轉過身來，他手中握著一柄槍！

我不禁倒抽了一口冷氣，難怪後面沒有跟蹤我的車輛！這時，從叉路上，又駛出了一輛房車來。

「衛先生，到了！」那司機揚一揚槍管，指令我下車。

我攤了攤手，道：「朋友，好手段！」一面打開車門，跨了出去，我剛一跨出，便立即「砰」的一聲，關住了車門，足尖一點，已然向前掠出了丈許，那輛房車，剛好停了下來，坐在司機位上的一個人，正打開車門，準備跨下來，可是他尚未跨出，我已然躍到了他的面前，一掌擊中了他的肩頭，在擊中他肩頭的同時，我改拍為抓，已然將他的肩頭，緊緊抓住，將他的身子一轉，擋在我的面前。

那人殺豬似地叫了一聲，連忙又叫道：「老三，別開槍，別開！」

那老三當然不能開槍，除非他想連他的同伴，一起打死。而且我也料定未得到頭目的指示，他是不敢擅自開槍的。

在那人的叫聲之後，一切靜到了極點，這時候，我突然聽得有呻吟聲，從計程車的行李箱中傳了出來，我明白原來的司機，此際一定在行李箱中。

「你們是來接我的麼？」我冷冷地道：「現在，不必了！」那叫做「老三」的男子，也已然走下車來，我手臂向前猛地一推，已然將抓在手中的那人，向他猛地推了過去！

然後，立即跳入那輛房車，向倒在地上的兩個人，飛馳而出，輾了過去！我可以清清楚楚地看到，當房車向他們兩人馳去的時候，他們的臉色，簡直已然是死人了，我一點也沒有煞車的打算，就在汽車將要在他們身上輾過的時候，我才一個轉彎！

那輛汽車，發出了難聽之極的「吱」的一聲，在他們兩人身旁不到二十公分處擦過，向前疾馳而去！

我的駕駛術不算是「最好」的，至少，那位能將汽車以兩個輪子，側過來行駛的先生，比我好得多，但是我相信剛才這一下，就算那兩個人神經極度正常的話，在半小時之內，他們也會失魂落魄的了。

我深信這時候，我已然擺脫了所有監視我的人，如果想就此離去，也不是什麼難事。但是我這人有一個脾氣，那就是，已然決定了的事，絕不改變！

汽車向前疾馳而出，不一會，便在一幢洋房面前經過。那幢洋房，就是我的目的地，但是我卻並不在洋房的門前將車停下來。

目前，我的敵手，是世界上最凶惡、最狡猾、掌握最科學的犯罪方法的匪徒，一絲一毫的大意，都可能使得我「神秘失蹤」！

我將車子停在十公尺之外，那裏有一條小路，可以通到那幢洋房的圍牆，我下了車，很快來到圍牆腳下，圍牆有近三公尺高，當然難不倒我，挺氣一躍間，整個身子，便已然翻過圍牆。

我聽得了一陣「汪汪」的狼狗叫聲，但不等狼狗趕到，我已然以極快的身法，閃進了客廳，將一頭大狼狗，關在門外。

客廳佈置得很豪華，像一般豪富的家庭一樣，收拾更是乾淨，但是一個人也沒有。

我在小酒吧中為自己斟了一杯酒，然後，在圓椅上坐了下來，不斷地敲打著叫人鐘，沒有多久，便有一個穿白制服的僕人，應聲而至，他一看到了我，不由得猛地一怔，連忙向後退去。

可是在他一現身間，我已然道：「不要走，你們的主人在麼？」

那僕人當然是匪徒之一，雖然他的臉上沒有刺著字，但是我一眼可以看出來，他聽了我的話後，進退維谷，顯得極是尷尬。

我知道此時，自己身在匪窟之中，若不是極端的鎮靜，便一定會被這班人「吃」掉，因此我一見他並不出聲，便勃然大怒，身於一聳，已然從圓椅上疾掠了下來，來到了他的面前。

在他還不明白發生了什麼事情的時候，左右開弓，「拍」、「拍」兩掌，已然摑到了他的臉上。那兩掌，將他的身子，摑得左右搖晃，而當他伸手撩起上衣之際，我已然先他一步，將他腰際的佩槍，抓到了手中，抬起腿來，膝蓋在他的小肚上又重重地撞了一下，將他撞出了幾步，倚在牆上，不斷喘氣。

「你的主人在不在？」我應聲呼喝！

他面上神色，青黃不定，好久，才道：「在……在……我去通報！」看來，他並不知道我是什麼人。或許，他還以為我是「死神」手下得寵的人物，所以挨了打，也不敢反抗。

我將奪來的手槍，放在膝上，特地揀了一張靠牆角的沙發，坐了下來，那挨了打的僕人，也退了出去，沒有多久，我忽然聽得一個甜蜜的女子聲音，就在我的身側響起，道：「到富士山去滑雪好不好？」

那女子的聲音，雖然一入耳，我就辨出她就是我利用偷聽器，在電話中曾聽到過的那個聲音，但因為陡然其來，而且就在我的身側，我不免也為之嚇了一跳。連忙掉過頭去，只見沙發旁邊，放著一盆萬年青，聲音就是從花盆中傳出來的。

當然，這是有著傳音器裝置的緣故，一弄明白之後，便絲毫不足為奇。

我所困惑的是，那一句沒頭沒腦的問話，一定是他們之間的暗號，可知那挨了打的人，的確是以為我是他們自己人的。

我當然不知道應該怎樣回答才好，就在略一猶豫間，只聽得那女子的聲音「格格」地笑了起來，那種笑聲，更是充滿了一個熟透了的女人的誘惑，隨即又聽得她的聲音，道：「你一定是衛先生了，衛先生，你為什麼那麼發怒，又何必玩弄手槍？」

我一聽得她如此說法，心中不禁生了一陣輕微的後悔之意。客廳中空蕩蕩地，一個人也沒有，但是我的情景，不知在這幢房子那一角落的這個女人，卻可以看得明明白白……

而如果這只是「死神」的大本營的話，只怕我再也不能活著離開了！

當下我竭力鎮定心神，將背心靠在沙發道：「你是黎小姐吧，你不用派人下毒、跟蹤、綁票，我已經來了！」

那女子又「格格」地笑了起來，道：「衛先生，不要靠得太用力，沙發中會有子彈射出來的！」這種把戲當然騙不動我，如果我會因此震驚的話，還能再三山五嶽之中，略有名聲麼？

我仰起頭來，「哈哈」一笑，道：「黎小姐，你出來吧，我有事情請教。」

那女子又笑了一聲，道：「巧得很，我們也有事要向衛先生請教。」

我仍然坐在沙發上，不一會，從樓梯上傳來了一陣腳步聲，一個身形十分頎長，幾乎和我差不多高的女人，從上面下來。

在我的想像中，有著她那樣聲音的女子，一定是一個手中拿著長長的象牙煙嘴，化妝的令人噁心，煙視媚行的那一類。

第三部：奇女子

可是，事實完全出乎我的意料之外，當我一眼能看清她的時候，我不由自主地從沙發上，站了起來——她完全是需要以極度的禮貌來對待的女子！

她的年紀，很難估計，在二十五歲左右。她的臉上，一點也沒有化妝，膚色白晰，體態優雅。

她身上穿的，是一件寶藍色的絲棉袍子，更顯得華貴之中，另有一股優雅的韻味，她輕盈地來到了我的面前，一伸手，道：「請坐。」

在那一剎間，我只覺得奇怪，她的面容神態，和石菊竟是那樣相同——相同得就像是兩姐妹一般，直把我看得呆了。

但是我當然只是心中驚訝，並沒有繼續向下想去。因為，一個深通西藏康巴人的鼓語，看來是在康藏一帶長大的少女，和在城市的一個婦人之間，無論如何，是扯不上什麼關係的。

她一現身，我已然感到自己此行，失敗的機會，多過成功！因為這樣的對手，是最難應付的對手！我才一坐下，她也大方的坐了下來，道：「衛先生，那兩個請你來的朋友，要派人去？他們回來麼？」

我笑了笑，道：「不用，他們自己很快就會回來了！」

她忽然嘆了一口氣，道：「衛先生，你真是罕見的人才，死神也這樣說，他吩咐我，不惜任何代價，要將你置於死地！」

我的臉色，保持著鎮靜，道：「你不妨代我回答他說，我也想花一點代價，請他到地獄——或者是天堂也說不定——去旅行一次。」

那美婦人笑了一下，道：「每個人都可以有他自己的願望，即使那願望太奢侈。但是衛先生，你這次卻是輸定的了！」

我早已知道，自己是輸多贏少，但是我仍然要出其不意地挽轉劣勢，她的話才一出口，我一欠身間，左手已然向她手臂抓去。

我的動作，是來得那麼突然，那麼地快，電光石火之間，我只見她的臉上，掠過了一絲極其吃驚的神色，老實說，我甚至有不忍下手的感覺，但是立即間，我已然將她的手臂握住，同時，也已然將槍口對準了她的纖腰。

我剛一將她抓住，便聽得背後，傳來了頗為輕微的「拍」地一聲，緊接著，一隻水晶吊燈，便「乒乓」碎裂，掉了下來。

我並不回頭去看，因為我可以料定，那是在緊急關頭，將槍口向上，打歪了一槍。如果不是我當機立斷，立即撲上前去，將那女子抓住的話，破裂的將不是水晶吊燈，而是我的腦袋了！

那美婦人臉上驚恐的神情，很快地就收了起來，就在我的槍口，抵住她的纖腰的時候，她竟然發出了一個甜美的微笑，道：「衛先生，你這樣，未免有失君子風度了！」

我向碎水晶吊燈處呶了呶嘴，道：「黎小姐，你這難道就是君子風度？」

她又微笑了一下，叫道：「黃先生你不必再用槍對著他了，他下了一著高棋，我們暫時，屈居下風！」她講的話，仍然那樣的風趣！

接著，我見到一個高大的人影，大踏步地走向前來，我定睛一看間，不由得大驚失色，那人不是別人，正是黃俊！

他手中握著一柄手槍，槍口上裝著長長的滅聲器，剛才那一槍，很明顯，就是他發的！我真給弄糊塗了，這個年輕人，忽然之間，怎麼會成了「死神」的同黨了呢？黃俊來到了我面前站定，道：「衛先生，我有一件事情，要和你商量，我們可否單獨談談？」

「不，」我搖了搖頭，控制了那美婦人，是我生命的保障，我當然不會輕易地將地放開的！因為，目前我所處的形勢，實在是太過危險了。

黃俊面上現出了為難之色，我毫不客氣地道：「黃先生，在荒島上的時候，我曾認為你是無恥之徒，但在你的臉上，卻帶著不屑的神氣。如今，果然我還有一點眼光！沒有認錯人！」

黃俊面色憤然，望了我好半晌，才漸漸地平緩下來，道：「衛先生。我和你單獨談談，實在對你有莫大的好處！」我冷笑一聲，道：「好處？包括剛才險些射中我的那一槍麼？」

黃俊的兩道濃眉不住地跳動著，好一會，才道：「衛先生，如果不信我，我也逼得要對著人，說出來了！」我的眼光，一直沒有離開過他的臉，我發覺他的臉色之中另有一種極其誠懇的願望。從一個人的臉容，來研究他內心的變化，是絕對可靠的，柯南道爾筆下的福爾摩斯，甚至根據他的助手——華生醫生的神情，而追蹤他的思想！

從黃俊此際的神情來看，我覺得實在有必要，去聽他的話，因為我感到他的話，是可信的。

我考慮了一下，道：「黃先生，在這幢房子中！你以為我們可以有單獨談話的所在麼？」那美婦人在這時插口道：「衛先生，你們可以離開這間屋子。」

「當然，」我立即狠狠地瞪了她一眼：「你也可以恢復自由？」

「衛先生，你不要太自信了！」她突然以極快的語調說，同時，右手一指，一指戳向我腹部的「分水穴」，出手之快，簡直難以想像，我絕未想到她竟然也是個中高手，腹際一陣發麻，不由自主，彎下身去，而我剛一彎下身，從頸之上，又中了重重的一下。

那一下打擊，令得我雙臂一陣發麻，眼前金星直冒，不但將她鬆了開來，而且手中的手槍，也「拍」地落在地毯之上！

手槍才一落地。胸口又「砰」地中了一掌。這一掌的力道之大，更是大大地出乎我意料之外，如果不是我從小在名師督促之下，就是這一掌，便可以令得我立受極重的內傷！可是，因是我體內的功力，自然而然地生出了抵抗之力，她的這一掌，仍然令得我眼前發黑，身子向後，跌翻了出去。

幸而客廳上所舖的地毯很厚，我雖然摔得重，但是卻沒有受什麼傷害。

等到我坐倒在地，抬起頭來看時，她已然優閒地坐在沙發上。誰能想到，這樣一個美麗的少婦，剛才曾擊倒我這樣的一個大漢？

她以穿著繡花鞋的足尖，撥了撥落在地上的手槍，道：「衛先生，你仍舊可以拾起它來對付我的。」我喘了一口氣，無話可說。黃俊忽然道：「師叔，你剛才這種環三式，可就是師門絕技『猛虎三搏免』麼？」

她微微地點了一點頭，黃俊的面上，現出極其驚嘆佩服的神色。

我一聽得黃俊稱呼她做師叔，不由得陡地呆了一呆，隨即我罵了幾聲「該死」！當然那是罵我自己，為什麼在知道了她的名字叫黎明玫之後，竟會一點也不作預防！因為黎明玫的名字，有個時期是大大響亮過的，過去我也景仰過她。

黎明玫這個名字，我在一看到的時候，就感到有點熟悉，但是我竟會想不到，這個黎明玫，就是十多年前，曾經名馳大江南北，令得武林中人，不論黑白兩道，盡皆為之失色，武功造詣之高，猶在北太極掌門人之上的北太極門長輩之中，最年輕的一人！

那時，她正是十九二十的年紀，芳蹤到處，所向無敵，我知道她到過上海，那時我正在南洋，特地趕到上海，想會她一面，但是她在上海，懲戒了上海黑社會七十二黨的黨魁，從數百人的包圍之中，從容脫出之後，已然不知所終。

這件事，我一直以為憾事，當時，我年紀正輕，是頗想向她領教一番的。結果，我很慶幸。未曾與她交手。但是我也很遺憾，因為黎明玫這個人，像是突然消失了一樣，怎麼樣也找不到她的下落了。

想不到，事隔十三年，我竟然和她見面，而且是在這樣一個場合之下！

我定了定神，也不急於站起來，道：「黎小姐，你贏了。」

黎明玫面上，仍然帶著淡淡的微笑，道：「不算什麼，衛先生，你剛才向我出其不意的那一抓，是揚州瘋丐金二的嫡傳功夫，方今世上，只怕只有你一個人，會這手功夫了！」

我雖然敗在她的手中。而且敗得如此狼狽，但是聽了她的話，我也不禁有點自傲起來，道：「黎小姐果然好見識。」

黎明玫一笑，道：「我的師姪，有幾句話要和你說，你和他單獨地談一談吧！」她一面說，一面略伸了伸懶腰，向樓上走去。

那柄手槍，仍然留在地毯上，我心中突然閃過一個念頭：如果我突然撲了過去，把槍在手，向她背後發槍……但是我只是想了一下，並沒有想這樣做。黃俊已然走了近來，低聲道：「衛先生，咱們到花園去。」

我站起了身，心中一直在想，何以十三年前，俠名遠播的黎明玫，竟會為死神服務，黃俊又何以來到了此地？看了看手錶，已經將近七點鐘了，我實在沒有再多的時間，和黃俊商談。「黃先生，」我冷冷地道：「如果沒有什麼要緊的事，我想告辭了。」

「當然有！」他的臉色很莊嚴，幾乎是附耳向我說：「如今，只有我一個人知道，也是只有我一個人知道，那幅地圖，石菊是交給你了！」

我陡地吃了一驚，定睛望著他。

「讓我們到花園去，好不？衛先生，你應該相信我。」他的面色，極其誠懇。我考慮了並沒有多久，便跟著他來到了花園中，我們站在草地的中心，從二樓的一個長窗中，我可以看到黎明玫正在踱來踱去。

「黃先生，你剛才說只有你一個人知道，那是什麼意思？」我先發問。

「那表示我和他們，並不是一夥，和你所想的完全不同，你想我的槍法，當真那麼壞麼？」他和我緩緩地走了幾步，然後附嘴在我耳邊低聲回答。

我知道他是指剛才打中了水晶吊燈的那件事而言，就問道：「如今你想怎麼樣？」

「那地圖，」他的聲音雖低，但是語意卻非常堅決：「在什麼地方，你快交給我吧！」

我剛才並沒有否認，已然等於是默認，但是我仍然問道：「你怎麼知道那份地圖在我手上？」黃俊匆匆道：「很簡單，在荒島上，我將地圖交給了石菊，後來，你和石菊兩人，上了『死神號』，你離開了，一定是石菊將那份地圖交給了你。」

「你推斷得不錯，」我點了點頭：「可是你既已將地圖給了石菊，為什麼又要取回？」

「現在情形不同了，我要那份地圖，去向死神贖一個人。」黃俊說。「黃先生，你可知道那份地圖，關係著三億美金這一筆大數字？」我說。

「當然知道，」他漸漸漲紅了臉，揮舞著雙手，「可是，全世界的財富，對我來說。還不如她一個人來得重要，衛先生，你將地圖交出來，對你，對我，都有好處，你也不是貪財的人，而且，老實說，那份地圖──」他講到這裏，突然住口，頓了一頓，才改言道：「你快交出來給我吧！」

我心中迅速地想他、石菊、黎明玫、那份地圖、「死神」之間的錯綜複雜的關係，很快地，我便搖了搖頭，道：「不能，石菊既然將那份地圖交給了我，我就一定要送到她指定的地方，不能交給你！」

黃俊的臉色，一下子變得那樣蒼白，連我也不禁為他擔心。他身子搖晃，幾乎跌倒在草地上，我不等他開口，又道：「我還有許多話要問你，為什麼北太極門掌門，要命石菊來清理門戶，為什麼黎明玫會在死神的巢穴，為什麼那幅地圖關係著如此巨大的一筆財富……」黃俊不等我講完，便突然叫了起來：「不要問了！」

接著，他又壓低了聲音，道：「這一切，內情的複雜，我也不是三言兩語，便可以講得完的，衛先生，我求求你……」

「老弟！」我伸手拍了拍他的肩頭，「你別妄想了，我絕不會答應你的！」

他的臉色，實在比一個剛聆聽了法官判決死刑的犯人，還要難看，道：「你……當真不肯再救我？」

我用更堅決的語氣回答他：「當初我救你，是因為我當你是一個有血性的有為青年，但如今我不再救你了！」黃俊忙道：「衛先生，你別忘了，你救我，也正是放你自己啊！」

我冷笑了一下，道：「老弟，你也未免太天真了，不論如何，『死神』絕對不會放過我的，而我如果將地圖交給了你，你師妹的性命，便發生危險了，『死神』在地圖未曾到手之前，可能會想出種種辦法，去虐待石菊，但是她卻不會死的！」

黃俊連忙道：「無論如何，我可以相信，石菊的性命絕不成問題的。」我立即問道：「為什麼？」

黃俊頓足道：「你不要問是為了什麼，這其中，十餘年來的恩怨糾纏，你也根本並不明白，你快將地圖交出來吧，如果，我師叔知道地圖落在你手上，她便不會對你那樣客氣了！」

我聳了聳肩，道：「她如今對我也未見得客氣啊！我已經將地圖交給了一位律師，我一死，他就可以將地圖打開來看，然後，再和有關方面聯絡，老弟，我相信你一定和第二次世界大戰期間，德國納粹或日本皇軍的寶藏有關，是隆美爾的寶藏，還是馬來亞之虎山下奉文的寶藏？」

「是隆美爾——」他只講了三個字，便沒有再向下講去。

然而，就是這三個字，已經夠了，那是沙漠之狐隆美爾的寶藏！難怪數字如此之巨！早幾年，我的確曾跑了不少地方，到處收集資料，專門研究從古至今，尚未被人發掘出來的寶藏。這倒並不是「財迷心竅」，因為世上，的確有著不知多少財富，被埋藏在海底，或是地下，一個人，只要得到了其中極小的一部份，便可富冠全球！

而這其中，又包括著探險、研究歷史方面的種種活動，正是我的癖好。

自第二次世界大戰結束以後，最引人入勝的兩宗寶藏，就是一「狐」一「虎」的兩宗。因為那一「虎」的寶藏，我也有著一段異樣的經歷，但因為不在本文的範圍之內，是以不去提它。

而沙漠之狐隆美爾的那批寶藏，乃是他掠奪非洲的戰利品，其中有金條、金磚、貴重金屬和珠寶、鑽石等，總值估計，達三億美金之巨！

關於這一批寶藏的歷史，我還想較詳細地介紹一番。當一九四二年秋天，曾經橫行北非的希特勒非洲兵團，已經開始失去優勢，其時，英國蒙哥瑪利元帥率領的聯軍，連挫德軍。隆美爾所率領的非洲兵團，自埃及潰退，逃往利比亞，兵團司令部則移駐突尼斯的比塞大港。

恰巧，艾森豪威爾率領的美軍，又從阿爾及利亞登陸，希特勒的這支非洲精銳部隊，已處於腹背受敵面臨被殲滅的不利境地，這時，是一九四三年五月。

希特勒在這時候，下了一道密令給隆美爾，令他排除萬難，務必將非洲兵團所攜運的黃金寶物，運往可靠的地點，否則，便將之毀棄。根據聯軍方面，對於比塞大港來往船隻調查的情報，發現有一艘海軍船艦，任務不明，但是卻配備著極強的炮火，偷偷離開比塞大港，突破聯軍的海上封鎖，駛抵意大利北部的斯帕契爾港。

而再根據聯軍的情報，一九四三年十月十八日，天未黎明時，一艘小型的船隻，在接受了那艘由比塞大港駛來的船隻上的若干「貨物」之後，便駛離了斯帕契爾，從此不知下落。

而當希特勒的非洲兵團被擊潰之後，那一批金條、寶物，並沒有發現。而且，長時期以來，那些寶藏就如石沈大海一般，再也沒有蹤跡可尋，因此有理由相信，就是那一艘小型的船隻，擔任了藏寶的任務。

我上面所敘述的簡略的經過，全是有根據的事實，絕不是杜撰的。事實上，也曾有過不少人，到意大利去，想發現這批寶藏，但是卻沒有結果。

我將有關隆美爾寶藏的一切，迅速地重溫了一遍，心頭不由得跳得十分厲害。黃俊嘆了一口氣，道：「衛先生。你當真不肯麼？」

我昂起頭來：「我已然對你說過不止一次了！」才一講完那句話，我突然，向黃俊推了過去，黃俊猝不及防，被我推得一個踉蹌。

而我則已然趁了這個機會，身形向外，疾掠而出，來到了圍牆腳下，一提氣，便已然躍出了圍牆。

可是，我雙足才一沾地，便見人影連閃，四個人已然將我圍住。

我早知道，就此脫身，絕無如此容易，也早就料到，以黎明玫的才幹論，她當然應該料到我會趁此機會，從圍牆中跳了出去。所以，我才一出圍牆，門外便有四個人向我撲來一事，原是意料之中，我足尖沾地，身形疾轉，「呼呼呼呼」，連拍四掌，已將那四個人，一齊擋了開去！

就在這時候我只聽得身後黃俊的一聲呼喝，叫道：「衛先生，你會後悔的！」

我連頭也不回，一連幾個起伏，早已來到了路上，才回頭看去，只見黎明玫嬌軀晃動，已然從那幢洋房之中，掠了出來。

我明知即使沒有其他幫手的話，我也不是她的對手，正在彷徨無計之際，一陣摩托車聲，自遠而近地傳了過來，我定睛一看，不由得大喜。

一輛電單車，正疾馳而至，我已然認出，車上正是我在警界中的朋友——格里遜警官，我揚了揚手，叫出了他的名字。

格里遜像驚訝我會在這裏，他停下了車，這時候，黎明玫也已然來到了跟前。她的面上，毫不掩飾地現出極其沮喪的神色。

「格里遜，」我開門見山地說：「帶我到市區去。」

「好啊！可是這位小姐……」他向黎明玫望了一眼，黎明玫立即道：「不要緊，我和衛斯理是熟朋友，我們很快就會再見的。」

我自然聽得出黎明玫話中的意思，笑了一笑，道：「不錯，我們很快就會再見的！」格里遜顯然不知我們在談些什麼。而黎明玫手下的打手再多，我料她也不敢公然與警界人士為敵，她眼瞧著我跨上了電單車的後座，絕塵而去。

一路上，我也絕口不向格里遜提起，剛才我死裏逃生的事情。

我倒並不是不想將自己的發現，講給警方知道，而是我認為，其中還有一些曲折的情形，在我未曾弄清楚之前，我絕不想先驚動警方。

同時，我決定不靠警方協助，而以我個人之力，先來跟這些天字一號匪徒鬥一鬥。

車到市區，我回到了自己的寓所，才一進門，我便發現衣物淩亂不堪，顯然已遭到了搜索。我打了一個電話，吩咐我的經理，將機票送來，我也不去整理被翻亂了的物件，便取出貼肉放在身上，石菊所交給我的那兩只尼龍袋來。

由於這兩隻尼龍袋中的一隻，曾被「死神」拆開過的原故，因此，當我取出來的時候，石菊的那幾張相，便跌了出來。

我俯下身去，一張一張地拾了起來。

相片中的石菊，笑得那麼地甜蜜，像是一朵即將開放的名種蘭花般美，卻又絕不庸俗。

將相片放回尼龍袋中，我拆開了另一個尼龍袋，防濕紙小心地包裹著，竟達七八層之多，一層一層地解了開來，裏面所包的是一幅布。

那幅布是不規則形的，看情形，像是一件襯衫的下襬，倉猝之間被撕了下來的一樣。而在布上，畫著一幅簡陋的地圖。

我絕未料到，有關隆美爾寶藏的地圖，竟是如此簡陋！

但是唯其如此，更使人相信這幅地圖的真實性，我一眼看去，便可以看出那幅地圖上所畫的，是意大利附近，法屬科西嘉島。

當然，這幅地圖，可能是由於在倉猝間，或者是不想被人發現的情況下，匆匆畫成的，所以科西嘉島的形狀，幾乎一點也不正確，但因為在它的旁邊，有一個長靴形，所以略對世界地理有些常識的人，都可以看出，那就是拿破崙的故鄉。

在地圖上，文字並不多，只有巴斯契亞(Bastiz)這個地名，而在巴斯契亞，和另一個小島(那是厄爾巴島)之間，有著一個黑點。在黑點旁邊，寫著一個德文字，譯成中文，是「天堂在此」的意思。當然，是指，寶藏在此而言。

因為，如果有誰得到了這批寶藏的話，也根本不必等待死亡，就在生前，便可以生活在「天堂」之中了。就是那麼一幅簡陋的地圖，我不明白何以「死神」看得如此之重！

因為，地圖上面，並沒有確切指出，藏寶的地點，究竟何在！

可是當我翻過來再看的時候，我便知道這幅地圖，的確是重要無比的。

在那幅布的後面，以極其潦草的筆跡，抄著大段文字，字跡已然很模糊了，用的文字是德文，我草草地看了一遍，那像是一段航海日誌，不待我仔細看，我的經理人已然將機票送來了，我連忙將這一片布，再以防濕紙包好，藏在我長褲的一個特製的夾層之中。

我匆匆地換好衣服，由我的經理人駕車，將我送到機場，在機場只不過多等了十分鐘，便已然登上了飛往新加坡的客機。

在機上，我放目向四周一看，見沒有什麼可疑的人物，於是大放寬心，舒適地伸直了腿，準備享受小半天的平靜，可是，就在飛機將要起飛之前的一剎那，我的旁邊，突然有人叫我！

我本來已然料到，黎明玫在遭到了意料之外的失敗以後，一定不肯就此甘休的。所以，在赴機場途中，在機場上，我全都細心地觀察著四周圍的人，而並沒有發現什麼可疑的跡象。上了飛機，前後左右，我也曾打量過，在我前面，是兩個已上了年紀的歐洲人，在我後面，是一對頻頻向窗外揮手的年輕夫婦。

在我的旁邊，是一個頭上纏著頭包的巴基斯坦人，一臉絡腮鬍子，顯然沒有追蹤我的人，可是，就在我自鳴得意之際，我身旁的那個大鬍子巴基斯坦人，卻突然以低沈的、性感的女子聲音，以最標準的中國國語，低聲叫道：「衛先生！」

老實說，我的確是給「他」嚇了一大跳，當我回過頭去時，卻又聽得「他」以極其濃濁的聲音，在向空中小姐招呼，霎時之間，我不禁倒抽了一口冷氣：那是黎明玫！她不但化裝成了一個男人，而且還是一個膚色黝黑、滿臉鬍子的巴基斯坦人！這令得同樣精於化裝術的我，也不得不十分佩服！

因為，在我剛一進場的時候，就是這個「巴基斯坦」人，還曾經向我問過路，但是我在當時，卻一點也沒有看出來！

我定了定神，等她和空中小組搭訕完畢，也低聲道：「黎小姐，如果我將你這臉鬍子撕下來，機上的搭客，大概有好戲看了！」

黎明玫「格格」地低聲笑了起來，道：「你不會的，衛先生，你沒有化裝，那倒出乎我的意料之外。」

我「哼」地一聲，道：「我堂堂正正到新加坡去，為什麼要化裝？」

黎明玫「嘖」地一聲，又用濃濁的聲音道：「你太不友好了！」

我竭力思索，黎明玫為什麼也要到新加坡去，是黃俊和她講明白了，那幅地圖，正在我身上，是以她才要一刻不捨地跟隨我麼？

我在思潮起伏間，飛機已然升到了上空，我也決定了以不變應萬變的方法去對付她，她昂著首，那神情，十足是一個男人。

化裝術精奇，是技術問題，而她化裝成一個巴基斯坦男人，神情卻如此之像，這已然是藝術範圍之內的事情了！

我們兩人好一會不交談，我才嘆了一口氣，道：「想到北太極門，一向以嚴正行俠，馳名於世，卻出現了黎小姐這樣的一位人物！」

黎明玫一聽，突然「哈哈」揚聲大笑起來，笑聲極其粗豪，也含有極端憤慨的意味，引得全機的搭客，都向她望了過來。

當然，除了我以外，誰也不會知道，笑得如此無禮的，竟是一位美麗無匹的少婦，我聽得她用巴基斯坦的土語罵道：「願真神阿拉，降禍於他！」

「誰？」我不禁奇怪。她壓低了聲音，道：「就是那位偽充行俠，沽名釣譽的畜牲。」我問道：「你是指你們的掌門人？」她低聲道：「對了！」盡管她面上有著精奇的化裝，但是卻仍然掩不住她激動的神色！就好像是，那位北太極門掌門人，給她受了很大委屈，或是對她施以嚴重的迫害一般。

我早已料到，黎明玫會成了「死神」一個巢穴的主持人，其中一定有著極其曲折的原因。我想要弄明白這個原因，這也是為什麼我暫時不願意向我老友格里遜講出我的遭遇的原因——

如果我講了出來，格里遜是可以立上一件大功的，這正好報他救我之恩。

如今，我又聽得她狠狠地詛咒北太極門的掌門人，而且，鎮靜老練如她那樣的人，臉上竟也現出如此激動的神色，的確不能不使我十分驚訝。

我在十餘歲的時侯，曾隨著師執，覲見過北太極門的掌門人。

他是一個十分方正的中年人，即使不由於他遠播四海的俠名，見了他也會令得人肅然起敬。可是黎明玫卻罵他是「畜牲」！「黎小姐，」我低聲問：「你這樣恨你們的掌門人，就是你與死神為伍的原因？」

「可以說是，也可以說不是。」她懶洋洋地回答著，忽然，又沈聲道：「我要眼看他死在我的手中，只惜我不知道他在什麼地方，連黃俊也不肯說！」講到此處，忽然又頓了一頓，道：「衛先生，我說得太多了，我們畢竟是敵人！」

短短的幾分鐘內，她連用了三種不同的語氣來說話，我可以想得到，黃俊既然連北太極門掌門人，近十數年來在什麼地方隱居一事，都未曾向她說起，那麼那份地圖在我這裏，他當然也不會提及。

黃俊倒不愧是一個硬漢子，我想，但是黎明玫跟我去新加坡，又是什麼意思呢？我略一思索，就開門見山地這樣問她。

她笑了一下，道：「衛先生，那麼，你到新加坡去，又是為了什麼？」

「我？我是為了救人。」我直截了當地說，從口袋中模出了石菊的相片，「我要救的就是她，你可認識她麼？」黎明玫突然大失常態地一伸手，在我手中，搶過石菊的照片來。

她的手在微微發抖，她的眼睛停留在相片上，眼中的神色，是那樣的難以形容，好一會，她才恢復了鎮定，抬起頭來問：「在死神手中的那個少女，就……就是她麼？」

「就是她！」

「那你放心，死神的脾氣我知道，如果她肯交出地圖的話，死神是不會害死她的。」黎明玫竭力裝著鎮定。

從她剛才凝視石菊相片的情形看來，我已然可以料定，她和石菊之間，一定有著極其不尋常的關係，而她對石菊安危的關懷，可能還在我之上！

這是我的一個絕佳的時機，如果我能夠用巧妙的方法，使得黎明玫也參加營救石菊的工作的話，我成功的希望自然大大增加了！

我想了想，便道：「我卻和你的看法不一樣，因為那少女——她叫石菊——早已將那份地圖，交給了另一個人！」

為了達成我的妙計，使黎明玫能夠協助我去營救石菊，因此我故意沈著語調說。果然，黎明玫的身子，突然一震，她手中的一杯咖啡，也灑了出來，空中小姐連忙來為她抹拭，她呆了好一會，才道：「交給你了？」

我如果承認了那份地圖，已然由石菊交給了我，對於我自己來說，當然更增加了危險性，但對於營救石菊來說，卻會順利許多。

因此我毫不猶豫地回答：「是！」

黎明玫靠在沙發背上，閉上了眼睛，一聲也不出，我低聲叫她，她也不應。我只得望著窗外。直到飛機降落，黎明玫仍然是一言不發。

等到我們兩人，先後跨出飛機時，她才突然握住了我的手，道：「衛先生，我有一件事，要你幫忙。」我立即道：「好，石菊是你的什麼人？」

她出了機門，向機場上的人揮著手，低聲道：「以後再說，你可答應幫我忙？」

我微微地彎了彎腰，道：「我當然答應。」

她快步地下了飛機，沒有多久，我便失去了她的蹤跡，但是我知道，不須多久，我一定可以再見到她的，我心頭感到無比的高興，因為她要我幫忙的事，也正是我要她幫忙的事，但如今她卻反開口求我！我更堅信她和石菊之間的關係，絕不尋常，而我正是利用了她和石菊的那種尚未明白的關係，使她反來求我的。

我叫了計程車，來到了一個旅館中，那家旅館，是我一個叔父輩開設的，在新加坡有著極其悠久的歷史，幾經改建，也已然成了第一流設備的酒店。

一路上，我再也不考慮有沒有跟蹤我的問題，到了酒店，洗了一個澡，睡一覺，一直到中午十二點，才醒了過來，按鈴叫人。

我要了一客豐盛的早餐。侍者又將一張紙條，交到了我的手中，是十分清秀的字跡，並沒有下款的稱呼，只是寫著：「別外出，下午一時，我來見你。」

我知道那字條，是黎明玫派人送來的，對於她得知我下榻酒店一事，我一點也不感到奇怪，因為我在一出機場之際，便發現有人在跟蹤我。

一點，黎明玫準時而來。她穿著一件夾大衣，打扮得像個貴婦，但是她的臉色，卻十分難看，她才一在沙發上坐了下來，就開門見山，道：「衛先生，我求你將那份地圖交出來。」

「不能，」我回答得也直截了當，「我們可以用別的辦法，救出石菊。」

「石菊？」她像是夢囈似地，「她的名字，叫作石菊麼？」

「是的，我再問一次，她是你的什麼人？」

「她……她……」黎明玫一連講了兩個「她」字，突然流下了眼淚來。這樣一個武功絕世，聰明絕頂的女英雄，竟然哭了起來。

她並沒哭了多久，便抬起頭來，道：「衛先生，如果你也想救她的話——我想是的——那末你應該接受我的辦法，將地圖交出來！」

老實說，當時我的心情，也是十分矛盾。但是我知道，我如果因為獻圖而救出了石菊的話，石菊是一定不會見諒我的，否則的話，在「死神號」遊艇之上，她就不必冒著萬險，把地圖轉交給我了。我要走一著險棋，要硬將石菊，從「死神」的手中救出來！

因此，我只是略一考慮，便仍然道：「黎小姐，你，我，我們兩個人，難道還不能在『死神』手中，救出一個人來麼？」

黎明玫望了我半晌，道：「難道你願意拿她的性命，去作賭博？」

我的心頭，又為之震了一震，黎明玫的話，的確是言簡意賅。我堅決不答應交出地圖，嚴格來說，是一個極其自私的主意。

因為我不想石菊恢復了自由之後而恨我，罵我是懦夫！而就是為了這一點，要拿石菊的性命去作賭博，我豈不是自私之極？

黎明玫見我半晌不語，輕輕地以她的纖手，放在我的手背上，柔聲道：「衛先生，請相信我，不論你怎樣救她出險，但是絕不及我想救她的心情，來得迫切，因為，我……我是她的母親！」

我一聽黎明玫如此說法，心中不禁大是驚訝。

我雖然早已料到，黎明玫和石菊之間，有著不尋常的關係，但是我只是猜想她們可能是姐妹，卻未曾料到，她們竟是母女！

我呆了一呆，道：「你……是她母親？可是你是那麼地年輕！」

「唉——」黎明玫幽幽地嘆了一口氣，道：「世上只有一個人知道我有一個女兒，連石菊也不知道她有我這樣的一個母親，我是在十七歲那年生她的，今年她也應該是十七歲了！」

她伸手摸了摸自己的額角，道：「我也老了。」

我連忙道：「你一點也不老！」這絕不是阿諛之詞，事實上，黎明玫的確一點也不老，非但不老，而且正像是一朵開了一大半的花朵一樣，是一個美麗的女人最美麗的時刻。

「謝謝你，衛先生，如今，你應該接受我的勸告了吧！」她充滿了希望地說。

我的心情鬥爭得很厲害，可是，縱使我能夠克服自私心的話，我也不信在地圖交到了「死神」的手中之後，石菊便能恢復自由了。

因此，我像是一個鐵石心腸也似的人般地道：「不，我不同意你的辦法。」

黎明玫眼中滴下了兩顆老大的眼淚來，我情不自禁地俯下身去，在她額上，輕輕地吻了一下，道：「黎小姐，我們會將她救出來的！」

坡。」

黎明玫並沒有什麼反應，只是木然半晌，才道：「死神號在下午六時，可以到達新加

我立即追問：「停在什麼地方？我們要在『死神』一上岸時，便出手救人！」

黎明玫自顧自地道：「靠碼頭的並不是『死神號』，而是在近港口處，轉換的另一艘遊艇，四點半，我在酒店門口等你，那時，我將是一個苦力，你也最好化裝一下。」我點了點頭，道：「可以，我可以化裝成一個小商人，是雇了苦力去挑貨物的。」

這是最好不過的辦法了，因為在碼頭裏出現，就只有裝成苦力和商人，到那裏起貨，才不啟人疑竇。

黎明玫表示同意，站起了身來，我為她披上了大衣，她走到門口，忽然回過頭來，問我：「你剛才為什麼吻我的額角？」

我呆了一呆，顯得極其尷尬，對於剛才我為什麼會有這樣的行動，連我自己，也說不出所以然來。她並沒有等我的回答，就翩然而出，我想出聲將她叫住，但終於未曾開口。

第四部：江湖恩怨能人輩出

在酒店中，等到三點鐘，我便開始化裝，一個小時之後，我已然成了一個當地所能見到的一個小心拘謹、小本經營的商人。

我從酒店的太平梯下了樓，在街上溜躂了一會，準四點半，我來到了酒店門口，抬頭一望間，不禁喝了一聲采，只見一個苦力，握著竹槓，竹槓上挑著一串麻繩，正在大酒店門口，躊躇不前。

那當然是黎明玫了，可是我卻幾乎不敢出聲叫她，因為她的化裝，神情實在太像是一個真的苦力了！我在她的身旁走過，她粗聲道：「先生，該走了！」我向她一笑，她卻低聲道：「別露出馬腳來！」

我向四周圍看了看，也難以辨明，是否另有人在跟隨我們，我看來是和她並肩而行，但是卻是她走前半步，便走了開去。

新加坡我已然到過不止一次，可是黎明玫帶我走的路，我卻從來未走過。沒有多久，我甚至不能辨明自己置身在那一個區域之中。

她帶著我穿過了不少我從未到過的汙穢的小巷，在那些小巷中，成群的兒童在污水溝上放著紙摺船在遊戲，五點鐘，我們來到了較為僻靜的地區，又過了十來分鐘，我們已到了海邊，那地方有一個小小的碼頭，幾個苦力，正在碼頭上抽著煙，玩著紙牌。

在碼頭的附近，堆著不少貨物，箱裝的、籮裝的都有，黎明玫向我作了一個手勢，我們就在一大堆木箱旁邊，坐了下來。

我看了看手錶，如果「死神號」依時到達的話，那末，還有四十分鐘，好戲就應該可以上演了。

我以為這四十分鐘，是極難消遣過去的，怎知事情卻出乎我的意料之外，我們剛一坐了下來，那群正在玩牌的苦力，便一起停下手，向我們望來，交頭接耳了一陣，其中的兩個人，站了起來，向我們走了過來，黎明玫「啊」地一聲，道：「衛先生，我們有一點小麻煩了。我忘了此地的苦力，是有著地盤的。」

那時，我也已然看出了情形不十分妙，那兩個身高足在六尺左右的大漢，來到了我們的身邊，便氣勢洶洶地喝道：「你們是幹什麼的？」

我只得苦笑，道：「兄弟，有兩箱貨，等駁船來了，運回去。」

那兩人神態更是獰惡，大聲喝道：「你為什麼要帶人來，壞我們的規矩？」他們一面說，一面撩拳捋臂，準備動手。

我向碼頭處一看，其餘八九個大漢，也全都站了起來，那來到我們身邊的兩個人，分明便是頭目了，我欠了欠身，站了起來，伸手在他們的肩頭上，拍了一拍，道：「兄弟，有話慢慢說，我們可以坐下來談！」

我在向他們一拍之際，運上了五成暗勁，那兩人想要不聽話也不行。身不由主地坐了下來，瞪大著眼瞧著我，作聲不得。

對於靠氣力找生活的苦朋友，我絕不會不客氣的，他們一坐下來，我就笑嘻嘻地道：「兄弟，不必緊張，只是一次，下次我們也不會來了！」

那兩人互相望了一眼，突然之間，神情駭然，站起身來，就奔了回去，和那站在碼頭上的七八人，交談了幾句，我只當剛才那一手，已然將他們鎮住了，怎知片刻之間，總共十一個人，各自拿著竹槓子，又向我們，湧了過來！黎明玫低聲道：「快！快！還有三十分鐘，『死神號』就要到了，我們要在三十分鐘之內，將他們制服，否則就要誤事了！」我也感到，在這樣的緊急關頭，我們不能節外生枝，我們兩人，霍地站了起來，就在我們剛一站起的時候，忽然從一大堆木箱的縫中，一個穿著一套破西裝，而且汙穢的男子，滿口酒氣，跌跌撞撞地走了出來，他才一走出，身子一側，在我的身上，撞了一下，我伸手一推，就將他踉蹌推出七八步去。

只見他跌在地上，爬了起來，口中哼著「妹妹我愛你」，又步履傾斜，向外走了開去。因為那醉漢的一耽擱，十一個人，已然將我們二人，團團圍住。我和黎明玫兩人，當然沒有將這十一個人，放在心上，但是我們的時間卻不多了，而且我們又都沒有意思去傷害他們，黎明玫低聲道：「衛先生，將他們點了穴道，放在貨物箱的夾縫中，就可以沒有事了！」

我剛好也想到了這個辦法，只聽得那一群人，高聲喝道：「打！」

十一條老粗的竹槓，已然呼呼揮動，向我們兩人，壓了下來。我們兩人，身形展動，便「刷刷」地穿了出去，一反手，已然各自點了兩人。然而，就在此際，我們聽到了海面上，傳來了陣陣的馬達聲，抬頭一看間，「死神號」乘風破浪而至，照「死神號」的速度來看，五分鐘之內，便可以靠岸了！它提早到達！我和黎明玫兩人，心中俱皆大吃一驚，本來，「死神號」早到晚到，並沒有多大的關係，但如果今因為節外生枝，在我們未曾將那群大漢制服之間，「死神」上岸，便會立即驚覺！

我們互望了一眼，一個轉身，不約而同，足尖起處，將被點中了穴道的四人的穴道，一起解開，那四個人一躍而起，他們的神情，顯出他們剛才是如何倒地的，根本莫名其妙。我和黎明玫兩人，迅速地靠近，「死神號」已然在開始泊岸，我心中已然有了應變之策，急道：「黎小姐，我們竭力將這場打鬥，裝作是普通的打鬥，勉力抵抗！」黎明玫點了點頭，立即笨拙地揮舞著竹槓，而我則雙手抱著頭，在人堆中亂竄亂避，當然，這樣一來，我身上已然被竹槓子重重地擊了十幾下，我倒在地上，大聲呻吟，瞥見「死神號」的甲板之上，已然出現了四個人，正跨上碼頭，向岸上走來。

我順手撈起一塊磚頭，在自己的額角上，用力砸了一下，剛才已捱了十幾下竹槓子，全被我運勁將力道卸了開去，並未受傷，這一次，我自己砸自己，力道用得很大，額角立時破裂，血流披面，我的呻吟聲，也更加來得大聲，只見從「死神號」遊艇上跨下來的第一個人，就是「死神」！

他手中提著那柄特製的手杖裝槍，仍然是西裝畢挺，神情優雅，在他的身後，就是石菊！石菊的神情，顯得十分憔悴，她的身後，跟著兩個大漢，那兩個大漢右手，全都插在袋中，有隆起的管狀物，從袋中隱露。

他們一行四人，向前走來，黎明玫已然巧妙地將混戰的場地，移到了剛好攔住他們的去路。我也一連幾個打滾，已然接近了他們。

盡管我自己傷了額角，而黎明玫也絕未露出她身懷武林絕技的情形，但是機警的「死神」，才將要接近我們時，卻還是立即停了下來。

我一見時機已至，接連幾個打滾，正是「就地十八滾」的身法，迅速地滾向監視石菊的那個大漢，同時，我已然握住了腰帶的活扣。

我的那條腰帶，全是白金絲纏成的，又軟又重，是我的防身兵刃，我以極快的身法，一滾近了那兩個大漢，「刷」地一聲，揮出了白金帶，一式「一箭雙鵰」，向那兩個大漢的足部纏去。

那兩個大漢，見我向他們滾來，正待抬腿要踢時，我那一式的精奧變化，已然展開，他們兩人沈重的身軀，「砰砰」兩聲，跌倒在地，同時，他們褲袋中的手槍，也呼嘯了起來。

由於他們是仰天跌倒的，兩顆子彈，向天飛出，並未傷人。

槍聲一響，那群苦力呆了一呆，一聲大叫，立即散開！而黎明玫也在此時，竹槓橫揮，向「死神」疾撲了過來！

這一切，本來全是電光石火般，一剎那間，同時發生的事情。

石菊在陡然之間，她已知道了情況發生了對她有利的變化，她身子連忙向後一退，不等那兩個大漢翻身躍起，便以足跟打穴，重重地兩下，擊中了那兩人胸前的「神堂穴」。

那兩個大漢立時不能動彈，我一躍而起，正待去奪他們袋中的手槍時，卻也聽得「砰」地一聲槍聲，連忙回頭看時，只見向「死神」撲了過去的黎明玫，左胸上鮮血殷然。

她已然被「死神」的手杖槍擊中。而只有一條腿的「死神」，動作之靈活，當真是不可思議，剛才他將黎明玫擊中的那下槍聲甫起，他已然轉過身來。

那表示，對自己的槍法，具有絕對的信心，根本不必去看一下，那槍是否擊中！他一轉過身來，槍口便已然對準了我！

我情急智生，手伸處，已然抓起了一個大漢，向他疾撲了過去，一聲槍響，子彈射入了那個大漢的身上，我向石菊叫道：「快逃！」

石菊的身形向旁疾閃了開去，我伏地再滾，已然來到了黎明玫的身邊，「死神」的手杖點地，向石菊追了上去，他們兩人的身形，迅即為一堆一堆的大木箱所遮住，我也沒有能力去兼顧石菊，一來到了黎明玫的身旁，便問道：「黎小姐，你——」

黎明玫揮了揮手，道：「你……去看石菊……」我將她扶了起來，道：「我相信她可以逃得脫的，你傷勢怎麼樣？」

她閉上了眼睛，微微地喘著氣。槍聲連續三響，「死神號」中，又有幾個人上岸來，但正在此際，警車的「嗚嗚」聲，也自遠而近，傳了過來。

從「死神號」上來的那些人，一聽得警車聲，立時回到了船上，我只聽得其中一個人，對準了手腕，慌忙地問道：「首領，怎麼辦？」

那自然是無線電通話器，「死神」只要在三公里之內，便可以聽到他部下的請示，也可以發出指令。我當然沒聽到「死神」的回答，但是「死神號」在極短暫的時間內，發動了馬達，急駛了開去。警車越來越近，我連忙扶起了黎明玫，來到了木箱堆中，我找到了一隻空木箱，立即和黎明玫兩人，蹲在地上，將空木箱罩在我們的身上，低聲道：「黎小姐，別出聲！」

黎明玫點了點頭，我趁警車尚未到達之前，用力撕開了她的上衣。

她微微地，本能地掙扎了一下，便不再掙動。木箱之內，光線很暗，而她的右乳之上，鮮血泊泊，我的手抖得十分劇烈，我小心地撕開她的衣服，從褲袋中摸出一小瓶藥來，向她的傷口處倒去，她痛得緊緊地握住了我的手臂。這種急救法，是最有效的，但也是最痛苦的。

我對她能夠忍住了而不出聲這一點，心中實是異常的欽佩。

從木板縫中望出去，兩輛警車，馳抵現場，但現場上已然一個人也沒有了，警車上的警察，紛紛躍下如臨大敵，搜索了一陣，幸而並沒有發現我們，我看到一位警官，正在對著無線電報機，在向警局報告現場中的情形。

我小心地將黎明玫的創口紮好，以半件上衣，遮住了她的右乳，她也已然抹去了臉上的化裝，依在我的懷中。

我又看了看外面的情形，低聲道：「黎小姐，警車一時半時，怕不會離開，你覺得怎樣，我們要不要立即去找醫生？」

她微閉著雙眼，低聲道：「不……不用，我……願意靠……著你……」

我呆了一呆，將黎明玫抱得更緊一點，又輕輕的在她額角，吻了一下。她嘴角上，泛起了一個極其神奇，難以捉摸的微笑。

我希望我們可以在木箱之中，等到警車離去，但是黎明玫的呼吸，卻漸漸地急促了起來。而更嚴重的，是她的身子，竟然微微地抽搐起來，如果再耽下去，她的傷勢，更會惡化！

我忽然想起以前曾聽人說起過一個故事。一個大盜，在槍戰之中負傷，他可以有機會逃走，但是他估量在逃走之後的幾個小時內，找不到醫生，他便棄了戰鬥，警方便將他送入醫院，在醫院中傷勢略癒，他便逃走了。我這時候，實在也逼得非要如此做，才能使黎明玫最快地置身於醫務人員的照料之下。

雖然這樣做，對我，對黎明玫，都會帶來許多意料中的麻煩，但為了遏制黎明玫傷勢的惡化，還是很值得的。

我將我的意思，小心地對黎明玫說了一遍，黎明玫搖頭道：「不，衛，不要驚動警方。」

我著急道：「那你的傷勢——」

她喘了一口氣，道：「你可以頂著木箱，緩緩地退了開去，將我個人留在這裏。」

她的話使我想起一個很好的脫身機會，這時候，天色已然昏暗了，我雙臂略舒，將黎明玫抱起，以背脊頂著木箱，離地寸許，向後面慢慢地退了開去，移動了兩三丈，木箱突然撞到了什麼東西，發出了「砰」的一聲響，我連忙伏了下來。

只見兩個警員，飛馳而至，手中的電筒，發出耀眼的光芒，一直來到了木箱的旁邊，東照西射，我趁他們背對我的時候，掀起木箱來，手伸處，已然將他們兩人的軟穴封住。

對警員如此不敬，在我來說，還是第一次，這倒並不是我自命什麼正人君子，一點也不，對於有些錢多得不知怎樣花用才好的人，我也曾「慷慨」地「幫助」他們花用一部份。

但是我總認為，每一個警員，都是以他們的生命的危險，在維護著社會的治安的，無論如何，總是值得尊敬的人物。

但是那一次，我實在是逼於無奈，所以只好出手，我連忙將他們兩人，拉進了木箱，迅速地脫下了他們的制服，穿在自己和黎明玫的身上，扶著黎明玫，掀起了木箱，向外走了開去。

五分鐘後，我們已然沒有了危險，但黎明玫的傷勢，似乎越來越不妙，她整個人，幾乎已然全部壓在我的身上，正在這時候，一輛計程車在旁馳過，司機停下車來，道：「要車？」我想到求之不得，立即打開車門。而就在打開門的一剎間我陡地想起，哪有司機向警員兜生意的道理？而我和黎明玫此際，正穿著警員的制服！

我立即想縮回手來，但是卻已然慢了一步，從車子的行李箱中，跳出兩個人來，其中一個，我認得是曾經為我療傷的蔡博士，還有一個，身子極高，一副打手的身材，手中有槍。

我僵在的士門前，蔡博士笑嘻嘻地道：「進去吧，首領等你們很久了！」

在槍口的威脅下，我無可奈何，扶著黎明玫，跨進了車廂！我本來以為，只要石菊能夠逃脫的話，雖然黎明玫負了傷，但我們總算贏了。怎知我將「死神」估計得太低了，他的確是天才，我們輸了！

如果連石菊也未曾逃脫的話，那麼我們輸得更慘，簡直是一敗塗地了。

蔡博士坐在黎明玫的右側，的士向前，疾馳而出，蔡博士為黎明玫把著脈搏，不住地搖頭。此際，我雖然也已自落人手，但是我卻只是關懷著黎明玫的傷勢，我頻頻地問：「怎麼樣？怎麼樣？」

蔡博士並不回答我，只是催司機：「快！快！」一面又自言自語道：「首領真是了不起，他怎麼立即想到，會是你們兩人？」

黎明玫緊閉雙目，一言不發，她的右手，卻緊緊地握住了我的手。

我實在忍不住了，伸手在蔡博士的肩頭上，猛地一拍，厲聲道：「黎小姐的傷勢怎麼樣？」蔡博士「哎」地一聲，道：「不要緊，我們有著最現代的醫藥設備，但幾天之內，她不宜受刺激，衛先生，你還是不要動粗的好！」我聽得黎明玫的傷勢，沒有生命危險，心中便放下了心，反正已知道逃不脫，也樂得先伸長了雙腿，舒服地倚在車座上。

沒有多久，車子便已來到了一間廟宇的面前，那是一間規模很小，門口也很破敗的小廟，我不明白何以「死神」會揀了這樣一個地方，來作他的總部。車子在廟門口停了下來，從廟中走出來了幾個人，打開了車門，每一個人的手中，都有著手槍，如果我想逃脫的話，這時候倒還是有機會的。

但是不知怎地，我竟連一點逃走的意思也沒有！

我不想逃，一則，是為了黎明玫傷得那樣沈重，我不想她單獨受「死神」的折磨(我不明白自己為什麼有著這種伴隨黎明玫受難的心情)，二則，石菊的下落未明，我也要去探個究竟。

兩個大漢手槍指著我，兩個大漢伴著黎明玫，向廟中走下，不一會，便穿過了廟殿，廟後有幾間外表看來，十分汙穢破敗的平房，在正中一間的門口，已然站著一個西裝筆挺的人。

那人站在門口的神情，極其優雅，一見到我，微微地彎了彎腰，道：「歡迎！歡迎！」

那是「死神」！他面上的神氣，帶著嘲弄，我踏前一步，道：「黎小姐受了重傷，這裏能醫治她的傷勢麼？」「死神」微微一笑，道：「衛先生，請你進來看一看，別盲目發脾氣！」

他側身一讓，我一步跨了進去，才一跨進去，我便怔了一怔。

在我的想像之中，那幾間平房，外表如此破敗，裏面當然也是一樣的汙穢，不料房子的裏面，豪華得令人難以相信！四壁全都垂著紫紅色天鵝絨的帷簾，幾只乳白色的沙發，和大理石的咖啡几，柔和的燈光，厚厚的地毯，比得上世界第一流的酒店！

「死神」在我跨進了房間之後，便道：「蔡博士，你先去看治黎小姐，她……絕不準死！其他人都出去，我要和衛先生單獨談談！」那兩個押在我後面的大漢，答應一聲，便退了出去，順手將門關上。

「死神」一伸手，道：「衛先生，請坐。」我四面看了一看，坐了下來，道：「石菊呢？」

「死神」一笑，道：「她在隔壁——但是你不用叫，這裏就算有炸彈爆炸，鄰室也不會聽到的！」我反手在牆上扣了扣，一聽那種聲音，我便知道在天鵝絨的後面，竟是銅壁！我冷冷地道：「你打算將她們怎樣？」

「死神」坐了下來，嘆了一口氣，道：「她們將怎樣，事實上應該由你來決定！」

我望著他，並不開口。「死神」突然又嘆了一口氣，道：「衛先生，你們三個人，雖然都在我的手中，但是你給我的打擊之大，是我從來也未曾受過的！」

我不明白他是什麼意思，他的語音顯得更加低沈，又道：「明玫……她竟然……唉！」

我即使是白癡，這時候，也應該看出他的心意了，我當真想不到，像「死神」這樣的一個強盜，在戀愛上竟是那樣地紳士式的！

顯然，他一直在愛著黎明玫，但只怕也從來未曾對黎明玫吐露過他的心事，如今，黎明玫竟和我在一齊反對他，「重大的打擊」，當然是指這件事而言！

當下我搖搖頭道：「你錯了，我怎有這個能力使黎小姐反對你？」

「死神」的身子猛地欠了一欠，道：「誰？那是誰？」我沈聲道：「石菊！」「死神」立即道：「胡說，石菊根本沒有和明玫見過面！」我「哈哈」地大笑起來，道：「我不相信你真的會那樣愚蠢！」

「死神」呆了一呆，眼眉緊蹙著，過了一會，以探詢的聲音問道：「她們……她們是姐妹？」

「不。是母女！」我乾脆回答他。「母女！」「死神」的手杖在地毯一點，整個人跳了起來，激動地在室內來回地走著，喃喃地道：「是母女？不！不可能！」他又轉過頭來，狠狠地道：「你胡說！」

我只是冷冷地望著他，這時候，我算是第一次看明白了「死神」的面目！他面上的肌肉扭曲著，金絲邊的眼鏡，也在微微地抖動，那是一個典型的匪徒的臉！可是沒有多久，他臉上的神色，又平靜了下來，道：「那麼她的丈夫是誰？」

我搖了搖頭，道：「我不詳細，但石菊的確是她的女兒，你難道看不出她們之間，是多麼相似麼？」

「死神」頹然地坐了下來，道：「我早就應該知道的，早就應該知道的！」

我笑了一下，道：「關心則亂，『死神』先生，你心中其亂如麻了！」「死神」突然抬起頭來，道：「不對，衛先生，我們不談這些，那份地圖，你快交出來吧！」

他開門見山，陡地提出了這樣的一個問題來，我不由得吃了一驚。他鎮定地道：「你不必問我為什麼知道，如果地圖真的在銀行的保險箱中，黎明玫至少應該知道我絕不會害石菊的，你們想救石菊，我就知道石菊說謊，而那份地圖，衛先生，我被你們瞞過了一次，但我相信，此際它一定在你的身上，我不想和你動粗，你快點交出來吧！」他話說得那樣徹底，我不禁無話可答！

「死神」又道：「衛先生，你不能要求你在各方面都勝利的，快將地圖交出來，你們三個人，我可以絕對保証安全。」

這是一個極大的誘惑，三個人恢復自由，而以一幅地圖去作交換，雖然那幅地圖關係著三億美金的寶藏，但和三個人的生命相比，當然是生命重要！

我想了片刻，道：「你的條件，我可以考慮，但是你總應該知道，我原不是地圖的主人！」

「死神」冷冷地道：「衛先生，你再拖延下去我要動粗了！」他站了起來，伸手拉開了一幅天鵝絨的帷簾，在帷簾之後，直挺挺地站著四個人。那四個人一望便知是西洋拳擊的好手。

「死神」又踱向另一幅牆，又拉開了一幅帷簾，又有四個人貼牆而立，那四人中，我倒有三個是相識的，那三個人，身材甚是瘦削，但卻是東川武林中一等一的高手，武林中人，提起「唐門伏虎掌」，很少有人不知道的，在唐氏三兄弟旁邊，是一個死樣怪氣的漢子，但是我不必看其他，只看他微微鼓蕩的太陽穴，便知此人內家氣功，已臻火候！本來，我還想站了起來，但一見那八個人，我便放棄了抵抗的主意。我面上竭力裝著鎮定道：「不錯，地圖是在我這裏，但是你猜會帶在身上麼？」

「死神」冷冷一笑，向那八個人一揮手，八個人便一齊踏出了兩步，我厲聲喝道：「唐老大，你們想與我為難麼？」唐氏三兄弟猛地一怔，我已然打橫逸了出去，衝向那四名西洋拳的好手。

那四人拳風呼呼，已然各自向我擊出了一拳，這四個人，我根本沒有放在心上，真氣充塞間，那四拳一齊擊在我的身上，但是我一俯身間，雙手連抓，已然抓住了兩人的腳踝，將他們兩人，直提了起來，一個轉身，正待將那兩人，向「死神」直碰了過去之際，陡然之間，我覺得左腰際，一陣勁風，襲了過來！

這一股勁風，使我立即知道，那是一流高手向我突襲，我連忙左手一沈，想以被我提住的那個大漢，去將他擋住時，突然之間，那股勁風，竟然已移到了我的右腰！對方的變招，如此快疾，確是大大出乎我的意料之外，我還待閃避時，胸前「砰砰」又中了兩拳，而右腰上一麻，「帶脈穴」已被點中。

我身子一軟，向下蹲了下去，在那時候，我已然看清，向我偷襲的，正是那個死樣怪氣的漢子！

我身子雖然軟了下來，但是抵抗能力仍然在，我百忙之中，只見「死神」悠閒地點上了一支雪茄，那死樣怪氣的漢子，就在我身旁，我裝著已然完全不能動彈的神氣，那漢子一伸手，向我肩頭抓來，我眼看他手將要搭到了我的肩頭，倏地出手，向他的脈門抓去。

這一抓，我自以為神出鬼沒，對方萬難逃避得去，但是，那漢子的武功之高，卻大出我的意料之外，就在我一抓向他抓出之際，他手一縮，竟反向我脈門抓了過來！出手如風，我的脈門已然為他抓住，整個人身不由主地被他提了起來！而那四個大漢，則在我剛一被他提起之際，各自在我的腹部、背部，擊出了幾拳！

我脈門被制，勢難運氣消力，那四拳擊得我眼前金星亂冒，幾乎昏了過去！

那四個西洋拳的高手，將我當作練拳的沙袋一樣，四拳一過，此進被退，竟又是四拳，我咬緊了牙關，一聲不出，趁著其中一人，離得我較近時，舉起腿來，便向他的小腹踢去！

那人殺豬也似地叫了一聲，捧住小腹，滿頭大汗，痛得在地上打滾，其餘三人一見同伴吃了虧，更是大怒，狂吼一聲，又待揮拳襲來。

我心中知道三拳如果再被擊中的話，只怕我立即便要昏了過去，正當我想要出言請「死神」制止他們行兇之際，「死神」已然揮動了手杖，喝道：「住手！」那三個大漢連忙退了開去，那個陰陽怪氣的漢於，一聲冷笑，一抖手，將我摔向五六尺開外的沙發上。

我簡直像是軟癱在沙發上一樣，除了喘氣之外，別無動作。

「死神」冷冷地道：「衛先生，那幅地圖，你該可以交出來了！」

我停了好一會，才道：「如果我將地圖交了出來，我們三個人，是否可以自由？」

「死神」的面上，又泛過了一絲十分痛苦的神情，道：「可以。」當然，我知道「死神」實際上，是不肯那麼輕易地放過我們的，但目前如果有自由，則我們和他之間，便又可以見一個長短。他得到了地圖之後，當然要到科西嘉附近去的，我們可以到那裏再和他周旋，這比無意義地保存地圖好得多——而且，在眼前的情形之下，地圖根本是無法再保存下去的，它雖然放在我內衫的夾層袋中，但「死神」將我擊昏之後，什麼東西搜不出來？

我那時只是後悔為什麼不將地圖後面的那些文字，仔細地看一看，如今當然是沒有機會了。

我想了好一會，才道：「好，我可以將地圖交給你，但你至少先要讓石菊和黎明玫兩人，在我的面前，得到自由。」

「死神」面上毫無表情地望了我半晌，才回頭吩咐道：「請黎小姐和石小姐！」

一個大漢應聲而出，沒有多久，石菊已然在兩個人的指押下，走了進來，她一見到了我，先是訝然，繼是忿怒，立即轉過頭去，不再瞧我。

「石小姐。」我叫了她一聲。

「哼！」她只是從鼻子之中，冷笑了一聲，算是回答。

「石小姐，」我委婉地說：「你和黎小姐兩人，先離開這兒，她受了傷，要你照顧。」

石菊倏地轉過頭來，眼中怒火四射，停在我的身上，忽然，她「呸」地一聲，向我啐了一口，一眼便可以看出，她對我實是鄙夷之極！

我連忙道：「石小姐，你——」她立即道：「別說了，我以為你是可以託付的人，誰叫我瞎了眼睛？」我深深地嘆了一口氣，「死神」笑了一下，問我：「衛先生，你認為石小姐怎樣才是自由了？」

我想了一想，道：「你將她送到××酒店，取到司理的信，她就是自由了。」那酒店，就是我住的那家，司理是我的好友。

「死神」道：「完全可以照辦，先送石小姐出去！」兩個大漢，又押著石菊向外走左，來到了門口，石菊突然轉過頭來，狠狠地罵道：「懦夫！」

我痛苦地閉上了眼睛。石菊的責罵，雖然只有兩個字，但是卻給了我沈重的打擊，我是懦夫麼？我自問絕對不是！但石菊因為我要救她，而罵我是懦夫！

等我再睜開眼來時，黎明玫坐在轉輪椅上，被蔡博士推了進來。

她的面色，十分蒼白，眼中也是了無神采，垂著頭，見了我，才抬起頭來。我望著「死神」．他雖然在竭力鎮定，但是也掩飾不了他內心的激蕩。

「明玫，」「死神」最先開口：「我們之間的合作，算是完了。」

黎明玫牽動了嘴角，笑了一下，道：「我們之間，根本沒有合作過！」

「死神」轉過頭去，「哈哈」一笑，道：「說得好！說得好！但願你早日恢復健康，蔡博士，將她送到市內最好的醫生那裏去。」

黎明玫的面上，現出了驚訝之神色，突然向我望來，道：「你——」

我聳了聳肩，道：「黎小姐，你先離開這裏再說。」黎明玫嘴唇牽動，像是要對我說些什麼，但是卻終於未曾說出來。

我轉過頭去，不想再說話，黎明玫又被推了出去，室中靜默著，不到半個小時，一個大漢已經帶來了酒店經理的信，而一個知名的醫生的收費單據，也証明黎明玫已然脫離了「死神」的魔掌。

在這半個小時中，我調勻真氣，身上的酸痛已然走了七八分，我向那陰陽怪氣的漢子，望了一眼，道：「這位朋友是誰？」

那漢子懶懶地道：「不敢，在下姓邵，名清泉。」我一聽「邵清泉」三字，不由得吃了一驚，道：「原來就是七十二路鷹爪法的唯一傳人麼？」

邵清泉面上神色，仍是懶洋洋地，道：「不敢，剛才這一抓，便是一式『蒼鷹搏兔』！」我聽出他言語之中，大有譏諷之意，便轉頭過去，向「死神」道：「閣下確能攬致奇才異能之士，連邵先生也為閣下所用！剛才我敗在邵先生手下，但等一會，還希望向邵清泉先生一人，單獨地討教一下！」

我向邵清泉挑戰，但是卻向「死神」提出，當然是故意瞧不起他，邵清泉面色，顯得十分惱怒，剛才，我敗在邵清泉的手下，固然是以寡敵眾之故，但是邵清泉所擅，七十二路鷹爪法，也確是非同小可的武功，這一路武功，起自明末，一直只是單傳，到了近代，除了邵清泉一人之外，再無人識。武林相傳，三湘大俠柳森嚴，生平只服一個，那便是邵清泉的叔父。

邵清泉的叔父沒有兒子，是以才將七十二路鷹爪法傳了給他，他與他單獨對敵，實也無必勝把握！「死神」笑道：「你先將地圖交了出來再說！」我伸手入長褲的密袋之內，將尼龍袋取了出來，交給了「死神」，「死神」接過來，才一看之下，面色立時為之一變！

「死神」的面色，在陡然之間，變得如此之難看，令我也感到莫名其妙，我連忙仔細向他所拿著的尼龍袋一看，連我自己，也不禁為之駭然！

本來，那尼龍袋之內，還有油紙包著地圖，但是此際，卻換了紅紙。尚未及待我弄明白是怎樣一回事，「死神」面色，更是盛怒，拋開了尼龍袋，抽出那紅紙來，我只瞧見那紅紙之上，有幾行字寫著，「死神」看了一眼，突然「哈哈」大笑起來。

「死神」喜怒無常，更令得我丈二和尚，模不著頭腦，只聽得他道：「衛先生，你終朝打雁，卻叫雁啄了眼去哩！」我連忙道：「你這話是什麼意思？」

「死神」將那一疊紅紙，向我拋了過來，我接在手中一看，也不禁呆了。

只見那紅紙上寫著兩行字，道：「放得巧妙，難避我目，信手取來，且買三日之醉，勿怪！勿怪！」下面並沒有署名，卻畫著一個七隻手的人，我呆了半晌，陡然之際，想起在碼頭時，從木箱中歪斜走出，在我身上撞了一下的那個醉漢來。

我一想起了那個醉漢，不由得「霍」地站起，頓足失聲道：「神偷錢七手！」

「死神」笑聲不絕，回頭向唐氏三傑道：「快去找錢七手，問他要多少錢！」

我又頹然地倒在沙發上，江湖之上，臥虎藏龍，能人之多，確是不可想像，我不但敗在「死神」的手中！而藏得那麼妥貼，自以為萬無一失的地圖，被人以空空妙手偷去，卻還一點不知！

其實，如果我肯細心一點的話，應該想到那醉漢向我的一撞，並不是無緣無故的。但是當時，我怎能想得到名馳大江南北，竊術已到六十三鈴的神錢七手，也會在新加坡？

錢七手的名字，我相信如果曾經在京、滬一帶，吃過扒手飯的朋友，一定沒有一個人不知道的(這一類朋友，有一些還在活動，有一些已經「退休」了)。他是自從前清雍正年間，漢口扒手的大龍頭，孟阿三之後的唯一扒手天才。孟阿三的程度，據說達到六十六鈴！

我不得不解釋一下，所謂「鈴」，類似日本柔道的「段」，是判別一個扒手功夫高低的準繩，其來源是這樣的：扒手在初學扒竊藝術的時候——扒竊是一種藝術，不但要心細、膽大、眼明、手快，而更主要的還是要巧妙地轉移人家的注意力，絕不是簡單的事——是先向一個木頭人下手的。

這個木頭人全身的關節，和活人一樣，是活動的，木頭人掛在半空，穿著和常人一樣的衣服，在木頭人上掛著銅鈴，從一枚鈴起，一直掛到六十三枚鈴，而伸手在木頭人的衣服內取物，沒有一隻鈴會相碰而出聲，這種程度，便是「六十三鈴」。一般的扒手，能有五鈴、六鈴的程度，已然是十分了不起的了。我自己因為興趣問題，曾經在十七八歲的時候，練過一個時期，不過到七鈴為止，便再無進境了。當時因為節外生枝，我顯得十分尷尬，不知是否會因此而令得「死神」改變主意！

「死神」卻滿不在乎地道：「衛先生，你也可以走了！錢七手不知道他所扒的東西，價值如此之高，我可以到手的！」

當「死神」講這幾句話的時候，我的心中，陡地閃過了一個念頭！

唐氏三傑的長輩，和我的幾個師長，頗有淵源，是以剛才經我一喝，他們三人，便沒有參加對我的圍毆，如果我立即離去，實在仍有可能將地圖追回手中的！

一想及此，我心頭不禁一陣緊張，正待返身而出時，邵清泉已然道：「朋友，就這樣走了麼？」

我怔了一怔，道：「以後有機會，再向邵先生領教！」邵清泉冷笑了兩聲，我已然走出了屋子，幾個箭步間，已然出了那廟宇的正門。

我雖然已經暫時脫離了「死神」的魔爪，但是我自知處境極端危險。

但是我絕不放棄和「死神」的鬥爭！在廟旁，有一株極高大的金鳳樹，廟前人很冷清，我三手兩腳，便爬到了樹上。

我靜靜地等著，希望唐氏三兄弟帶著神偷錢七手經過之際，我有便宜可揀。在樹上，我足足等了兩個半小時，日頭正中，尚幸這廟宇之前，極其冷清，我才不至於被人發覺。正在我肚子又咕嚕嚕亂叫之際，我看到有四個人，向廟宇門口，走了過來。

那三個穿著唐裝的，我一看便認出他們是唐氏兄弟，而另一個，唐老大和唐老二分兩邊扶著他，卻是神不知鬼不覺，以幾乎難以想像的手法，偷了我地圖的神偷錢七！

我身子一聳，正想躍下去時，他們四人，已然來到了樹下。我仔細一看，不禁怔了一怔，神偷錢七醉得人事不省，口中喃喃地，不知在講些什麼，如果不是有兩個人扶著他，他早已跌倒在地上了！

我心知唐氏三兄弟一定未曾在錢七的口中，得到任何資訊，那正是我求之不得的事，心念再轉，我已然定下了以一敵三的對策，就在唐老三走在前面，已然走過了我棲身的那棵金鳳樹之際，我一運勁，已然折了一根樹枝在手。

然後，手一鬆，整個身子，便向下疾沉了下去，我在下沈之際，雙腿微曲，待到唐老二和唐老大，覺出頭頂風生，有人突擊之際，我雙膝早已重重地撞在他的背上，那一撞，令得他連聲都未出，便自昏了過去，唐老二連忙鬆開了錢七手，進指如戟，向我腰際點到，我左腳著地，右腳疾飛而起，使了半式「鴛鴦鐵腿」，唐老二正被我踢中下顎！

他下顎骨被我一腳踢得脫了臼，作聲不得，向後退去，我手中樹枝揚起，已然點中了他腰際的軟穴，而唐老三一個轉身，看到了這等情形，不向我迎來，卻立即向廟中撲了過去！這一下，倒是大大地出乎我意料之外，我真氣未曾料到唐老三會不與我對敵，而如果被他逃回廟中的話，我的計劃，便算是完了！

當下我連忙足尖一點，追了上去，舉腿便掃，唐老三反手拍出了一掌，事已至此，不行險著，焉能取勝？我身子向後一俯，唐老三的那一掌，已然「噗」地一聲，擊在我的肩頭！

本來，他這一掌，是無論如何擊不中我的，但是我卻送上給他打！

果然，唐老三一掌將我擊中，他也是大感意外，不由得呆了一呆。

我拼卻捱上一掌，要求的就是他這一呆！就在他一呆之際，我反手便已然扣住了他的脈門，緊接著，棄了手中的樹枝，在他的腦後，輕輕拍了一掌，他「腦戶穴」受震，立時昏了過去！

我將唐氏三傑，相繼擊倒，一個轉身，挾起了神偷錢七手便走！馳出了十來丈，才將錢七手放了下來，扶著他召了的士，回到了酒店。

當然，我知「死神」可以知道，唐氏三傑的被襲，是我的傑作，而我回酒店來，似乎是十分不智的事，但是虛則實之，實則虛之，諸葛亮囑咐關羽在華容道上點起煙火，引曹操殺來，就是這個道理，「死神」未必料到我會回酒店去的，因為我原來就是棲身於這個酒店的！他可能發動所有的爪牙，滿星洲搜尋我的下落，但一定到最後，才想這家酒店！而到他想到的時候，我們只怕已然遠走高飛了！

我來到了酒店門口，將錢七手從太平梯扶了上去，打開了我的房門。

我所住的是一間套房，我將爛醉如泥的錢七手放倒在沙發上，向浴室走去，可是浴室的門，竟然下著鍵！

我不由得吃了一驚，連忙道：「誰在裏面？」問了兩聲，並未有人回答，我正待撞了進去時，卻聽得浴室的門，「得」地一聲，打了開來，我定睛看時，只見石菊，裹著大毛巾，正洗完了澡！

我倒未曾想到石菊竟然未走！

石菊見到了我，神情也十分驚訝，但是驚訝的神情，立即為羞澀所代替，將身子一縮，道：「是你」「是我，儒夫！」我仍然心是有氣。

她紅著臉，道：「你能將衣服，遞一遞給我？」我走進房中，將她脫在房中的衣服，一股腦兒地抓了起來，擲了給她。

石菊將浴室的門關上，不一會，又走了出來，向錢七手看了一眼，道：「他是誰？」

我將錢七手扶了起來，向浴室中走去，道：「那幅地圖在何處，只有他知道！」

石菊奇道：「那怎麼會？」

我將錢七手放在浴缸中，扭開了花灑，冷水沒頭沒腦地淋在他的身上，錢七手左右閃避著，不一會，便大叫著坐了起來，抖了抖頭，道：「這算什麼？」

我又將他提了出來，道：「錢七手，你可還認得我麼？」

錢七手定著眼，向我瞧了一會，突然伸手在我肩上拍了一拍，道：「認得！認得！」我連忙退了一步，一伸手，握住了他的手腕，他嘻嘻笑著，攤開手來，我的一隻皮包，已然在他的掌心！

這一下猶如魔術般的盜竊手法，令得石菊大為驚訝，我回頭道：「石小姐，你明白了？」石菊的臉上一紅，低下頭去，道：「我明白了，衛大哥，我……錯怪了你！」我反倒笑了出來，道：「石小姐，我並沒有錯怪你的意思！」

石菊抬起頭來，水靈靈的眼珠望著我，好半晌不說話，我也不禁給她望得有些情迷意亂起來，但不知怎麼，在那時候，我卻忽然又想起了黎明玫來！

我使勁地搖了搖頭，在錢七手的手中，接過了皮包，道：「七叔，我從小就久仰了，我的師父，揚州瘋丐，和你也有些淵源的！」

錢七手尷尬地笑了笑，道：「那倒很對不起了！」我立即道：「閒話少說，你取去的東西呢？」錢七手道：「那東西，我……脫手了！」

我不禁大吃一驚，失聲道：「什麼，你已經出手了？賣了多少錢？」錢七手從口袋中摸出了幾張一百元面額的美金來，數了一數，道：「七百美金，賣得不錯吧！」我和石菊兩人聽了，相顧失色。

事情會出現這樣的變化，當真是我萬萬想不到的！我頓了頓足，道：「你將東西賣給誰了？」錢七手搖頭道：「衛先生，你知道我們的規矩，那是不能說的、我取了你的東西，不好意思得很，但那些破布，未必有什麼用處，七百美金，我給了你吧！」

我幾乎是在大聲叫嚷：「破布，沒有用處？你這傻瓜，這破布上，關係著三億美金！可以令你住在金子鑄成的房子中！」

錢七手顯然嚇得呆了，他的嘴唇顫抖著，一句話也講不出來。

第五部：藏寶圖的波折

我將他推倒在床上，面色鐵青，石菊向我擺了擺手，走向前去，道：「七叔，那些東西，你賣給誰了，快說出來吧！」

錢七手瞪大著眼睛，一聲不出，石菊嘆了一口氣，道：「七叔，你如果不講出來，我只怕活不了，你救救我吧！」

錢七手呆了半晌，才道：「那些東西，賣給一個外國人了！」我連忙問道：「那外國人是怎樣的？」錢七手道：「我也不很詳細，看他的樣子，像是遊客，我在街邊，將袋拆了開來，正在細看間，那外國人從對面馬路穿了過來，將他口袋中的美金，全都取了出來，取過了那塊破布，便走了開去，我幾乎當他是神經病！」

我向石菊望了一眼，道：「那外國人是什麼樣子的？」

錢七手昂起頭來，想了一想，道：「大約四十上下年紀，個子不高，眼睛三角，很兇，噢，是了，他手臂上，像是刺過花之後，又除去，有著很難看的疤痕！」

「得了，」我揮了揮手：「你去吧，你可得小心些，『死神』正在找你哩！」錢七手的面色微變，道：「也是為了這件事麼？」我點了點頭，道：「不錯！」他呆了半晌，就走了出去，石菊連忙問我：「衛先生，我們怎麼辦？」我在屋內踱著方步，並不回答。

石菊又問道：「衛先生——」我站定了腳步，道：「石小姐，我們先要去找這個外國人！他手臂上有著刺過字又除去的痕跡，我疑心他以前是德國的秘密警察，更可能就是當年曾經參加藏寶的人！」

石菊像是懷疑地望著我，顯然，她以為我的論斷，太缺乏根據。

但是我作出這樣的推論，倒不是偶然的。因為根據錢七手的敘述，那個「外國遊客」，是在對街走過來，向他購買那幅地圖的。

他如果不是深知那幅地圖的來歷的人，這樣的一片破布，只怕送給他也不要！

這個「外國遊客」，是當年參加藏寶的一份子，說不定他正是得到了線索，知道這幅地圖，流落到了遠東，因此才特地前來尋找的！

我本來想問一問，當年隆美爾的寶藏地圖，如何會到得石菊他們的手中，但我知道這其中，一定包含著一個極其曲折的故事，時間不許可我們在酒店中長耽下去，我匆匆地收拾了一下應用的東西，道：「石小姐，我們先去見你的母親再說！」

石菊聽了，猛地震了一震，道：「我媽在新加坡麼？」

我順口答道：「是，她是和我一起搭飛機來新加坡的，在碼頭上救你，被死神一槍打中，受了傷的就是她！」石菊搖了搖頭，道：「衛先生，你別和我開玩笑。」我不禁怔了一怔，道：「誰和你開玩笑？」

石菊立即道：「我媽還在西康，不要說她絕不會出來，就算出來，她也無法在碼頭上和人動手，她雙腿早已風癱了！」

我呆了一會，立即想起黎明玫的話來，黎明玫曾說：「連她也不知道有我這樣的一個母親！」

我連忙問道：「石小姐，你說的是誰？」石菊莫名其妙，道：「是我媽啊！」我又緊問一句：「那令尊又是什麼人？」

石菊道：「你還不知道麼？我爹就是石軒亭。」

「石軒亭！」我幾乎叫了出來，「就是北太極門的掌門人？」

石菊點了點頭，道：「不錯。」我看了看手錶，我們離開「死神」的大本營，已然將近一個小時了，我們必須及早離開這裏。

我連忙道：「石小姐，閒話少說，我現在就帶你去見一個人！」石菊問道：「那你剛才說什麼我的母親，那又是什麼意思？」

我道：「你見到了那個人，就可以明白了！」石菊滿面疑惑之色，我和她兩個人，從酒店的後門，走了出去，沒有多久，已經來到了那著名的醫生的醫務所中。這裏並不是一個醫院，而是一所很雅致的三層小洋房，每一層，只有一張病床。

我走了進去，向詢問處的護士，問起黎明玫來，那護士卻回答道：「沒有這個人。」

我著實吃了一驚，道：「她來這裏，還不到兩個小時！」那護士笑了笑，道：「我們這裏三個病人，全是男性的！」

我連忙取出這個醫務所的收費單據來，道：「這就是，曾經來過這裏的証據！」那護士看了一眼，笑道：「這種單據，我們以前發現，一個姓蔡的醫生曾用來作弊，以後我們就不用了！」

我不禁倒抽了一口冷氣！石菊是送到了酒店，但黎明玫，只怕壓根兒未曾出過「死神」的巢穴，一切全是蔡博士的把戲！

我不禁呆在詢問處的窗口，不知怎麼才好。直到石菊輕輕地推了推我，我才勉強向那位護士，笑了一笑，走了出來。

石菊一面和我走出去，一面問道：「衛先生，你剛才提起黎明玫的名字，這個名字我是知道的！」我道：「你知道她一點什麼？」

石菊的面上，現出一個不屑的神色，道：「她是一個叛徒！」

我立即道：「那是誰告訴你的？」石菊道：「北太極門中人，全都知道！」

我嘆了一口氣，道：「不論你說她是什麼，我定要設法救她出來！」

石菊突然地停住了腳步，抬起頭來望著我，好一會，她才低聲道：「她……對你那麼重要？」

我呆了一呆，和黎明玫在一起的情形，一幕一幕，湧上我的心頭，石菊的話，我覺得非常難以回答，那就像黎明玫問我：「你為什麼吻我？」的時候一樣。

我在荒島上和石菊相遇，對她的印象，一直很深，但不知怎地，在見到了黎明玫之後，石菊的印象，便被黎明玫所代替了！

我的思路被石菊的話打斷，她的聲音很大，道：「衛先生，你還沒有回答我的話哩！」

我「噢」地一聲，道：「你說什麼？」

石菊一直望著我，好一會她才嘆了一口氣，道：「我沒有說什麼。」

陡然之間，我明白了石菊的心意！少女的心事，本來是最難料的，但是在那一瞬間，我料到了石菊的心意！如果不是我又認識了黎明玫的話，我此際一定會緊緊地握住了她的手，大家無言相對，但事實卻比任何語言所能表達的更能交換心意。

但是黎明玫……我一想起了她，就覺得心頭一陣煩亂，我只是裝著不懂，道：「你不必去冒這個險了！」

石菊的面色，微微一變，道：「你這是什麼意思？」這時，我們正走在一條頗為冷僻的道路上，我連忙加快腳步，穿出了這條馬路，才道：「我要再回到死神那裏去！」石菊呆了半晌，道：「你要去，我和你一齊去！要不然，誰也別去！」

我想不到石菊會講出這樣的話來，忙道：「我知道你的意思，但是地圖還在那個『外國遊客』的身上，你難道就不設法找到他，去取回來麼？」石菊苦笑了一下，道：「不管它，如今，你走到那裏，我就跟到那裏，你要討厭我的話，我還是一樣。」

我望了她半晌，嘆了一口氣，道：「你去了，多一個人危險，實在是非常愚蠢的事情！」石菊幽幽地道：「我知道，我知道自己所做的事，都是十分愚蠢的！」我聽了她這句語含雙關的話，反倒變成了無話可說，我們默默地向前走著，這時，已然是午夜時分了，突然，我看到錢七手迎面走了過來，他塞了一張字條在我的手中，又匆匆走了開去。

我對著路燈，打開來一看，只見上面寫著：「死神在椰林夜總會，那外國人也在！」

我將字條遞給了石菊，石菊連忙道：「我們去！」這時，我們又經過了一條僻靜的街道，突然之間，石菊停住了腳步。

我正想問她為什麼時，連我自己，也陡地停了下來，在前面的一支路燈，所投射在地上的影子上面，有著一個人！

也就是說，在電燈柱上，正有一個人伏著，在等著我們！

我們兩人，並沒有停留多久，我詐作取出了一支煙，點著了火，我們暗中使一個眼色，各自會意，仍然繼續向前走去。

我們才走出了丈許，便來到了那條電燈柱的下面，就在這時，陡然之間，覺出頭頂生出了陣勁風，我們兩人，早已有了準備，勁風甫生，我們兩人，已然一齊向外跨出了兩步，果然一個人正在半空，我們立即各自向他，發出了一掌！

這一下，我們將計就計，這兩掌去勢極快，那人淩空一個翻身，向後倒去，我們又立即趕前一步，第二掌又已擊出！

那人躲開了我的第一掌，第二掌卻再也躲不過去，「砰砰」兩聲，擊得他身子向外，疾翻了出去。但是那人的身手，卻是異常地矯捷，只見他身子一倒地，手在地上一按，又已站直！

對著燈光，我定睛一看間，便嘿嘿冷笑，道：「我當暗施偷襲的是誰，原來是邵朋友！」

邵清泉滿面怒容，道：「以二敵一，算是什麼好漢！」我立即狠狠的回敬他：「以八敵一，才是好漢哩！」邵清泉向前跨出兩步，我向石菊一揮手，道：「石小姐，你讓開！」

石菊後退了幾步，道：「衛先生，我們可必節外生枝？」

我並未回頭，只是道：「你千萬別加入動手！」邵清泉趁我正是講話之際，身形一矮，已然向前面直掠了過來！

我早已看出他眼珠亂動，其意不善，他才一向前掠出，五指如鉤，向我腰際抓到之際，我一擰腰間，避開了他的一抓，當頭一掌，擊了下去，同時，左腳一伸一勾，襲向他的下盤！

邵清泉也確是非同小可的人物，我這一掌一勾合使，稱之為「上天入地」，乃是極其精奧的招式，但邵清泉在一個翻身間，竟然已避了開去，五指收合間，反抓我右手的手腕！

這一下變化，充分顯示了七十二路鷹爪法的妙處，變招迅疾，出手狠辣，只要稍為退後一刻，他便立即可以由守而攻，反敗為勝！

我的心知若是不施妙著，難以取勝，更難以報剛才的一敗之仇，因此早已有了準備，邵清泉一抓才抓到，我陡然之間，身形一矮！

我身形在這樣的時間，突然向下一矮，看來是極為不智的，邵清泉在略一揚手問，便可以抓住我的肩頭，但我也正是要他如此！

果然，我身子才一向下蹲去，肩頭上一陣劇痛，已然被邵清泉抓住！

但也就在邵清泉得意的笑聲，剛一出口之際，我雙手已然一齊重重擊在他的胸腹之上！

這兩掌，我因為恨他為虎作倀，實是武林的敗類，因此用的力道也十分重，邵清泉笑聲未畢，便自悶哼一聲，身子連搖間，五指鬆了開來，向下「砰」地倒了下去，面色慘白，道：「好……好……」

我拍了拍雙手，道：「沒有什麼不好的，你想要找我，不妨來椰林夜總會，你的主子，也在那裏！」我說著，作了一個極其鄙夷不屑的神情，便和石菊走了開去，由得他在地上呻吟。

石菊和我走了三四分鐘，才開口道：「剛才，我幾乎以為你要輸了！」

我聽出在這句極其普通的話中，石菊實在是蘊藏著極其濃厚的感情，我只得仍然裝作不知道，順口答道：「那絕不至於！」

石菊沒有再說什麼，沒有多久，我們已然來到了椰林夜總會的門口。

才到門口，我便看到唐氏三傑，正在附近巡邏，他們三人一見了我，顯然地吃了一驚，但不等他們有任何行動，我已然快步地來到了他們的面前，道：「不必慌，我正是去見你們主人的！」

唐氏三傑面有難色，唐老二囁嚅道：「衛……大哥，我們也是不得已！」

「哼，」我冷笑了一聲，「別解釋，你們喜歡作什麼，與我什麼相干？」

唐老二「唉」地嘆了一口氣，道：「其實也是我們自己不好，我們在一家俱樂部賭輸了，欠下了他的錢，現在，越陷越深了！」

我聽出他們三人，實是天良未泯，和「死神」在一起，幹罪惡的勾當，也不是他們的本意，我想了一想，低聲問道：「黎小姐在什麼地方，你們可知道麼？」唐氏三兄弟搖了搖頭。

我拍了拍他們的肩膊，道：「我以後或許有請你們幫忙的地方！」他們三人一齊道：「我們一定效勞！」我退了開來，挽住石菊的手臂，像是一對情侶那樣地跨進了椰林夜總會。夜總會內的光線很暗，客人也很多，一時之間，也不知道「死神」在什麼地方。

我剛想站定腳步，觀察一下時，夜總會的領班，已經來到了我們的面前，很有禮貌地說：「衛先生，石小姐，那位先生，請你們過去！」

我和石菊互望了一眼，向領班所指的方向看去，只見在遠離舞池的一張桌子上，「死神」靠著椅背，正在優閒地噴著煙圈。

在他的兩旁，坐著兩個打手，我立即向前走去，石菊跟在我的後面，我們在他的對面，坐了下來。

「死神」微微地笑著，道：「衛先生，幸而我保留了一張皇牌！」

我冷冷地道：「無恥之徒，你那張皇牌，更其無恥！」「死神」頷了頷首，道：「說得對，這世界，要活下去，就得無恥些，你衛先生何嘗不然？」

我霍地站了起來，「死神」冷靜地道：「衛先生，我知道你不會在公共場所動武，更不會不顧及黎小姐的安全的！」

我望了他半晌，眼中幾乎要噴出火來，但是我終於隱忍了下去。又坐了下來。

「死神」仍然保持著他那種優雅的微笑，道：「衛先生和石小姐來到這裏當然是又見過錢七手了？這扒手，他倒也有『商業道德』，絕不肯將地圖的去處，講給我聽，但是我相信他是已經講給你們聽了的？」

「沒有。」我毫不考慮地回答。

可是，出乎意料之外，石菊突然以她那清脆的嗓音，十分堅決地回答，道：「是的！」

我立即回過頭去望著她，她卻絕不望我。「死神」哈哈一笑，道：「有趣，石小姐究竟是主人，我是應該問石小姐的！」

石菊冷冷地道：「你說得對！」「死神」的身子欠了欠：「那地圖在什麼地方？」

石菊冷冷地道：「你得先告訴我，黎明玫小姐在什麼地方！」「死神」仰起了頭，徐徐地噴著香煙，並不回答，這時候，樂隊奏起了近乎瘋狂的搖擺樂，震耳欲聾，男男女女，在舞池中忘了自己是一個人，是一個有靈有性的人，只瘋狂地扭動著他們因為扭動而顯得醜惡之極的軀體。

我在思索著對策，思索著何以石菊竟會立即承認，她知道地圖的下落。

到了樂曲奏得最瘋狂的時候，「死神」才道：「石小姐，你這是什麼意思？」

「很簡單，黎小姐在那裏，我便告訴你要知道的事情！」

「死神」的面色很陰沈，道：「石小姐，你叫我如何去相信一個曾經撒過一次謊的人，而這人又是年輕美麗的小姐呢？」

石菊美麗的臉龐，立即紅了起來，呆了半晌，才道：「你這次可以相信我！」

「死神」道：「憑什麼？」石菊望了我一眼，道：「因為他愛黎小姐，所以……所以……我們必須將黎小姐救出來！」

霎時之間，我已然完全明白石菊的意思了，這個成熟得太過分了些的少女！

我早已聽出，在我提到黎明玫的時候，她都有那樣難以言喻的幽怨。我也早已看出，石菊對我，已然產生了少女式的，幻想多於現實的那種感情。

如今，她顯然是將自己，假設了一個三角戀愛的局面，又將自己當做一齣愛情悲劇的主角，而此際，她分明是在進行著「偉大」的行為！

我不禁為著石菊的行動，而感到啼笑皆非，不等「死神」回答，便道：「石小姐，你別胡思亂想了！」石菊道：「我正是不再胡思亂想，是以才這樣的。」我提高了聲音：「你沒有了地圖，如何交代？」石菊突然尖笑了兩聲，道：「衛先生，要是你沒有了黎小姐的話，又怎樣？」

我還想再說什麼，「死神」已然揮手道：「不必爭了，石小姐，你要的人，很安全，傷勢也有進展，你提的條件，我無法答應。」

「死神」在講這幾句話的時候，顯得他的神態，十分疲倦。

講完之後，他深深地吸了一口氣，以手支額，道：「石小姐，你可以相信我，我剛才還向她，道出了我藏在心中，多年來想講而未講的話，我向她求婚，她也已經答應我了。」

我一聽得這句話，頓時怒氣上衝，「叭」地一掌，擊在桌子上，桌子上的酒瓶酒杯，全都跳了起來，「乒乓」聲中，成了碎片！

夜總會中，所有的人，全都轉過頭，向我們這一桌上望來。

我大聲地叫道：「胡說！」

「死神」並不理會我，懶洋洋地站了起來，對奔了過來的兩個侍者說：「這位先生醉了，將他送回家去吧！」兩個侍者向我走了過來，我雙臂一振間，他們已然向外直跌了出去！

人叢中傳來婦女的尖叫聲，和有人高叫「快報警」的聲音。

本來，我最不願意將自己和警方聯繫在一起，但此際，我卻不顧一切地掀翻了桌子，向「死神」撲了過去！「死神」的一條腿雖然是木腿，但是他的行動，卻十分靈活，在我一向他撲出之際，他身子向後一縮，已然避了開去。

而那兩個打手，則在此際，向我迎了上來。我只覺眼前人影幢幢，但我事實上，什麼人也看不清，只是依稀看到黎明玫的倩影，但是她又離得我那麼遠，我必須衝過隔離著我們的許多人，才能來到她的面前。

我拼命地揮動著拳頭。將攔在我面前的人，紛紛擊倒，我根本認不清他們是誰，我只是痛擊著在我周圍的人，我已然在半瘋狂的狀態之中，但在那時候，我心底深處，卻很明白。明白石菊剛才所講的，並沒有錯，我的確對黎明玫有異樣的感情！

沒有多久，警車的「嗚嗚」聲，和警笛的「嗶嗶」聲，已然傳了過來，而我仍然沒有走避的意思，我將夜總會中的陳設，一件一件地搗爛著，直到突然有人，緊緊地握住了我的手臂，在我的後頸上，重重地擊了一下，我才整個人軟了下來！

這時候，尖叫聲，警笛聲，已然亂成一片，而我才發現，眼前漆也似黑，夜總會中，本來已是十分黯淡的燈光，已然全都熄滅了！

我還想掙扎，但是卻被人緊緊地拿住了腰間的軟穴，向外迅速地拖去，沒有多久，眼前已然有了亮光。

我仔細一看，我已然被一個人抓著，從夜總會的邊門處，才發現將我抓住拖了出來的，不是別人，正是石菊！

我腰間的軟穴，被她緊緊地抓住，想要掙也掙不脫，我只得大聲地叫道：「放開我！」石菊冷冷地道：「你還想惹麻煩麼，你？你和我，都不是受警方歡迎的人物！」我狠狠地道：「快放開我，不管什麼麻煩，都是由我來承當的，你算是什麼？來干涉我的行動？」

在淡淡的路燈照耀下，我見到石菊的臉色「刷」地變得異樣的蒼白！

我的話，深深地刺傷了她的心！我也知道，我的話是刺傷了她的心，但是那時候，我已然什麼都顧不得了，我要找到「死神」，我要見黎明玫，問她，「死神」所說的，是否是事實！石菊的身形，陡地停了下來，她木然地望著我，抓住我腰際的五指，也不由自主地一鬆，我一覺出腰際一鬆，立即一個轉身，又反向椰林夜總會撲了過去，但是我只向前撲出了一步，背後「噹」地一聲，如同被千斤重的鐵錘，擊了一下一樣，跟前金星亂冒，身形一晃間，便已然跌倒在地！

在我將倒未倒之際，我心知這一擊，如此沈重，如果不是內家功力，極有火候的人，絕難發出，而這條小巷之中，除了石菊以外，又別無旁人，也就是說，這一擊，是她所發的！

我想要大聲叫嚷，喝問她為什麼對我這樣的重手，但是一句話未曾叫出來，我已然倒在地上，昏了過去！

等到我再醒過來的時候，我只覺得眼前的光線，十分黯淡。

我仔細看了一看，才發現自己置身在一隻小艇之上，而那隻小艇，卻在海面蕩漾著！在心中陡地吃了一驚。想要欠身坐起來，但霎時之間，我呆住了！艇上不止我一個人，在我的身旁，石菊正坐在一疊麻袋上。她雙手托著面腮，眼光對準了我，但是看她的神情，卻又不像是在望著我，月光和海水的反光，使我能夠很清楚地看清她秀麗的臉頰，也看清她正大顆大顆地向下跌著眼淚，好一會，她才略略動了一下，道：「衛……大哥，你恨我麼？」

我回頭一看，新加坡的燈火，已然離得很遠，我的正向大海飄去！

我著實吃了一驚，道：「石菊，你想作什麼？」石菊嘆了一口氣，道：「不作什麼，我只想清醒一下！」我一俯身，搶過船槳，將小艇向新加坡划去，石菊又幽幽地道：「衛大哥，我……我在你的心中，當真一點地位也沒有麼？」我用力地划著槳，並不去回答她，石菊又一字不漏地問了一遍。

我仍然划著槳．但卻答道：「石小姐。你還年輕，你會遇到愛你的人的！」石菊突然冷笑了幾聲，笑聲十分冷峻，道：「當然有愛我的人，不知多少人，對我講盡了甜言蜜語，但轉眼之間，就什麼都忘了！」

我聽出她的語意之中，似有所指，我立即想起了她和黃俊，在那荒島上見面的情形來，我立即道：「石小姐，你根本未曾愛過黃俊，何必為此多生傷感呢？」石菊道：「可是我現在，的確愛上一個人了！」

我嚥了口唾沫，回過頭來，道：「石小姐，你聽我說，我現在需要幫助，更需要你的幫助，你肯不肯幫助我？」

石菊凝視了我半晌，才默默地點了點頭。

我向另一柄船槳一指，道：「那你就先用這柄槳，將小艇快些划近岸去！」

「去救黎明玫？」她的聲調十分幽怨。

「是的，去救她，不但對我重要，對你也重要，她是你的母親！」

石菊陡然地呆住了，她失常地大笑起來，笑聲又陡然地中止，道：「我已然答應幫助你了，你不必再說什麼神話的！」

她在說那兩句話的時候，面上雖然仍然帶著笑容，但是卻又流下淚來！

我不再多說什麼，此時多說，也是枉然的。我和石菊兩人，用力地划著槳，一個小時之後，我們已然上了岸，這時候，已然是凌晨四時了。

一上了岸冷清清地，路上一個行人也沒有，我向一輛汽車奔去，一掌擊破了車窗玻璃，將車窗門打開，鑽進了車廂，石菊緊跟了進來，我以汽車百合匙打著了火，一踏油門，車子便向前疾馳而出！

駛出了沒有多遠，我已然認得了道路，汽車風馳電掣，在轉彎的時候，發出了尖銳的聲音。幾分鐘後，我們已然停在那破廟前面。

我和石菊，躍下了汽車，身形一隱，已然隱在廟牆之下。我低聲道：「我們一見人，便奪槍！」

石菊點了點頭，足尖點處，我們兩人，便已然翻過了廟牆，一連幾個起伏，已然來到了那間外表破敗的屋子面前。

我一到屋前，便狠狠一拳，向大門擊出！

我已然知道這間屋子是有銅板作為牆壁的，一拳之力，可能不能震動分毫，我之所以出拳擊向大門，完全是想驚動「死神」！

可是，我這一拳，卻未曾擊中任何實物：大門在我拳出如風之際，打了開來！一拳擊空，用的力道太大，一個踉蹌，撲了過去，百忙之間，我只覺得眼前一亮，身旁一個人影，我也不及去考慮其他，反手一抓，便已然將那人抓住！

同時，我已然看到那人，腰際有一柄佩槍，我以極快的手法，將他腰際的佩槍，摘了下來，將那人推出丈許，後退了半步，抬起頭來。就在那時候，我聽得身後，石菊「啊」地叫了一聲，而我也看清了屋內的情形。

我呆住了！整個地呆住了！

屋內的佈置陳設，和我上次來的時候，完全一樣，沙發上，牆角上，也坐滿了人，但是卻並不是我想像之中的「死神」和他的同黨。

屋中坐的、站的，全是皮靴發亮，制服煌然，全副配備的警官和警察！而我剛才，正是從一個警察的腰際，奪下了一枝手槍。

我呆了半晌，將槍拋在地毯上，回頭看時，身後已然全被警察圍住。

我向石菊苦笑了一下，一個警官向他的屬下，揮了揮手，我和石菊兩人，被擁上了警車。我們兩人一點也沒有反抗，因為反抗也沒有用處。

警官起初以為我們是「死神」的同黨，因為警方在夜總會出事之後不久，突然接到密告，道出了「死神」活動的大本營，因此，大批高級警官，將附近包圍得水洩不通，而我和石菊兩人，卻恰在此際，去自投羅網！

我當然知道，那去告密的，就是「死神」自己。這個大本營，「死神」雖然花了不少心血去佈置，但是在我到過以後，根本起不了什麼作用，他毅然捨棄這個大本營，而給我惹來麻煩，是聰明之極的舉動！

依靠了我的有名望的律師的保釋，我總算沒有被當作是「死神」的同黨來判罪。

但是，「擅自駕駛他人汽車」一罪，卻是逃不了的，交保候審，被判罰款，警方仍然相信我和「死神」有著不尋常的糾葛，便衣探員徘徊在酒店的周圍。我和石菊兩人，足足有一個星期不得自由行動。

在這一個星期中，我們什麼事也不能做：不能追尋「死神」的下落，不能追尋那個「外國遊客」的下落，只是困在酒店之中。

「死神」這一手花招之妙，直到如今，我回想起來，也不禁佩服。

在這一個星期中，我只是不斷地在室中，來回地踱著方步，而石菊，則只是坐在屋角的一張沙發上，用她那麼憂鬱的大眼睛，向我望著。

我們兩人，很少說話，簡直是不交談，等到我和她，一齊從法庭中出來之後，回到酒店，我已然計劃展開新的行動，我們準備分頭行事，由我去探索「死神」的行蹤(我相信他仍在新加坡)，而由石菊去尋訪那個「外國遊客」(如果他還沒有離開新加坡的話)。

我們剛準備分頭行動的時候，兩位高級警官，忽然陪著一個頭髮已然灰白，有著鋼鐵一樣眼珠的外國人，到酒店來找我。

那兩個高級警官，正是在「死神」的大本營中，將我送上警車的那兩個，他們很客氣，尤其是那個外國人，一見我，就用力地握住了我的手，雖然我從來也沒有見過他。高級警官介紹了那中年人的身份，我不由得心中暗自吃了一驚。

這是一位在國際管察組織中，有著極高地位的人，他的地位之高，到了這樣的程度！如果他不是在國際警察中擔任重要職務的話，他足可以出任一個大國的警察總監之職。我當然不便說出他的真姓名，我不妨稱他為納爾遜先生。

納爾遜先生開門見山：「衛先生，國際警方，希望你的幫助！」

我考慮了沒有多久，在目前的情形下，我的確也需要和警方合作，因為這對於使我能和黎明玫謀面一事有利。我於是點了點頭，道：「可以。」

納爾遜先生又道：「現在，我們所不明白的是，為什麼遠在意大利的著名兇黨黑手黨，也已然和『死神』取得了聯絡，衛先生，你能告訴我嗎？」

我一聽得「死神」已然和「黑手黨」取得了聯絡，不由得吃了一驚。

「黑手黨」是意大利最大的匪徒組織，「死神」和黑手黨聯絡，當然和寶藏有關！

我正想回答時，卻看到石菊站了起來，走向窗口，她的腳步聲很奇特，那是康巴人的鼓語：絕不能說！我只得道：「我不知道！」

納爾遜先生的眼睛中，閃耀著精鋼也似堅強的光輝，道：「衛先生，你知道的！」

他的態度，令得我十分難堪，我重覆了一句，道：「我不知道。」

納爾遜先生攤了攤手，道：「好，還有一些私人問題，不知道衛先生肯不肯回答？」

我打醒了精神，道：「請說。」

納爾遜先生道：「你和『死神』的糾葛，究竟是因何而起的？」

我沈吟未答間，他已然又道：「金錢？女人？還是為了正義？」

在講到「為了正義」這四個字時，他的態度，很明顯地是在嘲弄！我站了起來，道：「很抱歉，我都沒有辦法回答！先生，『死神』現在在什麼地方，你們可有情報麼？」

納爾遜先生搖了搖頭，道：「衛先生，你和我們抱不合作的態度，我們當然也沒有法子和你合作！」

好厲害的人物！我心中暗道。納爾遜和那兩個警官，站了起來，準備告辭，我踏前一步，低聲道：「如果我想見你，怎樣和你聯絡？」

納爾遜向那兩個警官一指，道：「你可以先找他們，再找我！」

我彎腰送客，他們走了之後，我頹然地坐在沙發上。本來，我以為可以得到黎明玫的下落，但這個希望，又落空了！

我怔怔地坐著，腦中一片空白，一點計策也沒有！

石菊輕輕地來到了我的身邊，道：「衛大哥，如果盡我們兩人的力量，尚不能找到黎明玫下落的話，我答應你將我們和死神爭執，是為了隆美爾寶藏這件事，講給納爾遜聽。」

我苦笑了一下，道：「這也是沒有用的，納爾遜他們，一樣不知道死神的下落。」

石菊道：「那我們唯一的辦法，就是立即到意大利去，在寶藏附近的地方，等著他們！」

我一聽她的話，立即一躍而起！

到意大利去！這是最好的主意！不論有沒有寶藏地圖，一切想要得到寶藏的人，都將會不約而同地在意大利集合！

第六部：黑手黨的加入

「你有護照麼？」我立即問。

「有，」石菊答道：「我有尼泊爾的護照。」「我們立即去訂機票，到意大利去！」我幾乎是叫了出來！

當然，我並不是放棄和黎明玫謀面的意圖。而是我想到，「死神」定免不了意大利之行，而不管「死神」和黎明玫之間的事，是否如「死神」所言，「死神」一定會帶著黎明玫一齊去的。

我相信「死神」是在胡說，黎明玫絕不會答應嫁給他的，而「死神」想要控制黎明玫，卻也不是容易的事情，他要控制黎明玫，便必須將黎明玫帶在身邊！

接下來的兩天中，我們仍悉心查訪「死神」和那個得到了寶圖的「外國遊客」的下落，但是卻一無所得。在我們行動間，好幾次發現有人跟蹤。

跟蹤我們的人，是「死神」手下，還是納爾遜派出的，我們也不得而知。

我們訂好了飛往羅馬的機票，這是一個無法秘密的行程，我們索性不加任何化裝。便到了機場。

在候機室中，石菊顯得十分激動，她低聲道：「衛大哥，如果我們在爭奪之中，終於得到了寶藏的話，我還要請你幫忙，幫我運回去。」

那時候，我根本不去考慮石菊他們，也就是為數甚多的北太極門弟子，是隱居在什麼地方，更不考慮他們要了那麼巨大的一筆寶藏，有什麼用處，立即就答應了下來，我只是問道，「那幅藏寶地圖，是如何會到你們手中的？」

石菊道：「我也不十分清楚，只知道我有一個師叔，早年參加了蘇聯紅軍，在第二次世界大戰期間，他隸屬於最早攻入柏林的那連人中。這張寶圖，是他和一個秘密警察官長，肉搏之後得到的，事隔多年，他才回到中國來。你知道，那時候，中國的情形。已然發生了根本的變化，我爹帶著門下弟子，一直向南移，到了那個山谷之中，定居了下來。起先，我們之間沒有人取出來，也沒有人識得那地圖下的德文，後來，我和黃俊，到印度去求學，學了德文，才知道究竟，爹最先派黃俊去意大利，但是他去了將近一年，仍是一點資訊也沒有，我才又出了山谷，卻不知怎地。風聲已然洩露，我為『死神』追蹤，又在那荒島中，遇到了他！」

她一口氣講到這裏，才停了一停。

我心中不禁大是狐疑，道：「照這樣的情形看來，寶藏應該已然被發現了！」

石菊睜大眼睛望著我，我將我發現黃俊，將一顆一顆鑽石，拋入海中的經過，約略說了一遍。

石菊道：「那一袋鑽石，已然落入了『死神』的手中，黃俊如果已然發現了寶藏，他……莫非是戲弄我們？」

我想了一想，道：「那倒也不，因為他也急於要得到藏寶地圖！」我們兩人商議了片刻，不得要領。擴音機中，已然在催促我們人閘，我和石菊站了起來，走向閘口。正當我們兩人排隊進閘之際，突然有一個人，塞了一封信在我手中！

那人一將信塞到我的手中，便立即在人眾之中消失不見了，我雖然立即抬起頭來尋找他，但是卻也已然不見了他的蹤影！

我呆了一呆，連忙和石菊兩人，退出了行列，將信封撕開，只見信箋寫著兩行娟秀字跡：

「衛，不要到意大利，不要去，無論如何不要去。」

我的手不禁簌簌地發抖，石菊也已然看到了信的內容，她一聲不出。

好一會，閘口已然沒有人了，空中小姐在等著我們兩人。

我將信揑成了一團，挽著石菊的手臂，大踏步進入了閘口！

黎明玫的信中，雖然只是短短的幾行字，但是詞意之懇切，令得我幾乎不想上飛機。然而這封信，一定是幾日前已然寫好了的，這時候，「死神」和黎明玫，一定不在新加坡了！

這是「死神」要留我在新加坡的一著棋子！

我當時，以為自己的估計，是絕對準確的，事後，証明了我估計的錯誤，事後的事，我自然會詳細地記述下來，此處不贅。

三天之後，我和石菊，已然由羅馬輾轉到了科西嘉島的北端，巴斯契亞鎮上。

巴斯契亞鎮是一個漁港，二次世界大戰之後，法國經濟的復興，可以說很快，但是在科西嘉島上，卻是不容易見到，這個小鎮，顯得十分貧困和乏味。

我們一到，便以一個搜集海洋生物標本的中國學者，和他的女秘書的姿態，在鎮中心一家喚做「銀魚」的旅館中，住了下來。

第二天，我們在羅馬訂購的最新型的潛水工具，也已然運到了。

一連兩天，我和石菊，只是在沿海觀察地形，並且，租妥了一艘性能十分好的快艇。兩天來，我們似乎沒有發現有什麼人也對寶藏發生興趣。

巴斯契亞鎮上，也似乎都知道來了兩個對海洋生物有興趣的中國人。

第三天，正是我們準備出海一行，根據我對藏寶圖所留下的印象，到那附近去考察一番的日子。但是在前一晚上，卻發生了事故。

那一天晚上，晚飯之後，我和石菊兩人，步出小鎮，沿著公路，慢慢地踱著，我們無心欣賞美麗的落日餘暉，只是討論著明日出海的行動。

突然間，兩輛摩托車，飛快地在我們的身旁掠過，並在我們的面前，停了下來。兩個身材高大，膚色黝黑的科西嘉人，躍下摩托車，向我們走來。

我和石菊連忙站定，那兩人來到了我們的面前，咧開了嘴露出了一口白森森的牙齒，其中一個向石菊吹了一下口哨。

「先生們，」我以法語說：「有什麼指教？」

那兩人轉向我望來，其中一個道：「我們是馬非亞的人，你知道麼？」

我從來也未曾到過巴斯契亞，也不知道「馬非亞」是什麼人。

當下，我只是沈住了氣，道：「馬非亞是什麼人？」那兩人哈哈大笑起來，道：「來到了巴斯契亞，卻不知道馬非亞是什麼人？馬非亞是可以令得你在海底休息上幾年的人！」

我報以一笑，道：「先生，這算是恐嚇麼？」

大約是我的態度，出奇的鎮定，這兩個大漢顯得有點不知所措。

我和石菊只是微笑地望著他們，他們的面色，突然又變得十分獰厲，狠狠地道：「馬非亞是大亨，你們知道不？他要你們去見他！」

「大亨？」我雙手交叉，體態優閒，「什麼樣的大亨，像阿爾卡那樣的？」

那兩個大漢的面色，一下子變得那樣地惱怒，拳頭疾揮，一拳擊向我的下頷，一拳擊向我的小肚。我一直在微笑著，這樣的打手，怎會放在我的眼中？我伸手在一個大漢的肘部「尺澤穴」，輕輕一彈，那人的手臂，突然一彎，「砰」地一拳，已然擊在他同伴的面頰之上，將那人擊得一個踉蹌！

那人的口中，爆出一連串最粗俗的罵人話，瞪著打他的同伴，另一人則不知所措地睜大著眼睛，我仍然微笑著，道：「馬非亞在什麼地方，他既然找到了我，我也很想見他。」

那兩個大漢怒吼一聲，重又兇猛地向我撲了過來。這一次，我只是身子向前一衝，在他們兩人之間穿了過去，左右雙手，在他們的腰際一抓，那兩人便殺豬也似地大叫起來，結結實實地跌倒在地！

這一下，他們腰間的軟穴，被我重重地提了一下，跌倒在地之後，一時之間，哪裡爬得起來，我一俯身，在他們的後袋中，抽出了兩柄利斧，將鋒利的斧口，在他們的眼前，晃了一晃，道：「馬非亞在什麼地方，快說！」

那兩個大漢喘著氣，道：「就在銀魚旅店的後巷，你一去，就可以找到了！」

我用了三成力道，又在他們兩人身上，踢了幾腳，和石菊兩人，跨上他們的摩托車，轉頭向鎮上馳去，沒有多久，已來到了銀魚旅店的後巷。

銀魚旅店的後巷，是一條十分汙穢的小巷，幾個衣衫襤褸的孩童，正在玩著滾硬幣的遊戲。

有一個穿花恤衫，留長髮的小阿飛，口中含著一枝香煙，一見到我們，他便震動了一下。我連忙一個箭步，竄了上去，手掌一翻，「拍」地一聲，已然打了他一下耳光，將他口中的香煙，打得直飛了開去，喝道：「馬非亞在什麼地方？」

那小阿飛顯然是嚇呆了，整個身子，竟然軟了下來，我提住了他的胸口，不令他跌倒，他只是伸手向後面指了一指，一句話也說不出來！

我手一鬆，任由他滾向牆角，將剛才奪來的兩柄利斧，握在手中，向那小阿飛所指的門口走去，一腳踢開了門，衝了進去。

那地方，可能是一個舊的貨倉，電燈光並不十分強列，幾只木箱上，放著不少空酒瓶，空氣中也彌漫著劣等威士忌的氣味，幾個女人正在尖叫，十來個大漢正在哄笑著。

然而，所有的聲音，都因為我的突然闖進去，而靜了下來。

每一個人，都調轉頭來，望著我和石菊，我大聲問：「誰是馬非亞？」

「我！」一個大漢一揮手，摔開了他懷中的一個女人，站了起來。

這是一個標準的大漢，身高兩公尺，面上的神情，那樣的兇狠，顯然他是這個小鎮上的地頭蛇！我踏前了一步，雙手齊揚，手中的兩柄利斧，已然疾飛了出去！

這一手，馬非亞顯然未曾料到，他呆了一呆，「叭叭」兩聲，那兩柄利斧，已然掠過了他的頰邊，陷在身後的木箱上！

馬非亞的臉色變得十分蒼白，好一會，他才敢動一動，我冷冷地道：「你派了兩個飯桶來找我們，我們來了！有什麼事？」

馬非亞面色緩了過來，但是剛才那兩柄貼著他臉頰飛過的利斧，卻在他心頭，留下了極其深刻的印象，以致令得他講話的時候，語音也在發顫，他道：「有人要見你，羅馬來的！」

我冷笑了一下，道：「誰？凱撒大帝麼？」

馬非亞竭力定了定神，道：「中國人，等一會你就知道沒有那麼好的興致來開玩笑了！」

我倏地踏前一步。他猛地揮拳，向我擊來，但是我身形一矮間，已然一拳擊中了他的肚子，他痛得面色焦黃，低下身去，我照他下頷，又是一拳，這一拳，又令得他身子站直，我笑道：「阿爾卡邦馬非亞，羅馬來的人在哪裡？」

我的話才說完，左首一扇門打了開來，一個冷靜的聲音，傳了出來，道：「我在這裏！」

一聽得那聲音，我便怔了一怔，那聲音是這樣地冷，只聽聲音，便知道他是一個不容易對付的人物！我一揮手，將馬非亞揮開，轉過身去，只見在那門旁，站著一個身材和我差不多高下的瘦漢子。

那瘦子穿著最流行、剪裁合體、質料上乘的西裝。面上的神情，是那樣的冷淡堅定，右手不斷地在揮動著一條金表鏈。

「我在這裏！」他重覆了一遍：「教授和美麗的秘書，我們來談談如何？」

那人給我的第一個印象，就是他是一個老練的匪徒，見過世面的匪徒！這種匪徒，和馬非亞這種，只憑著一百八十磅的身體，和兩只拳頭在小地方稱王道霸的小毛賊，是絕對不同的！

我向石菊使了一個眼色，兩人一齊向他走了過去，馬非亞和他手下，還想跟在我們的後面。但是卻被那人制止了。

我們來到了門前。那人側身一讓，讓我們走了進去，我們跨進了一間房間，房中放著兩張鋼鑄的寫字台，另有一個口啣雪茄，帶著黑眼鏡的漢子，正在獨自玩著撲克遊戲。

這個人對於我們的進來像是根本未曾覺察到一樣，連頭也不抬起來！

室內的光線，同樣地也不很明亮，那人又低著頭，看不清他的臉面。

但是那人的身形，那種像巖石一樣的姿態，卻給我以一個很熟悉的印象。陡然之間，我知道他們的身份！那在玩牌的，和那個召我們進來的人，手上全都戴著絲質的黑手套！

這當然是戴手套的季節，但是卻不是戴絲質黑手套的季節！

這兩個人，全是「黑手黨」！意大利最大的黑社會組織中的人物！科西嘉雖然是法國的領土，但是在黑社會方面，卻一直是意大利的範圍！

那瘦漢子仍用他那冰冷的聲音道：「請坐！請坐！」我和石菊，坐了下來，那人又道：「兩位的名字，我已然知道了，我們都不是紳士，用不著等別人來介紹，我叫尼裏——石頭心尼裏，這位是——」他指了指正是玩牌的人，道：「是范朋，除了他自己，誰也不認識的范朋！」

石頭心尼裏的話講完之後，室中靜了半晌。「除了他自己，誰也不認識的范朋」，照中國人的說法，可以譯作「六親不認」范朋，范朋和尼裏，這兩個正是「黑手黨」的首領！

這時候，我也注意到了，范朋和尼裏的絲質手套近腕部份，有著幾道金線，像將軍制服袖口上的金線一樣，是表示他們的地位的！

我知道我已然陷入了一個圈套之中。是范朋和尼裏到了巴斯契亞鎮，但是卻以小毛賊馬非亞出面，由兩個飯桶來請我們！

靜默持續著，只有「六親不認」范朋「簌簌」的發牌聲，我竭力使自己的面色，維持鎮定，甚至還看了一下。

我道：「范朋，你到巴斯契亞來，不見得是為了玩『通五關』的吧！」

「六親不認」范朋仍然不出聲，只自顧自地派著牌，尼裏也只是在一旁，陰惻惻地笑著。

我感到心中怒火在上升，但是我仍然竭力按捺著，但石菊卻已然忍不住了，她欠了欠身，手略略一揚，我聽得極其輕微的「嗤」地一聲，一絲銀光，閃了一閃，緊接著，只見范朋從椅上直跳了起來，連他臉上的黑眼鏡，也跌倒在地。

他左手捧著右手，在他右手的手腕上，刺著一枚長約寸約的銀針！他狠狠地向我們望來，我和石菊，看到了他的這一副狼狽相，和他剛才那個裝模作樣的情形一比，不由得都大笑起來。

在我們的笑聲中，「叭」地一聲，范朋一掌拍在檯上，喝道：「閉嘴！」

我看到他面肉在抖動著，心中顯然是怒到極點，立即向石菊使了一個眼色，石菊倏地站了起來，已然閃身來到尼裏的身旁。

我也從椅上一躍而起，來到尼裏的面前，雙手按在桌上，隔著桌子，我望著他，他也望著我，約莫有兩分鐘之久，我才一伸手，將他面前的撲克牌，取了過來，洗了洗牌，道：「好了，有什麼事？」

范朋的面色很難看：「中國人，你想和黑手黨碰一碰麼？」我加重了語氣：「什麼事！」

「快離開巴斯契亞！」他幾乎是在怒吼。

我拽過了一張椅子，在他的對面坐了下來，向四面看了一看，石菊正站在尼裏的身旁，但是尼裏的神態，十分優閒。

在窗口處，我發現不少人影，這些人，都筆直地站著，我毫不懷疑窗外至少有兩架手提機槍，是準備對付我們的。我將手中的紙牌，向范朋的面前一推，道：「你發牌吧！」

他怒道：「作什麼？」我冷冷一笑：「我輸了，就走！我贏了，你走！」

范朋「哈哈」地大笑起來，我用力一掌，擊在桌上，那下巨響，打斷了他的笑聲，他拿起了撲克牌，發一張給我，又發了一張給他自己。

那兩張牌是明的，他的一張是七，我的一張是九。然後他又發了兩張牌，那兩張牌是暗的。

我當然不會有興致在這種情形之下賭博，我只是藉此來轉移他的注意力，給自己造成脫身的機會，我裝模作樣地看了看底牌，也是一張九！

我已然有了九一對。將牌放下，我道：「范朋，我們下什麼注？」范朋噴著煙，道：「由得你！」我摸出一張美金旅行支票，票額是一千美金，放在桌上，范朋笑了一下，向尼裏作了一個手勢。

尼裏向前走來，石菊緊緊地跟在他的後面，范朋向桌上一指，道：「一千美金。」

尼裏「刷刷」地數著鈔票，放在桌上，我突然站了起來，一手將錢和支票，攫了過來，范朋一聲口哨。尼裏轉過身，想向外逃去，但是我一伸手，已然隔桌子抓住了范朋，將他直提了過來，石菊五指如鉤，也已然緊緊地扼住了尼裏的後頸。

「嘩啦」聲中。玻璃被打碎了，手提機槍從破窗中伸了進來。

我提著范朋，向外走了幾步，道：「范朋，你是識得你自己的，叫他們放槍吧！」

范朋用力想掙脫我的掌握。但是他怎能掙得脫？他狠狠地道：「和我作對，你是在走向墳墓！」我冷冷地道：「范朋，和死神合作，你才是走向墳墓！」

范朋像是因為我突然道出了他的秘密，而震動了一下，我也不與他多說什麼，拉著他便向門口走去，石菊押著尼裏，跟在我的後面。

當我們出現在倉庫中的時候，所有的聲音，全都靜了下來。

我回頭對石菊道：「你押著尼裏，到『銀魚』去，將潛水用具，都堆在他的身上，叫他負著，到碼頭來找我，我們今晚就出海。」

石菊點了點頭，我們出了倉庫之後，分道而行，我帶著范朋，來到了碼頭，我們原來租定的那艘船，正在碼頭上停著。

碼頭附近，有許多帶著黑絲手套的人在徘徊，但是看到我押著范朋，他們全都像石像似地，僵立不動，我帶著范朋上了船，等了沒有多久，石菊已然到了，在尼裏的身上，負著沈重的潛水用具，石菊將潛水用具全都運到了船上，又發動了馬達，范朋尖聲叫道：「將我也帶出海去麼？」我冷笑道：「不錯，將你餵鯊魚！」范朋的面色，變得如此之白，像是死魚肚子的那種顏色，岸上的黑手黨徒，也一齊向前走來，「拍」地一聲，白光一閃，一柄彈簧刀向我直飛了過來。

但是那柄彈簧刀尚未飛到我的附近，石菊足尖一點，迎了上去，已然將刀拿在手中。手揮處，岸上有一個人大吼一聲，正是那擲刀傷人的兇徒，大腿上鮮血涔涔而下，已然受了惡報。

我知道就算將范朋押出海去，也沒有多大用處，在快艇離岸兩丈許的時候，手一鬆，便將范朋，推到了海中，立即有個黑手黨徒，跳下海來，泅向他們的首領，尼裏在岸上大叫道：「再見，中國人，再見！」我心中動了一下，「再見」，那是什麼意思？

快艇划破黑暗的海面，向前疾馳而出，我一直在想，「再見」是什麼意思，五分鐘後，碼頭上的燈火已經使我跳了起來：「他們可能已然放下了定時炸彈？」

石菊呆了一呆，道：「可能？」「是的，」我在甲板上來回走動，「尼裏在我們開動時，連說了兩次再見，你說這是什麼意思？」

石菊想了一想：「可能是他們不甘心這次的失敗，準備再和我們交手？」

我只是直覺地感到，在這個快艇之上，有什麼不祥的事情在等著我們，剛才那麼多黑手黨徒，在碼頭上，難道他們竟會不在我們的快艇做些手腳？我將我的懷疑，向石菊說了。

石菊呆了半晌，道：「照我想來，他們當作一定可以將我們在倉庫之中制服，不會再另出主意的了！」

略想了一想，石菊所說的話，也有道理。

但是我卻仍然不放心，吩咐了石菊好好地管理著機器，我要到船上各處去走走。

事實上，我去各處走走，並未存著去尋找計時炸彈的目的。

因為，如今科學的發展，如火柴盒大小的計時炸彈，足夠毀滅一間石頭屋子，而體積那麼小的東西，要在長達二十尺的快艇之上尋找出來，簡直是不可能的事，黑手黨徒甚至可以將計時炸彈放在船底，我們又怎能找到它？我一面想，一面低頭走入了船艙之中，才一走下去，便看到了一條柱上，以一柄彈簧刀，插著一張紙，紙上以紅墨水寫著兩行字，隔老遠，便已然看清，紙上寫的是：此船直通水晶宮！

我吃了一驚，連忙飛步過去，將那張紙撕了下來，背後又有幾行字，卻是筆跡蒼勁的中國字，寫道：「衛先生，閣下精神可嘉，惜乎行為愚蠢。弟頗希望與閣下為友，但閣下看見此字條之後，距死已不遠矣，弟頗引為憾。死神。」

我將紙抓在手中，迅速地上了甲板，來到了石菊的身旁，將手一伸，道：「你看！」

石菊草草看完，也不禁面上為之變色。

「絕無疑問，船上已然有了計時炸彈，我們快穿上潛水衣，躍下海去！」即下了決定。

石菊向四面一望，我們的快艇，已然離岸極遠了，石菊苦笑了一下，道：「我們能回到岸上麼？」我道：「總比在這裏等死的好！」

我們兩人，正準備將放在甲板上的潛水衣穿上去的時候，石菊忽然定了一定，道：「衛大哥，如果船上有計時炸彈的話，他們絕不出聲，不是可以穩穩地將我們炸死麼？何必留下字條？」

我想了一想，石菊的話有道理。可是此際，我卻沒有空去想那是為了什麼，我順口答道：「只怕這是死神行事的一貫作風！我們必須棄船了！」

石菊沒有再說什麼，可是當我們兩人提起潛水衣的時候，忽然看到海面上，有一艘遊艇，不如我們的那艘那麼大，卻正在海面上游蕩，我一看之下，不由得大喜，忙道：「快，快向那小艇駛去！」

石菊轉過了舵，向那艘小艇駛去，我拋過繩子，繫住了那艘小艇，五分鐘之後，我們已然上了那艘小艇，石菊轉了一轉，道：「什麼都有，水、油，全部有！」我高興道：「那是天助！」

石菊卻皺眉道：「衛大哥，我看事情太巧了，只怕沒有那麼好的事！」

我呆了一呆，道：「先不去管它，我們先將應用的東西，搬過來再說！」

沒有多久，潛水用具和應用的東西，都已然搬過小艇來了，我解開了纜繩，石菊開動了小艇，向預定的目的地馳去。

第七部：海上亡命

只不過半小時左右，我們遠遠地聽得「轟」地一聲，一蓬火光，從海上冒起，將附近的海域，照得通明，但立即就熄滅了。

經過那一亮之後，陡然而來的一暗，更令得眼前伸手不見五指。我和石菊半晌不語，才道：「如何？」石菊呆了一會，道：「衛大哥，無論如何，這艘小艇，來得太怪了！」

我道：「那是不是會有人存心救我們呢？」

石菊苦笑了一下，道：「在這裏？」我只是道：「不錯，在這裏！」

實則上，我心中已然想到了一個。如果「死神」已然來到這裏的話，那麼，黎明玫當然也來了，她就可能是救我們的人。

我感到安心了，那艘快艇已然爆炸，我們當然已經安全了。我心中對於石菊的驚疑，還有點不以為然，我們在甲板上坐了下來、四周圍靜得出奇。

石菊已然停了馬達，任由小艇在平靜的海面上漂行，突然之間，石菊霍地站了起來，道：「衛大哥你聽，這是什麼聲音？」

我正想叫她坐下，不要再疑心的時候，陡地，我也呆了一呆。

我聽到了一種極其輕微的聲音，我相信如果不是練過內功，耳目特別靈敏的人，是一定聽不出來的。那聲音「的……的……的」地不斷地響著，像是一隻小型的鬧鐘所發出的。

我聽了一會。道：「只怕船艙之中，有一隻小型鬧鐘在吧！」

我們連忙走進了船艙，果然有一隻小鐘，石菊一伸手，便將那鐘，拋到了大海之中。

可是，那要命的「的……的……」聲，仍然存在著，而且令得我們確不定方向！

我相信每一個人都會有這樣的經驗的，一個極細微的聲音，當你聽到了，但是要找出它的方向時，它可能從四面八方傳來，根本不知是在何處。

那時我們兩人的情形，就是這樣！

我們雖然都沒有開口，但是心中都知道那種聲音是什麼東西發出來的：定時炸彈！此外，絕不可能是其他的聲音。

我又鑽進了一個圈套之中！

對方的計劃，我如今已然可以猜測到了，在我們來的快艇上，並沒有定時炸彈，但是對方卻造成氣氛，使我們信以為有。

而正當我們想脫離那艘快艇之際，對方又派人駕了這艘實際上裝置了定時炸彈的小艇，來到近前，當然，駕艇人已然躍入了海中，向我們的艇遊去，半小時後，將那艘艇炸去。

這時候，我們一定會以為自己安全了，但是計時炸彈偏偏裝在此處。我們不知道計時炸彈在什麼地方，但是此時，我們想棄船更難了，因為我們離岸更遠了！

我和石菊相對而立，我們的額上，都不禁滲出汗珠，約莫過了兩分鐘、但我們卻覺得過了一世！因為隨時隨地，我們可能葬身碧海！

兩分鐘之後，我喘著氣，道：「我們棄船！」石菊默然點了點頭。

忽然之間，我感到對她，十分抱歉，我道：「我們這時候棄船，生還的機會，只有一半，這……全是我的不好！」

石菊望了我一眼，道：「別多說了，快走吧！」我和她一起上了甲板，匆匆地穿上潛水衣，解開了兩個救生圈，一起跳入海中。

我們暫時可以不必壓縮氧氣，我們藉著救生圍的浮力，浮在海面，那艘小艇，向外飄了開去，我們在海上浮沈著，果然，不到一個小時，又是「轟」地一聲巨響，那艘小艇，整個斷成了兩截，向上跳了起來，接著，又碎成了片片，一齊跌落海中！

石菊嘆了一口氣，道：「好險啊！」

又過了沒有多久，天色已然漸漸地亮了起來，那是一個陰天，等到天色漸漸地明亮之際，我們發現自己完全置身在大海之中！

我們相互嘆了一口氣，一點辦法也沒有，再過了一會，突然，我們看到前面不遠處，海上之水，突然起了一個大漩渦。

那漩渦一出現，我的心便向下一沈，我連忙將頭埋入了海水之中，睜開眼來，向前看去，只見在前面約莫十丈遠近處，一個灰白色的魔鬼，正在優閒地擺動著它的身體！

灰白色的魔鬼！那是一條最兇惡的虎鯊！

我抬起頭來，石菊問我：「什麼事？」我搖了搖頭道：「沒有什麼！」

真的，這時候，我能回答石菊什麼呢？一條有六公尺長，可能二千公斤以上的虎鯊，就在我們的附近，不要說我們沒有槍，有槍也不能用，一公里之內的虎鯊，聞到了血腥時，就會在五分鐘之內趕到！我們如今唯一的辦法，便是鎮定！

唯有鎮定，絲毫也不去驚動那灰白色的魔鬼，而且，還要那魔鬼並不饑餓，我們才有逃生的希望！

石菊像是已然在我面色上，看出了我在思索，她定定地望著我，忽然又道：「衛大哥，我們有危險了，是嗎？」

我沒有回答她，只是注視著前面，海面上又出現了一個漩渦。離我們只有二十公尺了！那是灰白色的魔鬼，在優閒地轉動它那二千公斤重的身子的結果。

我舔了舔嘴唇，海水的鹹味，使得我的喉嚨更感乾燥，像是有人在我的胃中，燃著了一個火把，濃煙想從喉中直冒出來一樣。

我想了一想，道：「不錯，一條虎鯊，正在我們前面，向著我們遊來！」

我的語調，竟然如此的平靜，那實在是大大地出乎我的意料之外！而石菊一聽，陡然張大了口，只見她右臂一揮，右手離開了海水，手中已然多了一把藍殷殷的，鋒銳已極的匕首！

我嚇了一跳，道：「石菊，你想作什麼？你完全沒有機會的！」石菊的聲音很冷，使人發顫，道：「現在我們有機會麼？」

我吸了一口氣，道：「百分之一，或是百分之二。」石菊突然現出了一個堅毅已極的表情，道：「衛大哥，你設法游開去！」

我幾乎是大叫：「別亂來！」

但是我的話才一出口，石菊已然用力地推開了救生圈，身子一沈，沈了下去！

在那一瞬間，我完全呆住了！可憐的石菊，我承認，她懂得很多，但我也可以斷定，她從未在海中飄流過，更不要說怎樣對付一條虎鯊了！

她以為她的英勇行動，可能只是犧牲她自己而救了我，但是，就算她能夠和那魔鬼同歸於盡的話(這是最好的估計，已然近乎不可能)，那麼，不到十分鐘，我就會陷入鯊群的包圍之中，而在十五分鐘之後，我就在虎鯊的牙齒的拼合間，成為一片一片了！虎鯊的牙齒，可以作成美麗的裝飾品，但是被那些白森森的牙齒咬起來，滋味卻不很好受，因此，我並沒有呆了多久，雙手也鬆了救生圈，潛下水，我看到石菊雙腳蹬著，正向魔鬼迎去。

那條虎鯊游得很優閒，不斷地打著圈子，我在水中，像一支箭也似地向前射去，不等石菊游近虎鯊，我已趕到了她的身邊，我所做的第一件事，便是一伸手，向石菊的右腕抓去。

可是出乎我意料之外，石菊一閃身，避了開去，反手一刀，向我刺了過來！我猛地吃了一驚，避得稍為慢了一點，肩頭上被刀鋒掠過，一縷血水，慢慢地飄了開來！

刹那之間，我整個人都麻木了！

血！海水中有了血！

那條虎鯊也像是突然間發現了什麼似的，呆在水中。

那條虎鯊呆在水中的姿態，是如此地平靜，流線型的身子，一動也不動，像是一艘最新式的潛水艇一樣。凡是食肉的動物，在進行襲擊之前，一定十分沈靜的。我見過美洲豹怎樣撲向獵物，在未撲向獵物之前，蹲在地上，簡直像一塊石頭！

石菊轉過身來望著我，我們沒有法子交談，我立即游前一步，扯了她就向下沈去！

我深信石菊此際，心境之中，有著極其瘋狂的成份，她絕不想害我，因為她愛我，但是她卻想害她自己，因為我不愛她！

我才一拖住石菊時，石菊還掙扎了一下、我不容她再胡來，如今我們逃生的機會，已然只有萬分之一——那萬分之一的機會，還要在決定於我們下面的那一堆海底礁石上，是否有可以供我們容身的洞！

我們向下，迅速地沈下去，那條虎鯊也在這時候，突然一個盤旋，向我們滑了過來，我解下了腰間的白金絲軟鞭，仍然向下沈去。

但是在水中，人類和鯊魚比起來，猶如野豹和蝸牛一樣，那魔鬼在轉瞬之間，便已然追了上來，我立即揮起了金絲鞭，向那魔鬼狡猾而細小的眼睛鞭去，那一鞭的力道，是如此之大。連我自己也感到十分出奇，一陣水花，虎鯊的長尾，揮了過來，我看到石菊迎了上去，匕首的光芒，在海底中更顯得十分耀眼，片刻之間，另一股血又飄了開來。

我不知道那股血是虎鯊流出來的，還是石菊的，我所能做的，只是再向前迎去，但是我剛出兩尺，石菊的身子，已然筆也似地直向下沈來，我一把將她抓住，不到十秒鐘，當那條虎鯊在上面十餘公尺處，翻騰起白花耀眼之際，我們的手已然抓住了礁石。

我迅速地繞著礁石轉了一轉，發現一個洞，可供我們藏身。

我本來，幾乎已然絕望，但一發現了那個洞，我卻有了一線生機，拉著石菊，向洞中間游了進去，我們才一進洞，便覺出那堆礁石，猛地震動了一下。

接著，一塊巨大的礁石，跌了下來，剛好堵住了那個洞口！

這正是我們所希望的，當然，那是虎鯊在受創之後，大發神威的結果。我望著石菊，那個洞裏面很大，也很明亮，在水中看來，石菊的面色，十分奇怪。我從洞口的隙縫中向外面望出去，海水在翻滾，那是一個真正的奇跡！至少有十條以上的虎鯊，正在圍著那條已然受傷的虎鯊在咬，血花翻濺，白影縱橫。石菊游到了我的身邊，我只顧注視外面，忽然之間，石菊的五指，幾乎陷入了我的手臂之中，我向她望去，只見她正望著洞的深處，面上的神情，駭異到了極點！我立即回頭望去，也不禁為之一呆！

一個人！一點不假！一個人！就在洞的深處！

那個人，有著全副潛水配備(我和石菊兩人，如果不是得力於中國武術內功的特殊控制呼吸的方法，此際也早已窒息而死了)，那人的身子直立著，像是在搖晃，但是他卻只有一條腿，那樣子，可怖得令人難以想像，令人不自禁地感到胃部在抽搐！

我和石菊呆了一會，便向那人游了過去，尚未游到他的附近，我們都已然可以肯定他死了。因為他折腿處的肌肉泛著死灰色，碎骨露在外面，令人無法向那個傷口，多望一眼。

我游到了他身旁，將他的氧氣面罩，除了下來，那兩筒氧氣，還剩下一大半，我將之遞給石菊，但是石菊卻是不接，反向洞底，指了一指，我循指看去，只見洞底上，堆著十筒全未用過的氧氣！

我開始奇怪起來，但我們先什麼都不做，每人取了兩筒氧氣，咬在口中，肺部立時舒暢了起來，然後，我才仔細地看了看那人，只見那人眼睛深陷，面上的神情，像是極度的悔恨。一看那人的臉型，便可以知道那是一個典型的德國人。他死了不會很久，至多三十小時，我料定他是在搬氧氣進洞時，在最後一次，遇到了虎鯊，因而失去了一條腿而死亡的。

石菊輕輕地碰了碰我，我仍抓著屍體，只見她已然收起了匕首，自在袋中取出了一小塊白色的板，和一技筆來，那是特地為潛水者所設的，可以在水底書寫，又以輕易抹去的工具。

我們所有的潛水工具，都遺失了，但這兩件東西，是可以隨身攜帶的，所以還在。

只見石菊寫道：「他是誰？」我翻起屍體的手腕來，腕間有著難看的疤痕。

石菊又寫道：「他真的是那個『外國遊客』？」

我點了點頭，石菊寫道：「那麼，那張地圖，也應該在他的身上！」我在屍體的身上，小心地搜了一搜，但是除了護照和一些零碎的物件外，卻並沒有任何發現，我放開了屍體，我也取出了平板和筆來、寫道：「地圖找不到，但是我深信寶藏可能就在這個山洞之中！」

石菊看了，面上現出了一個訝異的神色，寫道：「你何以如此肯定？」我回答她：「你看這些氧氣，至少準備在這裏工作二十四小時，否則，他何必準備那麼多的氧氣？」石菊點了點頭。

我打開了護照，照片上的人，正是死者，直到此際，我才知道他的名字是佩特・福萊克。當時我懷疑這可能是假名字，但後來証明不是，佩特・福萊克是真名，他是納粹近衛隊的隊員——屬於希特勒最親信的部隊，也就是奉命藏寶的許多近衛隊員之一。

石菊在水中，寫道：「我們在洞中找一找？」我點了點頭。

照理說，我們兩人，既然都同意我們在誤打誤撞之間，發現了隆美爾那筆為數驚人的寶藏的所在地，便應該立即進行搜尋才是。

但是我們卻不，我們兩人，不約而同地，誰也不想動，相互瞪視著，在水中看來，兩人心中的感覺一定是相同的，那就是：雖然對方的臉容十分模糊，不怎麼清楚，但是彼此間的距離，卻近了許多——那種距離，自然不是指實際上相隔的距離而言。

我們互望了好半晌，石菊才迅速地寫了一些什麼。將塊平板，遞到了我的面前，她寫的是：「衛大哥，我絕不想害你的。」

我點了點頭，寫下了這樣的字回答她：「我知道，你想毀滅你自己，為什麼？」

石菊突然了開去，我也不去追她，她到洞的一角，才停了下來，我相信她一定在哭，我再次到洞口，從石縫中向外看去，虎鯊已然走了，海水依然澄澈，一點痕跡也沒有留下。

我在那個約有五六丈見方的洞中，沿著洞壁，仔細地尋找起來。

不一會，石菊也到了我的身邊，參加了尋找的工作，但是我們各自用去了四筒氧氣，仍是一點結果都沒有。這個洞，簡直不可能是藏寶的所在，因為每一塊岩石，全是天然生成的，一點也沒有人工斧鑿的痕跡。

但是，佩特・福萊克又在這個洞中作什麼呢？

我放棄了尋找的意圖，和石菊兩人，來到了洞口，我們費了好大的力氣，才推開了堵在洞口的大石，一齊浮上了海面。

在各自呼吸了幾口真正的新鮮空氣之後，我道：「我們仍然要回到陸地上去，再到這裏來，準備了水、食物，輪流下來，才能尋找出結果來。」石菊苦笑了一下，道：「是啊，但我們怎能回到陸地呢？」

這時候，早已經是白天了，我們雖然不怕冬天冷，但是在陽光的照射下，我們的嘴唇，都已然焦得要裂開了。無論向那一方面望去，都是藍茫茫的海水。人在船上，航行在大海之中，或許還不能體會出海是如何地偉大，但當你浮在海面上的時候，所看到的海，是完全不同的，你身子浸在海水之中，海浪輕微的起伏，將你的身子托上托下。那時候，你就會感到，人和海相比，實際上和浮游生物和海相比，並沒有什麼分別。海實在是太大了，就像是數字上的「無窮大」，「無窮大」減去一和減去一百萬仍然一樣是「無窮大」，其值不變，海可以吞噬無數生命，而連泡沫都不泛起一個來！我將頭浸在海水中，以求獲得一時的清涼，當我再浮出海面時，我突然聽到了一陣「托托」的馬達聲，自遠而近，傳了過來，接著，我已看到了海面上，出現了一個極小的黑點。

石菊也已然看到了這個黑點。她立即道：「有船來了！」我囑咐她：「不要慌，他們無論如何，看不到我們的。」石菊道：「衛大哥，你相信那船是向他們駛來的麼？」我點了點頭，道：「應該是，現在不是釣魚的季節，更不是出遊的時候。」

小黑點漸漸變為大黑點，又可以看出，那是一艘很大的快艇。

「等它再駛近些，我們再潛下海去。只希望那群魔鬼已然遠離了。」我對石菊說著。事實上，我才一說完，那快艇已然可以看得更清楚了。我心中一面想，一面道：「奇怪，莫非地圖已然到了死神的手中？我們以逸待勞，在礁石揀一個地方藏了起來，有人潛水下來的話——我相信一定有的——我們可以毫不猶豫地將他們殺死，每一名黑手黨徒，都是死有餘辜的！」

石菊仰起頭來看我：「然後，又怎麼樣呢？」

我笑了一笑，道：「然後，我有一個極其大膽的計劃……」

我詳細向她將我的計劃講了一遍，那快艇已然更近了，我們潛下海底，像一頭章魚似地，藏在兩塊礁石的當中。

沒有多久，我們已然可以看到那艘快艇的螺旋槳所攪起的水花。

快艇在那堆礁石的四周圍，繞了一轉，我們又看到一隻鐵錨，沈了下來。

我們的氧氣，還足夠我們在海底潛伏兩個小時以上，我們耐心地等著。果然，沒有多久，已然有兩個人，潛了下來。

那兩個人，正如我所料，戴著潛水帽，穿著最靈便的潛水衣，帶著射鯊魚的槍。使我高興的是，他們是負著筒裝氧氣的，和船上並沒有直接的聯絡。

我看著他們向下沈來，沈到了底，其中一個，手中還拿著一塊板，正在向他的同伴，指指點點，兩人迅速地向礁石來。

石菊已然將匕首取了出來，我向她搖了搖手，示意用不著武器。他們兩人，沿著礁石，將要來到我們的面前時，我們兩人，雙足蹬在礁石上，像箭一樣地向前射了過去。有時要解決一個敵人，並不容易，但有時，卻容易得出奇。

我們以人作箭，向前激射而出，頭正好撞在那人的胸口！

雖然有著潛水衣的阻隔，但是這一撞的結果，已然非常明顯，潛水帽之中，整個紅了，那是這兩人吐出來的鮮血，他們絕不能再活了！

我和石菊兩人，迅速地將他們拖到那洞中，將他們身上的潛水衣和潛水帽，剝了下來穿上。又取了他們的魚槍。當然，在水中戴上潛水帽，是沒有用的，但我們可以屏住氣息。

這一切，全是我計劃的一部份，不到十五分鐘，我們自然出了洞，向海面上升去。就在那一瞬間，我好像感到我的計劃中，出現了一個漏洞。

也就是說，有一件什麼，沒有弄好，那是會妨礙我整個計劃的。

可是那時候，卻已然沒有時間去給我細細思索了，我和石菊已然浮上了水面，我抬頭看去，快艇就在我們前面不遠處，甲板上站著不少人。我回頭向石菊望了一眼，又碰了一碰魚槍，兩個人一齊向快艇去。不一會，已然來到了艇邊，向艇上爬去。

可是，當我們兩人在艇上站定的時候，突然看到「石頭心」尼裏，手中握著一柄大口徑的手槍，指著我們，喝道：「別動！」

我陡地一呆，那個破綻，我還未曾想到，但如今我已然可以肯定，只有這一個破綻了，要不然尼裏怎會這樣對付他的夥伴？

我幾乎沒有考慮，立即揚起魚槍，一扳槍扣，「砰」地一聲響，我看到尼裏手中的槍，發射一下，但是整柄槍卻已然向外飛去。

而他的右手——如果那還能稱作的話，只怕也已然永遠不能握槍了。

我一個轉身，正要和石菊再跳入海中的時候，槍聲又響了，四面已然有十來個人，握著手提機槍，將我們圍住。

而「六親不認」范朋，則悠閒地踱了出來，冷酷地道：「別動，除下潛水帽！」

我絕無第二個路途可循，向石菊望了一眼，我除下了潛水帽，范朋一看是我，面上現出了極其驚訝的神色。我知道他的驚訝，是他如此周密的佈置，竟然未將我們炸死的緣故。

「原來是你！」他冷冷地說著，和我保持相當的距離，帶著黑手套的手，得意地摸著下巴。

我向左看去，尼裏已然由人扶下了艙，我立即道：「我要見『死神』！」

范朋哈哈大笑起來，道：「『死神』麼?他大約在蒙地卡羅的賭台旁邊！」

我怔了一怔，道：「他沒有來?」范朋聳一聳肩，道：「他何必來?」

這倒的確使我莫名其妙了，事情和那麼巨大的寶藏有關，「死神」竟然肯將之完全託付在「六親不認」范朋的身上?「死神」對范朋，有那麼強的控制力麼?

我吸了一口氣，道：「范朋，我對你不能不佩服，何以我們一出水，你便知道事情不對了？」

范朋笑得更是高興，右手握了拳，打著左掌心，道：「你疏忽了，洛奇手中的木板，地圖就貼在上面的，浮了上來！」我心中暗罵自己該死，那就是我剛才感到的那個疏忽！

當我們一頭撞在那兩人的時候，其中一個手中的木板，浮上了海面，而我未曾覺察，當然，即使是傻瓜，看到了那塊貼著地圖的木板浮了上來，也可以知道海底發生了變故！

我已然沒有心思再去理會那幅地圖會到了黑手黨徒的手上，因為我感到，我和石菊，都活不長了！范朋以看著動物園中珍禽奇獸的眼光看著我，好一會，才道：「好，你找到了什麼？」

我陡地向四周望了一下，道：「我找到了什麼，你們還不能發現麼？」

范朋的臉上，現出了一個十分陰險的笑容，好整以暇地除下了黑眼鏡，呵了一口氣，抹了抹鏡片，我這時才看到他的眼睛，泛著一種淡青的顏色，那是屬於一種最陰毒的人的眼睛。

我好幾次落入「死神」的手中，處境當然是極其危險，但是我卻從來也沒有驚慌過，因為「死神」雖然是窮兇極惡的匪徒，但多少還有一點中國綠林好漢的味道，懂得「惺惺相惜」，但是「六親不認」范朋，這種西方制度下的產物，窮兇極惡的匪徒，他怎肯輕易放過手中的獵物？

他又緩緩地戴好了眼鏡，側了一側頭，道：「搜一搜他的身上！」立即有四個人，踏前了一步，兩個向我走來，兩個向石菊走去。

這是我們兩人，唯一的機會的，我立即以中國話向石菊叫道：「他們一靠近來，立即動手，向海中跳去！」石菊答應道：「知道了！」

我們兩人一問一答，范朋自然聽不懂，他立即狠狠地道：「你們說什麼？」我道：「我吩咐這位小姐，不要企圖抵抗。」

范朋冷笑一聲，道：「算你識趣！」這時候，我的身前，已然站定了兩個大漢，我略略偏頭望去，只見石菊的神色，十分緊張、她身前兩個人，此時嘻嘻哈哈地笑著，我陡然間大叫一聲，雙臂一伸，已然將面前那兩個大漢，一齊抓住！

也就在此際，「六親不認」范朋發出一聲短嘯，槍聲立即響起，我以最快的速度，將抓在手中的那個大漢，向外拋了出去，就著一拋之勢，我足尖一點，一個倒躍，向海中竄去，一直到我沒入了海水中，我仍然聽得密集的槍聲！

我一到了海中，立即看到了石菊，也迅速地向海水中沈來，但是，在她游過的地方，在碧綠的海水中，帶起兩股紅線。

那情形，就像是噴氣式飛機，在萬裏無雲的晴空中掠過，帶起白色的氣尾一樣。

我立即知道石菊已然受了傷，而且必定是被剛才那一排亂槍，射中了她的身體，而且所受的槍傷，必定非常嚴重，否則，她的鮮血，不會流得如此急劇而兇猛，以致在海中，形成兩條紅線。我向她游去，已然發現她的手足平伸，顯然已經昏了過去，我連忙將她挾住，盡可能向外游去。

所幸石菊雖然昏迷不醒人事，但她的身體異常纖瘦輕盈，挾著她還不至太困難。

這時候，我們雖然逃出了「六親不認」范朋的掌握，但是情形卻是更壞！

范朋可以派人下海去追擊我們，海底射擊的好手，在二十公尺之外，要以魚槍射中一人那麼大的目標，是絕無問題的事。

而且，石菊受了重傷——我只是略略地看了一看，已然看到她有兩處受了傷，一處是在右腿，正射在大股之上，那還不十分要緊，但是另一處傷口，卻是在左肩之下，我恐怕這一槍，已然傷及了她的內臟。

我們不能浮上海面去，而這一片海域，又是有著虎鯊出沒的！

在海中看來，石菊的面色，簡直已然和海水一樣顏色，絕不似人類，我想了想，覺得我們毫無逃脫的希望，我立即下了決定，雙腿一蹬，首先將石菊托出了水面，我自己也浮了上來！

我只不過出了二十公尺，我一浮出水面，便可以聽得范朋的大笑之聲，我立即叫道：「范朋，快拋救生圈下來！」

范朋仍然發出令人難以忍受的笑聲，我吸了一口氣，道：「范朋，你若是不理我們，那你是在拒絕財神！」范朋發出了一聲尖嘯，一隻連著繩子來的救生圈掉下，我鬆了一口氣，一抓住了救生圈，不一會便已然重又上了甲板。

我立即將石菊放在甲板上，以人工呼吸的法子，令她吐出了腹中的海水，道：「有醫生麼？快進行急救！」范朋倚著船艙，懶洋洋地道：「沒有。」

我霍地站了起來道：「范朋你聽我說——」我的話未曾講完，范朋已然冷冷地道：「在這裏，是我說話，不是你。」

我定了定神，道：「很好，但是范朋，在三億美金面前，你們也不能講話！」

范朋望了我半晌，道：「船上沒有醫生！」我向石菊望去，只見她一聲呻吟，已然微微地睜開眼來，以一種極其幽怨的眼色望著我，我感到心中一陣絞痛，道：「范朋，快駛回巴斯契亞去，只要她有救，我將所知的秘密，那地圖以外的，全講給你聽！」

范朋「哈哈」地笑著，向我走了過來，我站著一動也不動。

范朋來到了我的面前，摸出了一盒煙來，遞到了我的面前，道：「吸煙？」尚未等我回答，他立即左右開弓，在我的面上，狠狠摑了兩掌！

我雙頰感到了一陣熱辣辣，倒不是疼痛，而是我從未捱過人家這樣地打過。

如果只是我一個人的話，我一定立即出手，我一出手，當然可以將范朋撕成碎片！但是我卻忍著不動，范朋冷笑了幾聲，後退了一步，道：「你明白了麼？」我嚥下了一口唾沫，道：「明白了，范朋先生。」范朋道：「很好，我們回巴斯契亞去！」

馬達聲又響了起來，快艇回巴斯契亞去，我俯身下去，看視石菊，石菊掙扎著抬起手來，在我的面頰上，輕輕地撫摸著，眼中滲出了淚珠。

我低聲地道：「你不要怕！」

石菊的嘴角，略略地牽動了一下，道：「衛……大哥，我一點不怕，我問你，你對隨便什麼人，都那麼……好麼？」我苦笑了一下，道：「我對你有什麼好？我忍著，是為了我自己！」

石菊困難地搖了搖頭道：「不，我知道，你……是為了我！」

我伸手在她中槍的附近，封住了她的穴道，略略地止住了流血，轉頭開去，道：「你不要多說話，休息一下再說吧！」

石菊緊緊地握著我的手，指甲發白，果然一句話也不說。我看著范朋，道：「船一靠岸，就將石小姐送到醫院去，然後，你可以得到我的全部實話！」

范朋陰險地笑著，輕輕地點著腳尖，顯得十分得意。沒有多久，船已然傍岸了。

但這時候，石菊也已然陷入半昏迷的狀態之中，她不斷地叫著我的名字，我要用很大的力氣，才能將她的手指，扳了開來。

范朋吩咐手下，以擔架將石菊抬到當地的醫院中去，有了「死神」對付黎明玫的先例，我堅持要隨行，但是我所得到的回答，卻只是腹上猛烈的三拳！

我在船上，望著被抬走的石菊，直到他們轉過了街角，我才轉過身來，范朋冷冷地問我：「好了，你得到了一些什麼？」

我吸了一口氣，心中在估計著時間。鎮上唯一的一間醫院，離開碼頭不算很遠，大約二十分鐘的時間，便可以到達了。

而在這樣的小鎮上，醫院一定會多問石菊何以受傷，而會將她立即抬進手術間。雖然，黑手黨的威名，會令得這小鎮的警察當局，眼開眼閉，不敢動手，但石菊一到了手術間，卻是安全的。

我只要拖延半個小時，就可以設法脫出他們的掌握——如果能夠逃脫的話。

我想了並沒有多久，便道：「就在這兒告訴你？不上岸去？」

范朋冷冷地道：「不上岸去！」就在這時候，「石頭心」尼裏，也走上了甲板來。他右手用紗布緊緊地包紮著，又有一條白布，將手臂掛在頸上，那是我魚槍在他右掌掌心穿過的結果。

他越是走近我，面部的肌肉，便越是歪曲，正當他要伸手入袋之際，范朋及時喝止了他，道：「尼裏，等他說出了話，再幹他不遲！」

尼裏轉過身來，狠狠地道：「他不會說的，什麼也不會說的，中國人永遠不向敵人屈服的，難道你不知道麼？」范朋一聽，面色便是一沈。

尼裏還待怪叫時，范朋已然不高興地道：「夠了，尼裏，這兒是我說話！」

尼裏整個人，僵住了不動，我從來也未曾見過一個小個子的人，會有那樣令人心驚的姿勢和表情，連得范朋也震動了一下。

氣氛的緊張到了極點！如果不是四周另有幾個黑手黨徒，提著手提機槍的話，這倒是我逃走的一個極好機會！那情形，就像是一枚釘子，釘進他的面上一般。

「好吧，」他說，「好吧，等你問完了話，這個人是我的。」

范朋向前走動了兩步，拍了拍他的肩頭，但是他只拍中了一下，尼裏便閃身避了開去，並且，連范朋說些什麼他都不聽，就向船艙中走去。

我注意在那一瞬間，范朋僵在半空的手，緊緊地捏成了拳頭、面上也閃過了一絲極其憤怒的神情！

「范朋，」我趁機說，「聽說黑手黨是一個必須嚴格服從和尊重領袖的組織！」

我的話才一說完，范朋已然旋風也似地轉過身子來。「閉嘴！」他大叫道：「閉上你的臭嘴！」

我只是毫不在乎地聳了聳肩，范朋向那四個黑手黨徒揚了揚手，自己便向船艙之中，走了進去，那四個人押著我，跟在他的後面。

范朋自從吃過我的一個虧後，已然學乖了許多，在他和我之間，不但保持著相當的距離，而且還隔著另外的兩個人。

如果我想重施故技的話，不等我撲到他的身旁，我的身子，可能已然成了黃蜂窩了！

因此，我只得跟著他們，走進了船艙，和范朋面對面地坐了下來，中間，有一個黑手黨徒，提著槍，對準了我，兩旁也有。而在我的背後，一根硬得出奇的鋼管，就抵在我的頸後。

那是手提機槍的槍口，當你想到，另一個人手指輕微的動作，便能令得你帶著那麼醜惡的樣子，離開這個可愛的世界時，你總會覺得不很舒服的。但是，我卻很高興那人以槍口抵住了我的後頸，因為這樣，他就離得我極近，令我能在片刻之間，便可動手！這是我要首先解決的一個——當冰冷的鋼鐵，觸及我肌膚的時候，我已然決定了。

冬天的白晝是很短的，經過了一日的折騰，天色已然很黑了。快艇停在碼頭上，從窗口望出去，碼頭上隔很遠才有一盞路燈。遊艇中有發電機，船艙中十分光亮。

我們坐定之後，范朋道：「希望尼裏的話，不是對所有的中國人而言！」我冷笑了一下，道：「自然，就像意大利人之中有你一樣，中國人中，也會有像我這種懦夫的！因為無論世界上任何一個國家，其人民的性格，都不會完全相同，這一點你懂吧！」

「六親不認」范朋猛地伸直了腰，但是他立即又靠背坐下，道：「你說吧！」

我假作迷惑，道：「我弄不懂，為什麼你們有了地圖，還要我供給情報？」我看到那塊木板！——貼著地圖的那塊，就在范朋的身旁，所以才如此說法。

范朋道：「地圖——」他只說了兩個字，便停口不言，改口道：「你說你的。」

「好，」嚥了一口沫，道：「在你們的巧計安排下，或許只是『死神』的設計，你照計施行而已，我們並沒有炸死！」

范朋一笑：「那算你們運氣不錯，可以活著，接受我的兩下耳光！」

我又感到耳根發熱，道：「但是我們卻湊巧發現了一個礁洞，在那礁洞之中，看到了佩特・福萊克的屍體，他是被鯊魚咬死的！」

「佩特・福萊克是誰？」

「他是德國人，那幅地圖，相信就是他所繪製的，因為他是納粹近衛隊的隊員。」

范朋點了點頭，道：「又發現了什麼？」

我假裝想了半晌，范朋厲聲道：「快說，照實說！」我這才無可奈何地道：「好，照實說，在那礁洞中，有著四隻大鐵箱！」

我看到，不但范朋的眼中，射出貪婪的光采，連所有的黑手黨徒。眼中也充滿了貪婪和歡喜！我裝出十分激動的語氣，道：「我們開了其中的一只，范朋，我敢發誓，你一輩子也未曾見過那麼多的寶物，那完全是天方夜譚中的故事！」范朋究竟不愧是黑手黨的黨魁，在其他的黨徒，已然被我所虛構的故事，弄得眼中射出狂熱的貪婪眼光之際，他卻反而冷靜了下來。

「是麼？」他冷冷地道：「你的故事，有什麼証據呢？」

「有証據！」我在虛構故事的時候，早已想好了對策，我伸手進襯衫，貼肉取出一件物事來，手向前一伸，道：「看這個！這是我順手取來的。」

霎時之間，船艙之中的呼吸聲，突然沈重起來，在我手中，是一團閃爍不定的藍光，那樣美麗的藍色，簡直就像是藍色的彩珠一樣！

而發出那麼美麗的藍色的光彩的，則是一塊扁平六角形的藍寶石，寶石只不過是一個指甲那麼大小！

我相信范朋對鑒別珠寶，一定有一手，我看到他一揮手，將太陽眼鏡揮飛了開去，眼珠幾乎要脫離眼睛，跳躍而出！這一顆藍寶石，可以說，在世界上已然被發現的藍寶石中，絕不會在三名之外。那是我前兩年在印度的時候，為一個巴哈瓦蒲耳的土王做了點事，那個土王送給我，我因為喜歡客觀存在那個近乎夢幻也似的色彩，所以鑲上托子，佩在身邊，此時取了出來，作為故事的証明。

范朋和黑手黨徒的頭，不由自主，向前伸了過來，我知道這些匪徒，心中一定致力於盤算，就是這一塊藍寶石，便可以供給他們多麼豪華的享受，而那正是我所希望的！

事實上，我也早已知道，那塊藍寶石的那種美麗得幾乎有催眠力量的光芒，一定會令得這些貪婪之徒，暫時地忘記一切！

我將手向范朋伸過去些，范朋又將他的頭，伸過來一點，然而，我猝然之間，五指收攏，將藍寶石緊緊地抓住，一拳向范朋的下頷擊去。

那一切，是來得如此之突然，任何人都未及防備，而我那一拳，足運了八成功力，范朋中了一拳之後，整個身子，都向上飛了起來，「砰」地一聲響，他的身軀，正好撞在燈上，片刻之間，船艙之中，一片漆黑！

我不等那些黑手黨明白發生了什麼事，身形展動，已然掠出了幾尺，在我早已認定的方位之中，抓起了那塊木板，便立即從船艙的另一端，逸了出去。

直到我出了船艙，才聽得震耳欲聾的機槍聲，和四條怪龍似的火舌。但是槍聲卻來得那麼短促，立即停止，那當然是四個黑手黨徒，身子已然吃飽了子彈的緣故。緊接著，我看到了尼裏和幾個黑手黨徒，衝了上來，我連忙退回船艙之中，踢開了一條屍體，奪過了一柄手提機槍來，不等尼裏來到艙口，我的手提機槍，已然怒吼起來！

槍聲本來是刺耳的，但是當子彈射向無惡不作的匪徒之際，槍聲聽來，簡直動聽過納京高的歌喉，而機槍的抖動，也好看過瑪留芳婷的舞姿！一切只不過是五分鐘之內的事，我按了手提機槍，挾著木板，當然早已放好了那塊引得他們進地獄的藍寶石，靠上了岸。

等我轉過了街角的時候，才見到人群如湖水似地奔來，幾個警察，反被夾在人群的當中。跑在最前面的人見了我，大聲問道：「什麼事？什麼？」我也大聲道：「不知道，我剛寫生回來！」一面說，一面揚了揚木板，人群立即棄我而去！我心中暗暗好笑，立即隱沒在黑暗之中，向醫院走去。現場看來像是尼裏和范朋火併的結果，因為范朋帶著幾個黑手黨徒，死在艙內，而尼裏和幾個黑手黨徒，又死在艙外！直到明早，我有了報紙，才知道我的估計不對，「六親不認」范朋，竟然奇跡也似地未曾死！

他中了我的一拳，身子飛起六尺高下，撞破了燈，又立即跌了下來，當那四個黑手黨徒，盲目掃射之際，他並未曾中彈！而我那一拳，反倒因為他的身子騰空而起，在無形中卸了一部份力道，而未曾將他當場擊斃，他卻因此活了下來，但是他並未道出事情如何發生的。

范朋只是一口咬定，是尼裏起了殺害他的意思，他倖免於難，科西嘉的警務當局，將他帶到巴黎，但是巴黎最高警務當局，也對他無可奈何，因為他看來像是個被害者，只得錄了口供放人。

以後的幾日中，我又看到法國有一張報紙上說，警方對於在一柄手提機槍上，發現一些奇怪的指紋一事，表示十分困惑，但也只是略略一提，以後根本未曾再見有什麼消息。

第八部：死神的蜜月

這些，全是以後的事了，當時，我以最快的速度，來到了醫院，在途中，將地圖小心撕了下來，放入袋裏。進了病房，我看到石菊面色蒼白地躺在病床上，肩上和腿上，卻紮著繃帶。她看到了我，嘴唇抖動，一個字也說不出來！

病房之中只有一個病人和一個護士，石菊的身上，還穿著動手術後的白色衣服。我取出一張百元面額的美金來，交給那護士。道：「小姐，我要買你身上的衣服，快！快脫上來！」

那護士接過了鈔票，呆了半晌，才「啊」地一聲尖叫，忽然昏了過去！

我立即動手，將她的護士制服除去，由於是冬天，她在護士制服裏面，還穿著厚厚的羊毛衫和呢裙，我從來也不曾動手強脫過一個女人的衣服，尤其是一個已然昏了過去的女人，但是我卻顧不得那麼多，將她的羊毛衫和呢裙，全部脫了下來，向石菊拋去，將僅剩底衣的護士抱到病床之下，拉過了毯子，將她蓋住，才將她搖醒，不等她再次尖叫，我已然道：「一百元美金足夠你買十件美麗的衣服了，我們絕無壞意，也不是壞人，只不過因為事情緊急而已！」那護士向我望著，又望了望緊裹住身子的毛毯，你猜她說了些什麼？她道：「你脫了我的衣服，就立即將我以毛毯裹起來了麼？」我點了點頭，她便立即掩住了臉大聲哭起來了！

經過了這一次，我敢誇口，我對科西嘉女人，只有無比的瞭解！

當時，我當然來不及向她道歉，回頭一望，石菊已然穿好了衣服，而醫院中其他人，也已然聞聲趕來，我連忙抱起石菊，從窗口跳了出去，回到了「銀魚」，到了房中，我才鬆了一口氣，向石菊敘述在快艇中所發生的情形。石菊擔心地道：「如果警察來麻煩我們呢？」我笑了起來，道：「已然沒有人會來麻煩我們了，地圖已然在我身上，我們可以再向羅馬訂購潛水用具。在潛水用具未到之前，我們不妨到蒙地卡羅去，碰碰運氣，會一會『死神』」石菊現出了一個極其甜蜜，也極其疲倦的微笑，她躺在我的臂彎中，低聲道：「衛大哥，吻……我一下！」我俯首在她的額上，吻了一下，她又輕輕地嘆了一口氣，我知道，她是希望我吻在她豐滿的嘴唇上。沒有多久，她便睡著了，我不敢離開她，就在沙發上，睡了一宵，第二天早上醒來，石菊已然可以走動了。

在我還未及發問之際，她已然向我解說，原來在那兩個黑手黨徒，抬她到醫院去的途中，她已然在傷口上，敷上了秘製的傷藥，醫院所做的事，只不過是將她的子彈，取出來而已。

也就是在那個時候，報紙販送來了巴斯契亞鎮上的報紙，有如此重大的新聞，大約還是有史以來的第一次，我看了報紙，才知道范朋未死，如今輪到他躺在醫院中了，我也知道，雖然范朋未曾講出事實，但其餘的黑手黨徒，和地頭蛇馬非亞等人，一定是知道的，因此，我們立即離開了巴斯契亞，坐船到尼斯。當然，我們是暫時離開，還要回來的。兩天之後，我們已然出現在蒙地卡羅的第一流酒店之中！

在途中，我和石菊兩人，細細地看了那一塊破布——藏寶地圖，在正面的紅點上，我們發現，我們曾經到過的地方，絕不像地圖上指出的藏寶點，不知道何以佩特・福萊克會將那麼多的氧氣，放在那個礁洞之中。佩特已然死了，這件事，只怕也永遠成為一個謎了！

而在那破布背面的文字，也就是我第一次得到地圖，未曾看清的文字，翻譯出，是如下面所錄的，其中，有括弧的地方，是原來的文字已經全然不清，是我和石菊兩人費了不少時間，推敲出來，自以為正確的字眼。整段文字，我確信是日記的一部份(本來我以為是航海日記的一段)。

下面就是這一段文字：

「……奇怪的任務(來了，令得)全船的人，忙碌不已，使我(以為是)有要員來到，但是來的，卻是達雨中校和六個近衛隊員，和六隻大鐵箱，鐵箱沈重得不可(想像，我只想過)伸手摸了一下，就捱了一下耳光，我們駛到了巴斯契亞港外，就(停了下來)，近衛隊員(帶著)箱子，潛下海去，我覺得十分不(平常)，但是我們卻奉命不准上甲板，我記下了我們所在的位置，那是緯度四十二度八點〇七二分，經度……」

（衛按：這一地方，是最主要的，但是卻已然模糊到無法辨認的程度，我不能憑想像而填上數字去，我相信，范朋那句只說了兩個字的話，一定是「地圖已然缺了經度的數字」！）我深信記錄下來的人，也已然料到那是大批寶藏，所以他才將方位記得那樣詳細。雖然未知經度，但是緯度卻被記錄得十分準確，我和石菊，都充滿了尋到這筆寶藏的決心！在豪華的大酒店的厚厚地毯上走著，我們訂下了兩間房間，並立即為石菊和我自己，製了新裝。

我打電報叫我的經理人，電匯大量款子到蒙地卡羅來，以應付我們的用途。我的經理人雖然照辦，但是卻也帶來了一封長達千餘字的電報，勸我切不可沈溺於賭博！

我早已說過，我有一個很好的經理人，可不是麼？

我相信范朋偶然提起「死神」在蒙地卡羅，一定不是信口胡扯的。

但是接連三天，我和石菊，出入於各種豪華的賭場，並未發現「死神」。

石菊的傷勢已然痊癒，我們也準備離開蒙地卡羅了，可是第四天，當石菊正在我房中的時候，侍者突然敲門，用銀盤托進一張名片來。我心中感到十分奇怪，因為我們在蒙地卡羅，照理是不應該有人會知道的！

我立即拿起了名片，一看之下，不由得怔了一怔，名片上的名字，我是不能照實寫出來的。他就是我姑且稱之為納爾遜的那位先生。

我向石菊望了一眼，道：「一切由我應付，你盡可能不要出聲。」

石菊也看到了名片上的名字，她點了點頭，我向侍者道：「請這位先生進來！」

侍者鞠了一躬，便退了出去，不一會，門上便響起了敲門的聲音，我大聲道：「進來，納爾遜先生！」

納爾遜推門進來，只有他一個人滿面笑容，道：「好啊！衛先生，石小姐，我們又見面了！」我不知道他用意何在，但是我已然打定了主意，絕不與警方，有任何私人交情以外的往來。

「歡迎！歡迎！」我也滿面笑容，「有沒有在賭場上贏錢？」

納爾遜哈哈地笑著，坐了下來，石菊調了幾杯酒，給我們一人一杯，他一口就喝了半杯，興致好像更高了，滿面紅光，在談了一些蒙地卡羅的風光之後，他突然又道：「衛先生，我本人，很佩服你的為人，但是卻不贊成你對國際警方的態度！」

漸漸來了——我想著。我只是微微一笑，道：「納爾遜先生，你不能強迫一個人去做他所不願做的事情的，是麼？」

納爾遜哈哈大笑，他手中的半杯酒，也因為他的大笑，而濺出了幾滴來。

我和石菊互望了一眼，不知道納爾遜這樣大笑，究竟是為了什麼。好一會，他才停住了笑聲，道：「你，衛先生講得不錯，我絕不能勉強別人，但是我卻可以勉強你，你同意麼？」我心中暗暗訝異，但面上卻裝出極其不愉快的神色，道：「納爾遜先生，我要請你原諒——」當時，我們是用英語交談的，「我要請你原諒」這一句話，是英語中暗示對方失言的技巧說法。納爾遜卻道：「不必，衛先生，說痛快些，我要強逼你做一件事！」

納爾遜講話時的那種態度，不但越出了禮貌的範圍，而且，還傷及了我的自尊心！我立即站了起來，道：「納爾遜先生，我想你的公務，一定很忙吧？」

我也完全不客氣，變相地向他下逐客令來了。納爾遜笑了一下，道：「不錯，我的公務很忙，但是我在這裏，也是為了公務。」

「哦！」我諷刺地說：「直到今日，我才知道國際警方的工作，是手執酒杯，對著一個不願與警方合作的人大發脾氣！」

納爾遜的涵養功夫，的確令人佩服，他面上仍然帶著微笑。

但是我相信，他的心中，一定十分憤怒，至少十分不習慣，以他的地位而論，是很少有人敢用這樣的態度與他說話的。

「那麼，」他笑了笑，輕輕地晃了晃酒杯，酩了一口，道：「以你看來，我們的工作應該是什麼呢？」

我大聲道：「去找罪犯，去找犯了法的人！」

納爾遜舒服地坐了下來，道：「那麼，我正在做著我的工作。」

我實在給納爾遜的態度激怒了，我甚至大笑了起來，道：「親愛的納爾遜先生，那麼說來，你以為我們兩人是犯罪者了，請問，我們犯了什麼罪？」

我以為我的話，十分幽默，納爾遜一定會臉紅耳赤，不知所措的。但是，事實卻出乎我的意料之外，納爾遜以鋼一樣的眼光望著我，簡單而肯定地道：「謀殺！」

謀殺！我幾乎跳起來！

納爾遜又微笑著，道：「衛先生，感到吃驚麼？謀殺！至少，你謀殺了五個人之多！」

我實在再也忍不住了，我冷冷地道：「納爾遜先生，這是我所聽到的最荒唐的指控，証據呢？親愛的先生！」納爾遜從他西裝的上衣袋，摸出了三張甫士咭大小的照片來，卻又不讓我看，他將照片放在手背上，敲了兩下，道：「衛先生，巴斯契亞鎮碼頭上的那件案子，我相信你一定很留心報上的報導。」

我昂然而立，「是又怎樣？」

「好！」他始終不發怒，雖然我一直激怒他：「那末你一定看到過一張報上說，在一柄手提槍上，發現了幾個來歷不明的指紋一事？」我感到自己的手心，已然在出冷汗了，口中也顯得十分乾燥，但我仍然道：「看到過又怎麼樣？」

「不幸得很！」納爾遜搖了搖頭：「不幸得很，那幾個指紋，已經給我查明，是你留下的。衛先生，這事，你怎麼解釋呢？」

他一面說，一面將手中的三張照片，遞了過來，我機械地伸過手，將那三張照片，接了過來，一張攝的是那柄手提機槍，還有兩張是放大的局部，機槍柄上，有著清晰的指紋，只是粗略地看上一眼，我便可以認得出，那是我自己的指紋！

我早就知道納爾遜不會無事而來的，但是卻也未曾料到，他已然掌握了這樣的王牌！

我強笑著，實則上我面上的肌肉，已然十分僵硬，笑容也一定非常難看。我站著，裝做是十分細心地觀察那三張照片，實際上。我根本是無話可說！

忽然，石菊激動地叫道：「是他殺了那些人，又怎麼樣，難道不應該殺麼？不是為社會除害麼？」

納爾遜點了點頭，道：「石小姐，作為個人，我們同意你的見解。但不幸得很，尼裏在羅馬，是一個大公司的董事長，在法律上來看，他是商人，而他死了，是衛先生將他殺死的。即使掌握了尼裏的犯罪証據，未經過法庭，尼裏也不能死，更何況衛先生和警方一點關係也沒有，小姐，你明白了麼，這是謀殺！」

石菊望著我，我望著她。我們兩人，一句話也說不出來。

納爾遜搓著手，道：「我還可以和你們講一個小故事，有一個死囚，已然定期要上絞刑架了，他的一個仇人，決定要親手將他吊死，便買通了劊子手，由他假冒劊子手去執行死刑。結果，那死囚如預定般地死了，那個假冒劊子手的人，卻被控蓄意謀殺，罪名成立！」

「那你為什麼不將我拘捕呢？」我無力地說。「衛先生，」納爾遜笑了一下，道：「老實說，意大利和法國的警察總監，都應該贈你勛章，國際警方，非常感激你。我是主辦人，目前，知道那指紋是屬於你的，只有少數人，事情是可以完全不起波紋，而歸於平靜的。」我苦笑著道：「納爾遜先生，你要什麼，趁早說吧！」

納爾遜興奮起來，他站了起來，來回踱了幾步，拍著我的肩頭，道：「年輕人，對於你的勇敢、機智，我本人十分佩服，我更知道你深諳中國的傳統武術。像你這樣的人才——」我不等他講完，便斷然道：「我絕不加入警方工作！」納爾遜笑道：「我知道中國人的脾氣，同情是在賽爾墩的一面，而不在黃天霸一面，我絕不願勉強你的。」想不到納爾遜對中國的故事，也如此熟悉，我道：「那你想要什麼？」納爾遜道：「很簡單，你們和『死神』、和黑手黨的爭鬥，以及你去到巴斯契亞，究竟是為了什麼？」

我只好道：「我不相信國際警方竟會不知道？」納爾遜道：「我們是知道的，但是不夠多，衛先生，需要你的補充。」我望著石菊，道：「如果我拒絕呢？」

納爾遜笑了起來，道：「你不會的，你是那麼的聰明和有決斷……」我打斷他的話，道：「好了，不必再稱贊我了，這件事，我不能作主，是要由石小姐來決定的。」我又立即向石菊說：「你可以拒絕他，我可以申辯是自衛殺人的。」

石菊道：「衛大哥，可是這樣一來，黑手黨徒豈肯放過你？就算你在法庭無罪，你怎能安全離開意大利？」我道：「你不必理會我，只在你自己而言，你能不能將事情和盤托出？」

石菊現出一個極其猶豫的神色，我看出了她心中的為難。她絕不要為我增加麻煩，但是要不為我增加麻煩，就是要為她自己麻煩！

我想了一會，道：「我們拒絕他吧。」石菊搖了搖頭，道：「不！」

我立即勸她：「你千萬不要感情用事！」石菊道：「我一點也不感情用事，我至多不回西康，也就是了。」我追問道：「菊，你隱瞞了事實，你不回西康，但西康會有人來找你的！」

石菊呆了半晌，面上立時現出了極其堅決的神色，道：「衛大哥，我已然決定了！」

我們兩個人，是以中國話交談的，我只當納爾遜聽不懂，可是，石菊的話才一出口，納爾遜立即道：「我相信石小姐的決定，一定是明智的決定！」納爾遜的這幾句話，是極其純正的中國北方話！我們兩人不禁怔了一怔，納爾遜道：「我曾在河北，住過三年，但不討論，你們究竟是為了什麼才去巴斯契亞的，是寶藏麼？」石菊點頭道：「不錯！」納爾遜大感興趣，道：「真是？是什麼人的寶藏，迦太基商人，還是水手辛巴德的？」石菊並不因為納爾遜的話而有絲毫的笑容，她沈重地道：「都不是，是隆美爾的。」

石菊終於說出了事實，我心中感到莫名的難過，我是那樣的對不起她！北太極門掌門人，一定會派出許多人，在世界各地，搜集她的蹤跡，而將她置之死地——即使她是掌門人的女兒。而石菊從此以後，也就永遠只有逃避，逃避……想在一個地方。住上一個較長的時間都沒有可能！我想，納爾遜聽了，一定會感到滿足了。可是，忽然之間，我發現他的臉上，現出了一個極其奇異的神情，接著，那種神情，便變得十分滑稽，而半分鐘之後，他已然大笑起來：我和石菊兩人，都感到莫名其妙，因為納爾遜就算高興的話，也不至於這樣失去控制地大笑的。好一會，納爾遜笑得咳嗽起來，一面笑，一面道：「隆美爾的寶藏，妙哇，價值三億美金，得到了它，便可以成為世界著名的巨富，哈哈，一幅破布上有地圖，地圖上面有文字，寫得很神秘，只有經度，是不是？親愛的先生小姐、這樣的地圖，在巴黎街頭，向遊客兜售的時候，只值十元美金！」

我和石菊兩入，整個呆住了，半晌。我才結結巴巴地道：「納爾遜先生，你是說，整個事情，有關隆美爾寶藏、都是不存在的？」

納爾遜又笑了一陣，道：「衛先生，你向我發出這樣的一個問題。証明你雖然有非凡的才能，但是究竟年紀還嫌太輕！」在那一瞬間，我的腦中，閃過了不知多少的問題：「死神」對黃俊和石菊的追逐，那近衛隊員之死，黑手黨的大舉出動，這一切，難道都是受了並不存在的傳說之騙？但是，我又突然想起了第一次和黃俊相遇時的情形，他拈在手中，向海中一顆一顆拋擲下去的鑽石，絕對不是假的。而且，鑽石琢磨的形狀，也是一九三〇年到一九四〇年之間最流行的那種。

我又想到了許多的問題，黃俊的態度，他給我看的那個意大利少女的相片，以及他再次要我交出地圖時焦迫的神情。我開始瞭解到，黃俊所以將鑽石拋入海中，是因為他心中的極度傷感，感到了財富對他，已然不發生作用。當然，那只有愛情，才有這樣的力量。

我想得實在太多，而且思路也逐漸混亂起來。但是，我卻還有足夠的清醒，去作這樣的判斷，納爾遜錯了，我們是對的！

納爾遜所說的可能是事實，那可以解釋因為這宗寶藏的傳說，知道的人很多，所以才有人出賣地圖為生，但這並不能証明我們的地圖是假的。納爾遜又笑了一下，道：「你們或許也有一幅地圖，是不是？」

我答道：「不錯，我們有一幅。」納爾遜一伸手，道：「或許我的要求，十分愚蠢，但是我可以看一看麼？」我望向石菊，石菊點了點頭，我貼身取出了那幅地圖，納爾遜只是隨便地一看，又哈哈大笑起來，道：「你花多少錢買來的？」我伸出手，向石菊擺了擺，令她不要出聲，道：「用了一千鎊！」

納爾遜嘆了一口氣，道：「這不能算是騙局，一千鎊是人自願拿出來的。」他站起來，將地圖放在沙發上，向門口走去，揮手道：「再見！」我心中大是高興，忙道：「納爾遜先生，關於我的事情——」

他笑了一笑，道：「放心，我回去，就將有關你的檔案銷毀，需要我效勞的，我絕對不會拒絕。」納爾遜沈吟了一會，道：「事情倒是有的，而且不是以後，就是現在。」

我慨然道：「什麼事，你說吧！」納爾遜道：「你和石小姐別再沈浸在三億美金的迷夢中，這就是我的希望了！」

我和石菊兩人，臉都紅了起來，納爾遜微笑著，拉開了門，向外走去。我想要走到門口去送他，但是我只走了一步，便突然停止了！走廊上，有兩個人在我門口經過，是他們使我停下來的！

我剛一停下腳步，便立刻一伸手拉石菊，使她和我急急一齊側轉身來，以免被那兩個人看到。

那兩個人，一個穿著一件貴族式的皮翻領大衣，手中握著手杖，氣派十足，竟是「死神」！而在他身旁的那個女子，穿著一件雪也似白的貂皮大衣，我雖然只見到她的側面，但是我也立即肯定了她是黎明玫！

我震動了一下，納爾遜和石菊，也震動了一下，納爾遜立即轉過來，以一種奇怪的聲調，對著房中，講了幾句無關重要的話。「死神」和黎明玫走過去了，他才向我們一笑，走出了房門。

我連忙搶到房門口，還來得及看到「死神」和黎明玫，轉過了走廊，我輕輕地追了過去，發現他們兩人，停在四一七號套房門前，我立即又轉過身，回到了自己的房中。

我才一入房，石菊便劈頭問我：「我們怎麼辦？」我揮了揮手，道：「你先別打擾我，我心中很亂。」石菊走了過來，道：「為什麼？為了『死神』？」

我只得含糊地答：「可以說是，也可以說不是！」石菊呆了一會，才轉身去，道：「衛大哥，要是我是你，我就去看她了！」

我呆了一下，道：「去看誰？」

石菊道：「去看死神身邊的那個女人，你是為了她而心煩，是麼？」

我將手按在她的肩上，將她的身子轉了過來，面對著我，道：「我們一齊去見她，她是黎明玫，也是你的母親——」

石菊噘了噘嘴，但是我卻並不理會她，自顧自地講下去：「我相信你的身世，一定極其曲折，而你自己，一直不知道。」

石菊冷冷道：「不論你編造什麼引人入勝的故事，我都不去見她！」我呆了一會，道：「這樣說來，你願意我獨自去冒險了？」

石菊瞪大了眼睛，我拿起了大衣，道：「也好。你在這裏等我！」不待我走到門口，石菊已然叫道：「衛大哥！我去了！」

我回過頭來，發現石菊的臉上，有著淚痕，她真還是一個孩子！

我們並肩來到四一七號套房門口，我並沒敲門，便推開了門，走了進去。

黎明玫正坐著，背對著我們，「死神」站著，立即轉過身來。他見到我們，心中一定十分駭異，但是他面上卻沒有一點驚懼之色。

「明玫，」他叫著：「看看是誰來了！」、

黎明玫轉過身來，望著我，她臉上的神情，是那樣的複雜，令人根本難以猜測她心中是喜歡，還是難過。我將門關上，小心地看了看周圍，房中不像是有人埋伏著，「死神」笑道：「放心，沒有人會在蜜月房中，埋伏著幾個打手的！」

其實，即使他的房中真埋伏有打手，像我這種久經風浪的人，自然也不會懼怕的，不過，小心謹慎的行動，已成為我的慣性。

「蜜月房」三個字，像是利箭一樣地，刺入我的心中，我失聲叫道：「明玫！」黎明玫猛地站了起來，幾乎是在高叫：「別說了！」

「死神」的態度，十分鎮定，側過頭去，道：「明玫，應該住口麼？」在他的話中，聽不出一絲一毫的恐嚇意味，但是黎明玫一聽，卻立即又頹然地坐了下去，道：「不……不，你……說下去吧。」

「死神」微微一笑，道：「衛先生，你聽到了沒有？同樣的，蜜月房中，也不歡迎不速之客，兩位是不是——」他一面說，一面向電話走去，我立即一個箭步，竄向前去，比他快了一步，一伸手，已然將電話線拉斷，「死神」手中的手杖，也在這時候，揚了起來，我飛起一腳，那是一式「人」字腳，上身後仰，飛腳上踢，足尖所到的高度比頭更高。

那一腳，正踢在他的手杖之上，「死神」向後退了一步，「砰」地一聲，從杖尖射出了一顆子彈，聲音很輕微，我再一伸手，向他的手杖抓去，死神手臂一縮間，手杖已向我手腕敲來！

我向左一閃身，身子一側間，在一個幾乎要向地上倒去的姿勢中，避開了他手杖的一擊，同時，足尖一勾，已然勾在他的假腳上，他身形一個不穩，便已然跌倒在軟軟的地毯上。

在他跌倒之際，我不必再費什麼力氣，便已然將他手中的手杖，奪了過來。

「死神」立即從地上，站了起來，滿面通紅。我從來也未曾見過他露出這樣暴怒的神氣，他像是根本不理會我，走到酒櫃面前，倒了一杯酒，一飲而盡，在喘了一口氣後，他面上的神色，才恢復了常態，轉過身來，道：「不錯，你懂得利用人的弱點。」

我這才知道，他所以暴怒，乃是我勾住了他的假腳，而令他不得不倒下一事！

他又為自己倒了一杯酒，道：「這點我也會！兄弟，我也會利用人的弱點！」我不去理會他，對黎明玫道：「明玫，我們走。」

可是，出乎意料之外，黎明玫竟然搖了搖頭，道：「我不走，你們離去吧！」

我聽了之後，宛若五雷轟頂，道：「明玫，你說什麼？那是石菊，她是你的女兒，那是你自己說的，你為什麼不走？」

黎明玫的面色，顯得十分冷漠，根本叫人難以猜測她的心事，她只是再度搖頭，道：「我不走！」

「死神」突然大笑起來，道：「老弟，我比你更善於利用人的弱點！」我來到黎明玫的面前，道：「明玫，你有什麼理由要怕他？我們快走，石菊等著要明白她的身世，你為什麼不離開他？」

黎明玫向石菊望了一眼，道：「她何必明白她的身世？你也不必再勸我走。」

我一伸手，將黎明玫的手臂握住，想將她從沙發上拉了起來，但是一拉之下，黎明玫卻仍然坐著不動。黎明玫的武功，在我之上，我要拉動她，當然不是易事，我幾乎是在哀求，道：「明玫，你可知道，我是怎樣地想念你，你為什麼還要猶豫？」

「衛先生，」黎明玫轉過頭去，道：「你要顧及禮貌，我和他已然結婚了！」

黎明玫那無情的話，每一個字，都像是最厲害的子彈一樣，毫無保留地射進我的胸膛之中，在我心底深處，炸了開來！我不知道我那時的臉色，是如何地駭人，因為我看不見自己，但是，我卻看到石菊掩著臉，幾乎要叫了出來。

我僵立著不動，黎明玫又緩緩地轉著身子去，我只感到搖晃著像是要倒了來，石菊立即來到我的身旁，將我扶住。她狠狠地瞪了黎明玫一眼，道：「你是一個下賤的女人！」

黎明玫仍是背對著我們，一動也不動。「死神」乾笑了兩聲，道：「高貴的小姐，你出言要謹慎些！」石菊整個人，像是一堆火藥一樣，而「死神」的那句話，則恰好如同點著了藥引子！

石菊立即大笑起來，道：「我為什麼要謹慎些？你是下賤的狗，她是下賤的母狗！你們兩人，正好是天造地設的一對！」

我絕未想到，石菊竟會用那麼不留餘地的話來詛咒「死神」和黎明玫。當然，我知道石菊為什麼要這樣地罵他們。石菊完全是為了我，因為她看出，黎明玫傷透了我的心！

石菊出乎尋常的憤怒反倒令得我清醒了些，我定了定神，痛苦地道：「你不能這樣罵你的母親！」石菊「哈哈」大笑，道：「衛大哥，我本來還有幾分信你的話，但是如今，我根本不信！」

黎明玫本來一直呆坐著不動，即使是石菊那麼兇惡地罵她的時候，她也會著不動，但這時候，她卻突然轉過身來。

她的面色，白得十分可怕，道：「衛先生，你已然對她說了？」

我喘了口氣，點頭道：「自然，你對我說，她是你的女兒，我為什麼不能說？」

黎明玫一聽，突然也尖聲笑了起來，笑了沒有多久，她劇烈地咳嗽起來，連眼淚也咳了出來！

她是裝得那麼逼真，但是我完全可以看得出，她的劇咳，無非是為著掩飾她的流淚！她一面笑著，一面咳著，一面流著眼淚，道：「你是我所遇到的最大的大傻瓜，一句謊言，你便信以為真了！」

我只是望著她，並不搭腔，她停了一停，又道：「我怎麼會有那麼大的女兒？哈哈！」我苦著臉，道：「這沒有什麼可笑的！因為這本是你對我說過的話，我只是複述出來而已。」

黎明玫道：「當然可笑，可笑到了極點！兩位請快走吧！」我又跨前一步，俯下身去，道：「明玫——」可是石菊不等我話說完，已然搶著道：「衛大哥，我們還在這裏作什麼？」

我頓了一頓，心中重覆著石菊的話：我在這裏做什麼？我在這裏，是為了要黎明玫講實話！我再次道：「明玫，你對我說的，可是真話？」

黎明玫倏地站了起來，她的身子，在微微發顫，道：「當然是真的，衛先生，你該走了！」我後退了幾步，石菊緊緊地跟著我，我們一齊來到了門口，我才道：「我會弄清真相的！」

「死神」冷笑一聲，道：「希望你能夠！」我幾乎忍不住要向「死神」撲了過去，但是我知道這樣做，毫無好處，我不能在這個地方將他殺死，而自己置身事外。我甚至考慮到不理一切後果，和「死神」拼命，但石菊一定已然看出了我的神色有異，她立即打開了門，將我拉出了「死神」的房門，然後「砰」地一聲，將門關上。

我並沒在門口站了多久，但是我已然有足夠的時間，聽到黎明玫的哭泣聲。

那時，我的心境，簡直是難以形容到了極點，我想再度衝進去，但是我知道再衝進去也沒有用，我呆呆地站著，直到我身子不由自主被石菊拖開，我又所得黎明玫尖叫道：「不能，你答應過我的！」

接著，便是「死神」冷酷的聲音道：「當然，我答應過你，我絕不殺死他，你放心好了！」黎明玫又叫道：「那你是準備——」死神不等她講完，就道：「我不準備什麼！」

我只聽到此處，就已經轉過了走廊，再也聽不到他們兩個的對話了。當時，我的心中紊亂到了極點，以致我充全沒有聽出，他們兩人交談的話，與我有關！沒有多久，我們已然一齊來到了我的房門口，我幾乎是給石菊拖了過來的，石菊打開門，將我推了進去，我跌跌撞撞，向前跌出了幾步，剛想站直身子時，突然，一個人握住了我的手臂，另有一件硬物，抵住了我的腰際。

我只看到石菊陡地呆住了。同時，也聽得沙發上傳來了一下笑聲，道：「石小姐，將門關上。」石菊看這形勢，只得依言而為。

從我的房中，這時，又走出一個人來，叫道：「師妹！」我側過頭去，略看了一看，就已然認出那人正是黃俊！

「坐下，衛先生。」那用槍抵住我背後的人命令我，我的神智已經完全清醒了，因此，我也依著他的命令，坐了下來。

石菊面色發青，道：「黃師哥，這兩個人，是你……帶來的麼？」黃俊走向前來，點了點頭，道：「不錯！」石菊尖聲道：「你想將我們怎麼樣？」

黃俊嘆了一口氣，道：「師妹，我們兩人，從小一起長大，我們也曾經相愛過，後來，為了一件小事，你就不肯理睬我了——」石菊打斷他的話頭，冷冷地道：「小事？」

黃俊吸了一口氣，道：「師妹，在我看來，那實在是小事，我騙了一個人，不錯，這又有什麼關係呢？你說我卑鄙，也不要緊，你不睬我，也不要緊，要緊的是我現在愛上了一個人！」

石菊依然面色鐵青，道：「那關我們什麼事？」黃俊的面上，閃過一絲痛苦的神色。這時候，我已然完全明白了黃俊為人。他是一個為了自己要達到目的，而不惜一切手段的人！黃俊續道：「我所愛的人，落在人家的手中！我已然決定了不再回西康，但是我要她！」石菊道：「這又和我們有什麼相干？」黃俊攤了攤手，道：「我沒有辦法，我要將你們兩個人，去向人交換施維婭。」「向誰交換？」我第一次開口。

黃俊道：「連我也不知道，我起先，接到條件是：只要我能交出藏寶地圖，我便能得到施維婭。如今，對方的條件是：要將你們兩個人，去換施維婭。」

我聳了聳肩，但立即停住了。在我身後，傳來「克」地一聲金屬撞擊之聲，那是手槍的保險掣被打開的聲音，我知道那是警告我不要亂動，因此我立即不動，道：「黃俊，我有一句話要問你。」

黃俊道：「我明知我這樣做，很對不起你們，但是我要得回施維婭，我沒有辦法。」

我重覆地道：「這沒有問題，但是，我有一句話要問你。」黃俊道：「你說罷。」我不假思索，道：「你得到了寶藏沒有？」

黃俊搖了搖頭，道：「沒有。」我立即又道：「那麼，這一袋鑽石，你又是那裏來的？」黃俊道：「施維婭給我的。」

我知道，黃俊口中的「施維婭」，就是他曾給我看過的那個麥田中的少女。我冷冷地道；「她是億萬富翁的女兒麼？」

黃俊道；「當然不——你這是什麼意思？」我道：「你不是傻子，那末，這袋鑽石，施維婭又是從那裏來的？」黃俊咳嗽了一聲，顯得十分尷尬，突然，他道：「不必多說了，你們跟我走罷！」

他說著，向另一個大漢一揮手，那大漢早已拔槍在手，遙遙地對著石菊，石菊為著我，也一動都不敢動，那大漢拿起了石菊的皮大衣，為她穿上，黃俊道：「我們像是好友一樣地走出去，為了施維婭，我什麼都做得出來的，師妹，衛先生、你們應該放聰明些！」我冷笑道：

「當然，我們相信你什麼都做得出來的，我可以穿大衣麼？」黃俊想了一想，道：「不必了，你們兩人，走在前面！」我和石菊，只得一齊向外走去。

第九部：神秘敵人

黃俊和兩個大漢，跟在我們背後，黃俊顯然很緊張，因為他不斷地低聲吩咐我們：「不要妄動！不要妄動！」那時，我心中實在是非常奇怪，黃俊究竟要將我們，帶到什麼人手中去呢？

「死神」？不可能的，因為我們剛離開「死神」的房間。

是黑手黨？可能性也不是很大，因為黑手黨的兩個黨魁，一個已死，一個受了重傷，還在醫院中，黑手黨正在大混亂中，意大利警方，也正趁此機會，以一切力量在對付這個龐大的匪徒組織，他們在自顧不暇之餘，不會再顧及我們。

但是，那又是哪一方面的人呢？他要我們，又是為了什麼呢？

我和石菊並肩走著，沒有人發現我們是被槍指逼著的，來到了酒店的大門口，穿制服的守門，為我們叫來了計程車，我們五個人，一齊上了車，但是，駛出沒有多遠，黃俊便吩咐車子停下來，另一輛大型轎車，恰好在這時候，在我們的身邊，停了下來。

我們又一齊上了那輛大車，駛出了幾里，在手槍的指脅之下，我和石菊的眼睛上，都被貼上了黑布，令得我們不見天日。

我只是緊緊地握住石菊的手，我只覺得，車子在經過了一大段平整的路途之後，便一直行駛在崎嶇不平的路上，過了許久，我默算路程，大約在六十里左右，路面才又平整起來，接著，車子已然停住了，我們被帶下車，槍管仍然指著我們的背脊。

我只聽得一個十分嫵媚的女子聲音，叫道：「黃俊！」同時，聽得黃俊叫道：「施維婭！」我覺得我已踏在一個十分柔軟的草地上，接著，我聽得兩個人飛奔的聲音，又聽得「黃」和「施維婭」的叫聲，那當然是黃俊和施維婭兩人，已然擁抱在一起。

接著，我已聽得一聲音道：「黃先生，你絕不能對任何人提起這件事，否則，施維婭仍然會回到這裏來，你明白了麼？」

黃俊連連道：「我明白了！我明白了！」那聲音又道：「你可以離開了，希望你們兩人，將這一切，全部忘得乾乾淨淨！」

腳步聲遠了開去，接著，便是汽車馬達的聲音，黃俊和施維婭遠去了。

然後，我又聽得那聲音，和押著我的大漢，用一種奇怪的語言交談著。

我甚至聽不出那種語言，是屬於何種語言的範疇，我想著那兩個大漢的模樣，他們的膚色很黑，但又不是黑種人，他們的身子很高，眼中有著野性的眼光，他們是什麼地方人？他們講的是什麼話？他們要如何處置我和石菊兩個人？

我的腦海中，盤旋著許多許多問題，我的身子，被槍管指著，向前走去。

我曾經試圖撕開眼上的黑布，但是我的手還沒有動上兩寸，槍管便對得我更緊些，我沒有反抗的機會，就算我能躍開去，但是在我撕開黑布以前，也一定中槍了！因此我只是走著，並且希望石菊，也像我一樣，不要妄動。

我們走上了石階，我數著，一共是二十三級，我覺出已然到了屋內。我開口道：「雖然我是你們的俘虜，但是請你們除去我眼上的黑布！」得不到回答。我只好繼續向前走，直到身後傳來「砰」地一下，門開之聲，我才意識到，押我的人已經走了，我試探著抬起手臂來，沒有反應，我撕脫了黑布，剛好看到石菊也撕脫了黑布。石菊立即撲向我的懷中，道：「衛大哥，我們是在什麼地方。」我道：「我怎能知道？」一面說，我一面打量處身之所。那是一間陳設得古色古香的書房，可以斷定，這裏以前一定是一個法國貴族所有的地方。窗前垂著厚厚的窗簾，我立即一個箭步，來到窗前，將窗簾拉了開來，但是沒有用，我看到的是黑黝黝的鋼鐵，石菊這時，已然在推著門，當然不會有結果。我們兩人，坐了下來。在正中一張桃花心木的桌子上，有著各種名貴的酒，我斟了兩杯，石菊的手在微微發抖，道：「衛大哥，又是『死神』的安排？」

我搖了搖頭，道：「可能不是。」我四面看著。書架上的書籍，全是最冷僻，最專門的書籍，有一格中，全是有關非洲斷崖高原民族的研究。

大約過了十五分鐘，我們聽到了咳嗽聲，一個人的聲音，從屋角傳來，道：「兩位或許覺得十分不習慣，但我們只要兩位的合作。」我抬頭看去，屋角裝著擴音器，當然，我們的話，他也能聽到。我冷冷地道：「你們是什麼人？」擴音器中的聲音，仍是一點感情也沒有，道：「那你們不必理會，和我們合作，或者不，請你們回答！」那人所說的，是十分純正的英語，但因為太純正了，有點像「靈格風唱片」，所以可以斷定他不會是英國人。我道：「什麼樣的合作，我必須明白。」那聲音道：「關於那隆美爾寶藏，其中有一部份東西，是你們毫無用處的。」

我猛地吃了一驚，不自由主，緊緊地握住了在我身旁的石菊的手臂。

我當真未曾想到，就是為了在輪渡上要呼吸一下冬夜的海上空氣，竟會給我惹下了那麼多的麻煩！那聲音說得實際上已然很明白，在傳說中的隆美爾寶藏之中，有一部份貴重金屬，乃是「鈾」！他們所要的是這些！當然！不會有任何人，會對這種放射性的元素感到興趣的。那就是說，我甚至已經捲入了國際間諜鬥爭的漩渦之中！

我深知那是一個極其可怕的漩渦，遠比和「死神」、黑手黨周旋來得可怕！匪徒或者還會有人性，但是在間諜或特務之中，想去尋覓人性，等於是想藉高梯子而去採摘月亮一樣。因為他們的職業，根本不容許他們有人性的存在！

當時，我呆了半晌，方道：「先生，我怕你找錯人了，因為我們到現在為止還是不過得了一張藏寶地圖而已！」那聲音道：「我知道，你們那張地圖是毫無價值的東西。」

我道：「那末，先生，你們還找我們來作什麼呢？我們有什麼可以合作之處呢？」那聲音道：「但是你們見過佩特・福萊克的屍體。」我吃了一驚，想不到對方所瞭解的，竟是如此之多，我可以相信，他們的觸鬚，一定是已伸到了黑手黨之內！我道：「對，但是又怎樣呢？」

那聲音乾笑了幾聲，道：「怎樣呢？先生，這要靠你的合作！」

我不由自主地站了起來，大聲道：「先生！我們沒有在福萊克的屍體上發現什麼，什麼也沒有。」那聲音靜寂了好一會，才道：「你好好地想一想，直到你願意和我們合作的時候，你可以按書桌上的紅色的鈕。如果你需要什麼，你可以按藍色的鈕。祝你好運。」

我用力地將酒杯擲向地上，酒杯在地毯上無聲地破裂，我立即來到書桌旁，用力按那紅色的鈕。擴音器中立即傳來那人的聲音。道：「那麼快便決定？」我大聲叫道：「放我們出去！不然，我們會逃出去的！」

那聲音道：「你不妨試試。」我立即道：「你們是什麼人？蘇聯人麼？」那聲音道：「俄國豬？哈哈！」我立即又問道：「你們是美國人？」那聲音又道：「當然也不是美國豬！」

我「砰」地一拳，擊在桌上，道：「夠了，我告訴你，你得到了一個錯誤的情報，我根本不能和你有什麼合作，你只是在虛耗光陰！」

那聲音道：「冷靜點！考慮好了，你按紅色按鈕！」我退後了一步，坐了下來。那人憎恨東西集團的兩個領袖國，那末，他是屬於什麼國家的呢？我並沒有花多少心思去考慮這個問題，因為我對政治，沒有興趣，我要考慮的，是怎樣離開這裏。石菊向我低聲道：「我們何不要點食物，看他們如何派人送來？」這是一個好主意，我按了藍色的鈕，立即，在另一個屋角上，傳來了一個女子的聲音：「先生，你要什麼？」我道：「兩客精美一點的大餐，還要兩柄手槍，裝上滅音器的！」

後面那句，當然是我氣憤之餘所說的話，可是不一會，那女子的聲音又道：「兩客大餐要時間準備，槍先來了！」我吃了一驚，道：「在什麼地方？」那女子道：「請你們看著房門。」

我和石菊，立即向房門看去，卻什麼也沒有發現，大約過了半分鐘，才聽得那女子的聲音道：「對不起，我說錯了，你們應該注意屋角的那張單人沙發。先生，我希望你不是要槍來自殺。」

我立即知道我們被轉移了注意力，回頭看去，在那張單人沙發上，已然多了兩柄手槍，當真是裝著滅音器的！當然、我知道那兩柄手槍，會突然出現在沙發之上，並無神秘可言。那當然是因為在高牆上有暗門，因此他們將手槍從暗門中推進來的緣故。只是令我覺得奇怪的是，何以他們當真這樣「有求必應」，連手槍也肯給我們，當真是十分出乎我的意料之外的。

我一個箭步，躍到了那張沙發面前，將兩柄手槍取了起來，拋給石菊一柄。我以極快的手法，將槍檢查了一遍，發現那是立即可以發射的好槍！

等到我將槍檢查完畢之後，已然聽得「拍」、「拍」兩聲，石菊正在門口，向門把射了兩槍。我苦笑道：「沒有用的！」

石菊握住了門把，用力推了兩下，果然，那扇門仍是一動也不動。

石菊轉過身來，道：「衛大哥，我也知道沒有用，但是我不能不試一試！」

我點了點頭，道：「他們能夠毫不猶豫地給我們手槍，當然是有恃無恐的了。我相信這裏一定是什麼國家的領事館！」

石菊嘆了一口氣，我將手槍拋在一旁，在沙發上坐了下來。不一會，我們聽得極其輕微的「刷」地一聲。我們連忙循聲看去，突見那一張沙發之上，所掛的那張油畫，迅速地向旁移去，現出了一個三尺見方的洞口來！我一見這等情形，連忙一躍而起，順手抓住了書桌上的一根長約尺許的銅鎮紙，向那洞口掠去。

等我來到那洞口附近之際，洞口上吊下一隻盒子來。同時，擴音器中傳來了女子的聲音，道：「你要的午餐來了！」

我從盒中，取出了兩大盤食物，那盒子又向上伸出，油畫也向原處移了過來。我連忙將銅鎮紙放在洞口，那油畫碰到了銅鎮紙，便為之所阻，露出了一個高約三尺，寬約尺許的空隙。

我立即探頭向那空隙望去，黑洞洞地，伸出手去，可以碰到對面的牆壁。但是上下卻黑洞洞的，十分深邃，那是一個直上直下的洞，像是一個小型升降機的空位，在洞中，還有兩條不十分粗的鋼纜。

這時，石菊也已然來到了洞口，也向洞口看去，她以懷疑的口吻問我：「衛大哥，我們可能從這裏逃出去麼？」我實在也不能肯定，能不能從這樣的地方逃出去，但是，這是我們目前所有的唯一出路！我吸了一口氣，道：「我們必須試一試！」

石菊緊緊握住了我的手臂，道：「那……那是不是太冒險了些？」

我笑道：「菊，我們是不能不冒險的了。這間屋子中，如果有攝像管的話，我們的一切行動，一定早已為他們所知，想逃也沒有辦法，如今一無動靜，我們相信他們仍未發現。」

石菊嚥了一下口水，道：「那我們就試一試吧！」我自袋中取出一枝「電筆」來。那是十分簡單的電工工具，只要碰一碰認為有電的物體，如果有電的話，就會有燈亮起來的。

我以之在鋼纜上碰了碰，並沒有電。這又增加了我們由此逃亡的可能性，因為他們顯然未曾想到，會有人想到自這裏逃亡！

我又按了按紅色的鈕，那個聲音立即傳了過來，道：「衛先生、你想好了麼？」

我答道：「先生，我需要時間考慮，請你在一小時之內，不要打擾我！」

那人道：「可以的，但是你們不要試圖逃跑，剛才，根據報告、你們曾在鎖上開了兩槍，衛先生，這是十分愚蠢的行動！」

我笑了一下，道：「你說得不錯，我完全同意！」我一面說，一面向石菊眨了眨眼，示意她將手槍取了起來。我們收下槍，又向那小洞，看了一下。

那洞只不過三尺高，一尺寬，而且，深不過三尺，尋常人，要在這樣的洞中鑽進去，並不是容易的事情，而且，在鑽進去的時候，也要極度小心不可，因為如果一碰跌了那阻住油畫移動的銅鎮紙，油畫使會向身子擠來，那時就會被夾住了。但對我們來說。卻不是什麼難事。

我又考慮了一下、道：「菊，我們一抓住了銅纜，你向上爬、我向下落去。那麼，我們兩人，至少有一個可以走脫。」

怎知石菊卻搖了搖頭，道：「不，我和你一起，不論向上向下，我和你一起。」

我望了她一眼，發現她的眼色。是那樣的堅定，我只嘆了一口氣，道：「也好，我們決定向下落去。」石菊點了點頭，我吸了一口氣，足尖一點，已然從那個洞口，鑽了出去，右手抓住了鋼纜，向下滑了七八尺，抬頭看去，石菊已在我的頭上。那洞中陰暗到了極點，當我們順著鋼纜，向下滑了近兩丈的時候，簡直一點亮光都沒有了。我們屏住氣息，又滑下了大約兩丈，才踏到了實地，我取出了打火機，「克察」一聲，打著了火。我們存身之處，大約有五尺見方粗糙的水泥牆，十分潮濕。在那地方的一角，是一部電梯升降的機器，可是四面，卻並無通途！我熄了打火機，石菊道：「衛大哥，這裏沒有路啊！」我想了想，道：「那麼，如果機器壞了，修理的工人，從何處進出呢？」

石菊喜道：「如此說來，這裏一定是有出路的了？」我答道：「我相信，我們要仔細地找一找！」一面說，我一面又燃著了打火機。

打火機所發出的光芒並不很強，但是已足夠可以使我們仔細檢查這個地窖，不一會，我們便發現了一扇小小的鐵門。那鐵門是關著的，只不過兩尺高，一尺寬，我將打火機交給了石菊，用力拉開了門栓，將那扇小鐵門打了開來。石菊持著打火機向內照去，只見那鐵門是聯接著一條鐵管的，通向何處，也看不出來。我吩咐石菊熄了打火機，我們兩人就置身在黑暗之中。石菊問我：「衛大哥你想那條鐵管，是通向何處，作什麼用途的？」

我正在想這個問題。但是我卻得不出結論。在這樣的一個地窖中，一根鐵管，是可以作許多用途的，可以輸送煤炭，可以倒垃圾，也可以做許多其他意想不到的用途。但是如今，我們一定要利用它來作逃亡之用。

我想了片刻，道：「菊，你跟在我後面，我先爬進去，如果我發生了什麼變故，你不要管我，自己後退，循著鋼纜，向上攀去，回到那間房中。因為連這裏都不能逃出去的話，可以說，已然沒有別的地方，再可以逃得出去的了！」

在黑暗中，我望不見石菊，我也得不到她的回答，話一講完，我便伏在地上，以肘支地，向那扇小鐵門中爬進去。

開始那一段，我還可以以手爬行，但是爬出了一丈許，管子狹了許多，我便只能以肘支地，向前爬行了。我覺出石菊正跟在我的後面，我吃力地向前爬行著。那要命的鐵管，像是沒有盡頭的一樣！我相信這時候，我的身上，已然汙穢不堪，我必須時時停下來，拂去沾在眼上的蛛絲和塵埃，才能繼續向前爬行，在那像是無窮無盡的黑暗之中爬行的時候，我當真起過這樣的念頭：不如回去吧，回到那舒服的、有著美酒的房間中去，那裏雖然是囚室，但總比在這樣的鐵管之中好得多。當然，我並沒有退回去，我如今雖然是在不見天日，不知在何處的鐵管之中，但是在我前面的，可能是自由和光明！

當然，等在我前面的，也可能是死亡，但是我必須賭那一下！

不知過了多久，我又點著了打火機，看了看手錶，卻只不過半個小時！

我喘了一口氣，鐵管中的空氣，當然是惡劣之極，我向石菊苦笑了一下，石菊也向我苦笑了一下，我繼續向前去。約莫又過了十來分鐘、我的手碰到前面，我幾乎歡呼起來，立即點著了打火機，我發現在我前面是一扇一樣大小的鐵門。

那鐵門的門栓，我相信可以打得開來，但是，正當我伸手抓住了鐵門，準備向懷中一拉之際，我卻聽到門外，傳來了一陣「叮噹」的敲打之聲，同時，有人講話的聲音，和一種奇特的，像是蒸氣噴射時的「嗤」、「嗤」聲。「外面有人！外面有人！」石菊也低聲警告我。我回答道：「準備槍。」石菊輕輕地答應了一聲，我不顧一切，抓住鐵門，用力一拉，「拍」地一聲，鐵栓已被我拉斷，石菊抓住了我的雙足，向前一送，我整個人，便向前面竄了出去，立即站定。我不等自己看清四周圍的情形，便立即喝道：「舉起手來！」接著，我看到了幾個驚愕無比的人的面孔，他們都已然舉起手來了。他們都穿著工作服，而這裏，則是一個大地窖。

一角堆著一堆煤，一個大蒸氣爐，有許多章魚觸鬚也似地管子，通向上面。那當然是供給暖氣的設備，那三人，自然是工人，他們的面孔，也是法國人的面孔，我抱歉地笑了一笑，道：「對不起，這裏是什麼所在？」那三個工人中的一個，道：「這裏不是××領事館麼？」

我如今以「××」所代替的，當然是一個國家的名字。我已經說過，我對政治，沒有興趣，但是我也絕不是對世界大事一無所知的人。

當時，我一聽得這個國家的名稱，我真是大大地吃了一驚。因為我無論如何都想不到，這樣的一個不受人注目的國家、竟然也會對核武器的原料，有著那麼大的興趣！如今我未將這個國家的名稱寫出來，那是我對G領事館的允諾（G領事館就是我們被綁架之後，那個逼我們講出實話來的人）。

我呆了一呆，又反問一句，直到我確定這裏的確是××領事館時，我才道：「對不起得很，要委屈三位一下！」

我向石菊一揚手，石菊以最快的手法，點了那三個工人的穴道。

我來到了門旁，打開了門向樓梯上走去，不一會，我們已然來到了廚房之中。

此時那個廚房中，不少人正在忙碌著，我們又將他們制住了，由廚房走出，押住了一個守衛，命令他將我們帶到主腦的房間中去。不一會，我和石菊兩人，已然置身於一間華麗的房間之中。一個人口瞪目呆地坐在皮椅子上，我關上了門，走向前去，道：「先生。你應該慶祝我們逃亡的成功！」

不等他回答，我已然舉起了他桌上的酒瓶，「咕嚕」喝了一大口。他乾笑道：「你瘋了！」

我問道：「你是××國的領事？」他面色如土地點了點頭，道：「是，我叫G。」我冷笑道：「領事先生，你的工作能力很差！」

他的身子在微微地發抖，我冷冷地道：「我不是說你在囚禁敵人方向的工作做得差，在這一方面，我們逃亡成功，連我們自己，也相信那是一個奇跡。你的工作能力差，是因為你的情報錯誤，因為在隆美爾寶藏這件事上，我們至今為止，還沒有得到什麼！」他慢慢地伸出手來，想去按點桌上的一個紅色的鈕，但是我立即制止了他，道：「領事先生，這柄手槍，是你給我的，我不希望用它來射你！」他嘆了一口氣，道：「我低估了你！」

我聳了聳肩，道：「我也低估了你們的國家了！」他的面色更是難看，雙手搓了幾下，道：「衛先生，我如今處於失敗者的地位，本來是沒有理由提出來要求的，但是我卻想提出一個要求。」他在講那幾句話的時候，面色慘白，雙手顫抖，像是一個面臨生死關頭的人一樣，我不禁感到好奇，道：「你不妨說說！」

他的表情，一直是那樣緊張，道：「我請求你，不要提起在這裏的任何事情。」我簡單地回答道：「不可能！」他的面色更白了，道：「衛先生，我愛我的國家，我……我不能因為我的低能，而使得我的國家的秘密，公開在世上的面前！」他的臉上肌肉，因為激動而現得扭曲，我直覺地感到，這個國家是會有希望的，因為它有這樣愛國的人民！我考慮了一會，道：

「可以，但是我有條件。」

他苦笑了一下，道：「當然，在你們安全離開之後，我可以立即自殺！」「自殺？」我幾乎叫了起來，我完全不是那個意思！我的條件，完全不是那麼一回事！他的面上，也現出了極其奇怪的神色，道：「那末，你要什麼？」我走了一步，道：「第一，我和石小姐，每人需要一盆水，洗洗手和臉，還要刷子刷去衣服上的灰塵。」

他呆了一呆，突然笑了起來，開始還笑得很勉強，但是後來，卻笑得非常開懷，他從椅子上站了起來，向我伸出了手，我毫不猶豫地也伸出手來，和他緊緊地握著，他激動地道：「衛先生，你的行動，使我個人遭到了失敗，但是我相信你，不但救了我個人，而且，還幫了我的國家，我們可以做朋友麼？」

我道：「當然可以，但是我還有一個條件，未曾說出來哩！」

他笑道：「你說吧。」我望著他，我知道我已然得到了一個真正的朋友，他的地位、可以使我有時的行動得以十分的便利，這是我的一個意想不到的收穫。我道：「在我第一次遇到你時，你講的那種語言，我完全不懂，那是什麼話？」他又笑了起來，道：「那是我的家鄉的土語，我們以後有時間，不妨研究一下。」

我點了點頭，並且立即將槍還了給他。

他將槍收了起來，放在抽屜中，又從抽屜中取出一隻木盒來，道：「這盒子裏面，有兩柄十分精致的手槍，甚至可以說是藝術品，是送給兩位的。」

我伸手打開了盒蓋，只見紫色的絲絨襯墊上，放著兩柄象牙的手槍。那象牙柄上的雕刻，是如此的精美，簡直叫人難以和「槍」這樣的東西發生任何聯想的。我一向不喜歡佩槍，雖則槍對我的生活，十分重要，本來就是因為所有的槍都是那麼地醜惡，而絕無法想像終日與之為伴的緣故。

而這兩柄槍，卻正投了我的所好，我取出一看，槍是實彈的。

我拋了一柄給石菊，道：「謝謝你！」

他伸手按鈴，進來了一個僕人，他吩咐道：「帶這位先生和小姐沐浴。」我毫不猶豫地便轉身向外走去，石菊跟在我的後面，道：「衛大哥，你怎麼如此相信他？怎知他沒有陰謀？」

我笑了一下，道：「很難說。相信一個人，有時候，是必須憑直覺的。」

石菊像是瞭解似地點了點頭。

半個小時之後，我和石菊兩人，已然洗完了澡，我們的衣服，也已然被刷得乾乾淨淨。G領事仍然在他的辦公室中，和我們會面。

我很坦率地問他：「你綁了黃俊的愛人施維婭，要他再綁架我們，可是你以為我們已經得到了隆美爾的寶藏了麼？」他面上現出了一個不好意思的笑容，然而卻未曾拒絕討論這一問題。「是的，」他說：「我的確這樣認為。」我不能不奇怪，因此我再問：「你明知道我們所有的那張地圖，乃是廢物，你憑什麼還會以為我們發現了寶藏呢？」他略為猶豫了一下，道：「衛先生，我已然和你成了最好的朋友了！」

我揮了揮手，打斷了他的話頭，道：「既然是最好的朋友，為什麼還那樣稱呼我？」

他高興地笑了笑，道：「衛，能夠和你相交，我極其高興，我深信你們已得了寶藏，是黃俊告訴我的！」我吃了一驚，道：「是黃俊？」他點了點頭，道：「是他。」我道：「就是他的一句話，你就信了他？」

他搖了搖頭，道：「不，他有証據！」

本來，我對黃俊的印象，一直不錯，但是當在酒店之中，他帶著人，將我和石菊兩人，脅迫來到此處的那一刻起，我已然對他的為人，完全重新作了一番估價。

因此，當我聽得G領事如此說法的時候，我直跳了起來，道：「証據，什麼証據？」

G領事訝異地看著我，走向一具保險箱，旋轉了號碼盤，拉開了門，又從裏面取出一隻小保險箱來，他費了大約五分鐘的時間，才打開了小保險箱！

第十部：夢幻般的鑽石花

一件東西，甚至從領事館中，也要被放置得那樣地嚴密，那當然是極其重要的東西了，而我已然知道那件東西，竟然可以成為我已然得了隆美爾寶藏的証據時，我更希望立即可以看到它！G領事是背對著我們打開保險箱的，他打開了小保險箱之後，又停了一停，才轉過身來。

我看到他拿在手中的東西，我和石菊兩人，又不由自主地站了起來，發出了驚嘆之聲！在他手中的，乃是一朵鑽石的花！一朵很小的花，是由一顆大鑽石雕成的，還鑲著一個白金托子。那是舉世聞名的珍寶！它本來隸屬於一個法國富商，但在第二次世界大戰中卻失了蹤。國際珠寶市場，一直在等著它的出現，它如今就出現在我的眼前！

G領事將這朵鑽石花遞了給我，我反複地觀賞著。那是荷蘭姆斯特丹七個已然逝世的巧匠的心血結晶，他們突破了鑽石只能被雕成六角形的傳說，而將鑽石雕成了一朵玫瑰花。那是鑽石雕鑿史上空前絕後之舉！

我看完了，又交給石菊，石菊看了一會，道：「那怎麼能証明我們得到了隆美爾的寶藏呢？」

G領事道：「我們發現，隆美爾曾有一封私人的信件，交給希特勒，說他得到了這朵鑽石花，準備送給希特勒的情婦。但結果未能成事，隆美爾就接到了希特勒的命令，將所擄得的一切珠寶，全都沈於海底，這朵鑽石花，也在其中。」我立即道：「那麼，這朵鑽石花的出現，也只能証明已有人發現了隆美爾的寶藏，而不能証明是我們發現了寶藏！」

G領事的面上，出現了奇怪的神色，好半晌不曾說出話來。

我又從石菊手中，接過那朵鑽石花來。它是那樣的美麗，如果你不是貪婪絕頂的人，一定不會因為看到了它，而立即聯想起它的價值來的，就像你如果不是色情狂，你一定不會見到一個美麗到無法形容的少女，而立即想起床來一樣。

它像是一個絢麗無比的夢一樣！想想看，你握著一個夢！它帶你到童話似的境界之中！

好一會，G領事才道：「衛，我以為你也該和我講實話的！」

我怔了一怔，道：「我有什麼地方騙了你？」他道：「這朵鑽石花，是我手下的一個人，在你住所的衣箱之中，搜出來的！我可以將這個人叫來。」

「不用了，」我連忙揮著手道：「G，事情已經有了一點眉目了，有人要你相信，我得了寶藏，因此才將這朵鑽石花，放在我的衣箱中的。」

事情已經很明顯，這是一項絕大的移贓陰謀。

G領事的眼中，閃耀著光輝，道：「誰？那個人是誰？你知道麼？」

我心中也在想著：「誰?那是誰？」這是一個十分重要的問題，誰是持有這朵鑽石花的人，誰也就是已經發現了隆美爾寶藏的人！我只經過幾秒鐘，心中已然在暗叫：「黃俊！」但是，我卻並沒有講出來，我拍了拍G領事的肩頭，道：「我不希望你們的國家，有加入核子俱樂部的資格！」他連忙道：「我們——」

我立即又攔住了他，道：「不要對我說大道理，我也未能確切地知道他是誰。」

「那末，」他道：「你知道了之後，能夠告訴我麼？」我道：「到那時再說吧！」他露出了失望的神色，他伸出手來，將我的手推了回去——我正要將那朵鑽石花還給他。他說：「送給你作一個紀念。」我道：「我已經有了那麼精緻的手槍了。」他笑了一下，道：「唯有中國的女性，才能配戴這樣美麗的飾物，你可以保留著，送給你所愛的女子。」

我想了一想，便不再和他客氣，將這朵鑽石花，收了下來。

G領事送我們兩人出大門口，吩咐司機將我們送回酒店去。石菊一直沈默不言，直到車駛出了很遠，她才問道：「衛大哥，那鑽石花，你……你不準備……送給我麼?」她一面說，一面用水靈靈的大眼睛望著我。我呆了好半晌，才道：「不準備。」她眼中立即孕飽了淚水，道：「我知道你不肯的，你要送給她!送給那個比母狗還不如的女人！」我立即道：「菊，你住口，她是你的母親！」石菊像是瘋了一樣，揮著手，叫道：「她不是我的母親，連她自己也已然否認了！」我不得不捉住石菊的雙手，喝道：「難道你看不出你們兩人，是如何的相似？」她瞪著眼睛，淚水直流，我從來也未曾見過一個人這樣哭法的，她呆呆地望了我好一會，突然在司機的肩頭上，叫道：「停車！」司機陡地將車停住，我叫道：「你作什麼？」她突然一個轉身，已然打開了車門，向外直穿了出去！我怎麼也料不她會這樣，立即跟了出去，但這時，恰好有一輛貨車，高速在公路上經過，石菊身形拔起，已然攀住了那輛貨車，向前疾馳而去！我呆了一呆，又回到車中，道：「追！快追！」司機是一個上了年紀的老人，忽然對我一笑道：「先生，當女人發脾氣的時候，最好由得她去！」我急得幾乎想出手打他！道：「追！快去追！」

那個司機聳了聳肩，發動車子，向前追去，但是那時候，貨車已然駛出老遠了。追了大約十分鐘，已然將到蒙地卡羅，公路上各色各樣的車子，多了起來，像石菊躍上的那樣的貨車，已有幾輛之多，我追不上她了！我頹然地倒在車上，用力地捶著自己的額角，直到車子停在酒店的門口。

我真的惹上麻煩了！一個少女如此地愛上了我，這種麻煩，遠比結上一打和「死神」那樣的強敵，還來得可怕——因為這簡直是無法擺脫的！

直到司機大聲對我道：「到了！」我才如夢初醒，跨出了車子。在大門口，我又和「死神」及黎明玫相遇，黎明玫立即轉過頭去，我想叫她，但沒有出聲，希望石菊已先我回了酒店，我不等電梯，而飛也似地衝上樓去，但是我立即失望了。在我的房間中，卻沒有石菊的影子！我頹然地坐在沙發上，發了好一會呆，才從口袋中摸出那朵鑽石花來。當G領事說及，我可以將這朵鑽石花送給我所喜愛的女子之際，我相信他是在暗示我可以送給石菊。

但是在我的心中，卻根本未曾想到石菊，而是立即想到黎明玫！石菊離我而去之際，雖然並沒有多說什麼，但是她當然是知道我的心意的。

我把玩著這朵鑽石花，像是在鑽石花的光輝之中，看到了黎明玫的倩影。

說起來很奇怪，甚至有一點不可思議，我所見到的黎明玫的幻影，像是十分幽怨，有許多話要對我說，但是卻又不敢說一樣。

我想這大概是我心中對黎明玫原來便存有這樣的感覺的緣故，所以在幻像中，黎明玫才會那樣。

我站了起來，將那朵鑽石花放在暗袋之中，來回踱了幾步。當我一看到那朵鑽石花之際，我便想到，那是黃俊下的手。

只有黃俊，才會要G領事相信是我和石菊得到了寶藏，他才能將我兩人綁去，去見G領事，換回他的意大利愛人施維婭——那個我曾經看到過相片的健美女郎。

這樣說來，難道是黃俊已然得到了傳說中的隆美爾寶藏了？

照理，我應該可以毫不猶豫地得到這樣的結論的。但是我心中卻還在猶豫。我隱約地、模糊地感到，黃俊還不是這件事的主角！

在環繞著隆美爾所發生的種種事中，照目前為止，我和石菊、「死神」、G領事，都和佩特・福萊克一樣，是失敗者。

而黃俊卻也不見得是成功的人。成功的另有其人，這個人甚至未曾露過面！

我的思路，發展到這裏，在我的腦海之中，便不期而然，現出施維婭的影子來。我沒有見過施維婭，但是卻見過她的相片。

在相片中，她只是一個身材極好的少女，長頭髮，姿態撩人。難道是她？

我又想起了黃俊所說的話：那一袋鑽石，是施維婭給他的，但黃俊卻將鑽石拋入海中，是不是施維婭曾經愛過他又拋棄了他呢？這真是一個謎，一個令人難於猜得透的謎。

我腦海中所想的事，本來是混雜到了極點的，但是漸漸地，變得開朗了。我感到這個本來是無足輕重的意大利女郎，在寶藏爭奪戰中，占據著我以前所料不到的重要地位！我要去找她！找她和黃俊兩人！我花了一個下午的時間，到處去調查黃俊和施維婭兩人的蹤跡，但是卻沒有收獲。我又和G領事通了一個電話，問他是在什麼地方找到施維婭，並將她綁到領事館去的，他告訴我一個地名，並且還告訴我，施維婭就是那地方的人，在那裏土生土長，她是一個孤女，很早以來，就以帶著遊客潛水射魚和採集貝殼為業，她的家鄉，就是巴斯契亞鎮的附近。我在G領事處，得到了有關施維婭的資料，更使我肯定，隆美爾的寶藏，和施維婭有關。她從十三歲便開始潛水，如今至少有七八年了，在七八年之中，她是否湊巧發現了寶藏呢？那是大有可能的事情，她和黃俊兩人，可能回到她的家鄉去了！本來，在潛水用具已然啟運的情形下，回到巴斯契亞去，乃是順路的事情，但如今我卻不能離開蒙地卡羅，因為我還沒有找到石菊！我回到了酒店，石菊仍然沒有來，我不禁為她的任性、幼稚而生氣。我在她房中留下了一封信，要她回來之後，無論如何，不可外出。然後，我匆匆地吃了一餐飯，租了一輛車子，沿著公路，向外馳去。我絕無把握可以找到石菊，我只不過在碰運氣。石菊的失蹤，雖然使我去找她，但是我不擔心她會有什麼變故。因為她並不是普通的少女，她的武功極高，又精通幾國語言，而且袋中還有不少錢，或許她過兩天，氣平之後，又會回來的。

我開車兜遍了所有的小路，向每一家路邊的汽油站或飯店，打聽石菊的消息，但是卻一點也得不到什麼。直到傍晚時分，已然將快到尼斯了(G的領事館就在這裏)，我想石菊總不會回去的吧，我也準備回去了，但是我最後一次的探聽，卻吸引了我。一個胖胖的飯店老闆，當我問他有沒有見到一個中國少女時，他一面替我斟著啤酒，一面道：「中國人？你打聽的是中國人是不是？啊！那中國人，一定是皇帝的親戚吧！」我告訴他，中國早已沒有了皇帝，他卻囉囉嗦嗦和我講起他祖父當年和中國打仗，在北京拾了滿箱珠寶回來的事來。我相信他講的是八國聯軍之役，當然我不會再有興趣。他卻還在說：「他出手，啊，好大的氣派，法魯克也來過，但是卻不如他！」我不禁給他引起好奇心，老實說，我不是什麼正人君子，若是真有那麼有錢的中國人在此，我倒要想辦法會會他，有種人錢太多了，是不在乎別人幫他在不願意的情況下用去一點的。

我問明白了那個中國人和那侍從的去向，立即駕車向前而去。

駛出了沒有多少里，已然到了尼斯的郊上。所謂郊外，實在是和市區最熱鬧的地方，相對而言，但是卻是昂貴的高級消費場所。我在一家酒家門口，發現了一輛銀灰色的勞斯萊斯汽車。

根據這個胖老闆所言，那個「中國皇帝的親戚」正是坐這樣的汽車的，我將車子停在停車場上，一個小廝立即跑上來替我抹車。我向那輛車子一指，道：「好漂亮的車子，是誰的？」那小童笑道：「先生，是你們中國人的，先生，他給了我很多小費！」我笑了一笑，也給了他一筆可觀的小費，他連車都不抹，便跑了開去！

那家酒店的光線很淡，幽靜得很，音樂也非常幽雅，客人並不多，侍者領我在一個座位上坐下，我立即看到了那個中國人！

一見之下，我卻不禁猛地一怔！

那是一個約莫六十上下的老者，在他身旁，還坐著四個漢子，一共是五個人。那老者的面貌，我覺得十分熟悉，可是一時之間，卻又想不出是什麼人來。我之所以吃驚的原因，乃是這個老者，太陽穴微微鼓起，雙目神光炯炯，坐在那裏，氣度之非凡，實屬罕見，一望便知，是一個在中國武術的造詣上，已臻頂峰的人！而那四個大漢，也是一眼便可以看出，是個中高手！

我本來還以為那飯店老闆口中的「中國人」、乃是刮飽了民脂民膏的人渣，卻萬萬想不到，會在這裏，遇到這樣的一個高手。

我向他們看了一眼之後，便立即轉過頭去。

同時，我已然取出了那具小小的偷聽器來，放在耳際。因為石菊不知下落，我不能不對這五個人，持著極其審慎的態度。

只聽他們用帶有極其濃重的河北北部土音的話交談著，卻都是一些不著邊際的話。

聽了一會，忽聽得那老者輕輕地咳嗽了一聲，道：「她是和『死神』在一起麼？」我一聽那老者如此說法，心中便自「怦怦」亂跳，因為那老者口中的「她」，分明是指黎明玫！只聽得一個大漢道：「是，他們正在蒙地卡羅。」

那老者又道：「『死神』手下，有什麼高手在此？」那大漢道：「久已遠揚海外，早年黃河赤水幫中的兩個大龍頭，在他身邊！」

我聽到此處，心中不禁又是一陣亂跳！

黃河赤水幫，乃是原來中國幫會之中，最為秘密的一個幫會。赤水幫和其他幫會廣收幫眾絕不相同。它只是維持著三百六十個幫眾，但是每一個人，都有獨當一面之能。

要有一個人死了，才另選一人充上，絕不使人數超過三百六十人。

我早年在華北，初露頭角之際，曾和兩個赤水幫中人，結成生死之交，他們曾說，如果有機會，將會介紹我介紹給赤水幫。他們兩人，在赤水幫中，全是毫無地位的普通幫眾，但是其中的一個，原來在青幫之中，卻曾經率領過兩千餘個弟兄，由此可知赤水幫取材之嚴，我曾聽那個朋友講起過，幫中共有十二個龍頭，那十二個龍頭的姓名，甚至是赤水幫從，也不能全知，而那十二個龍頭，個個都是文武全材，罕見的人物，後來，我沒有機會介入赤水幫，是因為我外祖母死了，奔喪回家鄉之故。以後，我和赤水幫也再沒有什麼聯絡，如今，我聽得竟有兩個赤水幫的龍頭，和「死神」在一起，心中自然吃驚。

同時，我也料到武林之中的一件大秘密，那是關於「死神」的出身來歷的。「死神」的出身來歷，人言各殊，一直沒有人確切地知道。如今，既然有赤水幫中的龍頭，在暗中庇佑他，我可以斷定，他一定是出自赤水幫的，因為，赤水幫的龍頭，豈是等閒人物，怎肯隨意受別人的驅使？說不定「死神」便是「赤水幫」大龍頭之子！（作為大龍頭，他的年紀是太小了。）我一面心中暗自吃驚，一面更是用心聽下去，只聽得那老者也怔了一怔，道：「噢，有這種事，是那兩龍頭，你們可知？」一個大漢道：「那我們倒不知，只是我們見到，為『死神』駕車的、一人，腰扣龍頭金牌，還有一人，和他們詐作不識，也是一樣！」為「死神」駕車的人？我竭力想回憶那人的面目，但是卻已然沒有印象了，我一面責怪自己粗心，一面卻又禁不住奇怪。

因為，「死神」本身的武功。還不如我，但是有那麼兩個高手在側，為什麼他不叫他們對付我呢？這的確是令人難解之事。

只聽得那老者「噫」地一聲，道：「那我們可得要小心點。黃俊那小子呢，你們找到了沒有？」一個大漢道：「沒有。但是我們卻找到了小姐。」

我一聽到他們講到此處，心中更是吃驚！本來，我對那個老者的身份，已然在大起懷疑，如今，一聽得那大漢如此說法，我已然可以肯定，他就是石菊的父親，武林一代大豪，受盡南北英雄人物敬仰，如今在西康自闢天地的北太極門掌門人石軒亭！

第十一部：武林的一代異人

除了他以外，事實上，誰還有那麼高的武功？那末，那大漢口中的「小姐」，自然就是石菊了！

那老者「哼」地一聲，道：「她怎麼了，可是和黃俊一樣了麼？」

一個大漢道：「不會，小姐怎會，聽說，她和揚州瘋丐金二的一個徒弟在一起，我們發現她時，她正一個人在路上亂走！並沒有看到金二那徒弟。」

揚州瘋丐金二的徒弟！那是在說我了！

石菊已然被他們發現，但是在什麼地方呢？我急於想知道這一點。那老者也立即以此相詢。那些大漢之一笑了笑，道：「掌門，你大可放心，我們當然不會苛待師妹的。」

那大漢話尚未講完，石軒亭一掌拍在桌上，道：「一點也不用對她客氣！」

我聽到這裏，心中大吃了一驚。那三個大漢，也自面面相覷。石軒亭又道：「她如今在什麼地方？」那大漢道：「在我們的酒店之中，自然反鎖在房中！」石軒亭叱道：「飯桶，她難道不會逃出去麼？快去，若是走了，無論如何，追她回來！」

那大漢立即站了起來，向外走去！我心中不禁大為著急，立即摸出一張大鈔來，放在桌上，向侍者招了招手，一等那大漢走出了門，我便立即也離桌而起。

我明知如果再在一旁偷聽下去，便可以知道北太極門掌門石軒亭來到此間的原因。但是我不能不先去看視石菊，因為我從石軒亭鐵青的面色中，看出他對石菊極恨，那種恨，絕不是正常的父女之間所應該有的。而石軒亭既然能派石菊來殺害黃俊，當然，對於石菊，處置起來，一定十分嚴厲，我絕不能使石菊落入他們的手中。

而且，我還必須找到石菊，再和她一起，去找尋隆美爾的寶藏，不管寶藏找到之後，如何處置，我總想將它找到！因此，我才立即向外走去，我才一出門，便看到那大漢，伸手召了一輛計程車，我連忙鑽進了自己的車子，尾隨而去。

前面那輛計程車向市中心繁華地區駛去，我緊緊地跟在後面，可是，在經過一個廣場的時候，忽然停了下來！

我確知那大漢是要回酒店去，查看石菊是不是仍在那裏，但是這個廣場的附近，卻都是一些政府機構的大廈，絕對沒有什麼酒店的！

正在我疑惑不定，只得停下車來之際，那大漢足尖一點，已向我的車子，躍了過來，一躍到面前，手伸處，一掌已然拍在我的車窗玻璃上。

那一掌聲音並不大，但是卻將車窗玻璃，震成粉碎。就在這一掌上，我看出那大漢的武功極高！

在那樣的情形之下，我只有竭力鎮定，道：「先生，你想作什麼？」我特地用法語問他，裝作久在法國居住的亞洲人。

可是他卻冷笑一聲，道：「朋友，別裝傻了，你為什麼要跟著我，你是什麼人？」

我佩服他眼光的銳利，及見識的廣博。笑了一笑，道：「朋友，你總不見得希望在這裏打架，被外國人笑話的吧？」

那大漢一聲冷笑，道：「那麼你希望在什麼地方和我一見高下！」我搖了搖頭，道：「不必了，我和你無怨無仇，見什麼高下？」

我一面說，一面以極其迅速的動作，踏了油門，車子向前疾馳而出，迅速地在第一個轉彎處轉了過去，而才一轉過，我便立即將車停住，跳下車來，掩到街角，去看那大漢。

只見他正迅速地向我這裏走來，我在他將要走近的時候，心裏不禁「怦怦」亂跳，因為他若是向我停車的這條橫街走來的話，一定會發現我，而我再跟蹤他的計劃，也一定難以實現。

幸而，他走到了街口，向另一條橫街，轉了過去，並沒有發現我的汽車。我在他走出了七八丈後，便跟在他的後面。

這一條街上，行人很多，他雖然仍是頻頻回顧，但是我卻每次都巧妙地藉著迎面而來的人，掩遮了自己的身形，而不被他發覺。不一會，我已然瞧著他走進了一家豪華的大酒店去，在他進了門之後，我也立即跟進去，我看到他，踏進了電梯，我等電梯在「四」字上停止的時候，立即由樓梯前飛也似地向四樓躍了上去，在我到達四樓之際，我看到他正推開一間房的房門，向裏面走進去，可能是我因為急促，而腳步聲太響了些，他已然要走進房去，又轉過頭來，看了一看。我和他打了一個照面，他面上立現怒容，我不等他出聲，一個起伏，已然掠了過去，他一手仍然握著門球，一手「呼」地一掌，向我拍了過來。此際，正另有一對美國夫婦，從走廊的另一端，嘻嘻哈哈地走了過來，我不能被他們發現我和人打架，因為美國人是最好管閒事的，我立即運足了十成力道，一掌迎了過去。「叭」地一聲響，雙掌相交，那大漢已被我的掌力，震退了三步，踉蹌跌入室內，我也立即走了進去，順手將門關上。

我剛一將門關上，那大漢又狠狠地撲了上來，我身形一閃，在他身旁，掠了過去，就勢用手肘在他的「軟穴」，重重一撞。大漢立即跌倒在地。

我也不再去理會他，叫道：「菊，你可在──」

可是，我下面一個「麼」字，尚未出口，只聽得背後，響起了「呼」地一下金刃劈空之聲，我連忙回過頭來，一柄明晃晃的匕首，離我的胸前，已然只不過三四寸左右，危險之極！

我連忙身形向後一仰，那大漢跟著踏前一步，匕首仍是指住了我的胸前的要害！

我不由張口叫了一聲：「好快的手法！」身子陡地向旁一側，伸手一勾，已然向他的足踝勾去，那一招，乃是我師父所傳的「瘋子賣酒」，實在是百發百中的妙著！

我足才勾出，那大漢身形一個不穩，已然向前，疾撲而出，那柄匕首，刺穿了厚厚的地毯，還「篤」地一聲，刺入了地板之中！

我不等他有機會站起身來，便踏前一步，一足踏在他的背上，不令他動彈。

也就在這時，我聽到臥室處有門球轉動的聲音，我喜道：「小淘氣，你還不出來麼？」

我話剛一講完，臥室的門，已然打了開來，我定睛一看，不由倒抽了一口冷氣！站在臥室門口的，並不是石菊！而是一個身材甚高，面肉瘦削，少說也在五十左右，但是雙目神光炯炯的男子！那男子雖然穿著一身西裝，但是卻叫人一望而知，他絕不是經常穿西裝的人，樣子顯得十分怪異！

他一見到了我，便咧嘴「桀」地一笑，道：「小淘氣？衛朋友，你是在叫我麼？」

我竭力定了定神，道：「你是誰？」我雖然發話問，心中卻感到那是多此一舉，因為他既然在這裏出現，當然是石軒亭的人馬。

可是我卻立即知道，知已判斷錯誤，那男子解開了西裝上裝的鈕扣，向他的皮帶扣，拍了一拍，我一眼望去，心中不禁一涼！那男子的帶扣，正是金光燦爛的一個龍頭！他已然表明了身份，他就是原來的赤水幫的龍頭之一，「死神」手下兩大高手中的一個！他又陰側側地笑了一下，道：「衛朋友，想不到我們會在這裏相遇，也不用我再到處去找你！」我後退了一步，在退出之際，足尖已然重重地踢中了那大漢的軟穴，令他全身發軟，一個小時之內，爬不起來。道：「原來是赤水幫的龍頭，失敬得很，不知閣下找我，有何貴幹？」

我一面說，一面又向後退了幾步，已然倚壁而立，他卻始終只是站在門口，面上的神氣，似笑非笑，我必須極端小心，因為赤水幫的龍頭，個個都是身懷絕技，智勇雙全的人物！

他冷冷地道：「也沒有什麼，只不過想請閣下到一處地方去。」

我立即再問他道：「到什麼地方？」他突然放肆地笑了起來，道：「地獄！」我猛地一怔，趁他笑聲未畢之際，迅速地拔出了手槍，喝道：「別——」

但是我只講出了一個字，只聽得「拍」地一聲，同時，又見金光一閃，緊接著，我手腕上一陣劇痛，五指不由自主一鬆，那柄槍已然落了下來，而那柄槍尚未落到地毯上，又是「拍」地一聲，金光一閃，那柄槍被那兩枚金蓮子，打出了丈許開外！

我心中吃驚的程度，實是難以言喻，因為那兩枚金蓮子上，我已然認出了他的來歷！

他射出了兩枚金蓮子，身子仍然站在門口，連一動也未曾動過！

我面色慘白，道：「大師伯……原來是你！」在那兩枚金蓮子之上，我已然知道他就是我的大師伯！我一生所學極雜，但是正式拜師，卻是揚州瘋丐金二。我師父的先人，本是鹽商，可以稱得上家資巨萬，但是他為人玩世不恭，輕財仗義，在他十五歲那年，便有不顧族人反對，將一半家產，化為現金，救濟那一年蘇北大旱的災民之舉。在他三十歲那年，富可敵國的財產，已然給他用完，他也索性蔽衣敗履，在街頭上行乞。雖然有一些人，譏他為敗家子，但因為揚州城內，受過他好處的人，實在太多了，他老人家雖然名為「行乞」，實則大街小巷都有人拖不到他作為上賓之苦，衣食住，絕對不用擔心。他常和我說，與其有巨萬家產，到處受人白眼，遠不如蔽衣敗履，到處受人招待的好。他在四十歲那年，才遇到我的師祖，我師祖是何許人，連我也不知道，但我曾聽得師父講過，師祖的武功之高，已然到了出神入化的地步。他一身本領，並不是師祖親授，而是他的師兄，我的大師伯代授的。當我拜在瘋丐金二門下之際，金二已然六十開外，他因為入師門晚，是以大師伯的年紀，比他還輕。當然，我也曾向師父打聽大師伯的為人，但是師父卻也不甚了了，只是說大師伯姓陰，除了武功絕頂之外，一手金蓮子暗器功夫，更是獨步天下。他並曾告訴我，大師伯為人古怪，以後若是見到了他，無論我武功已到如何地步，絕不可能是他的敵手，若是不小心得罪了他，唯一求脫身的辦法，便是低聲下氣，向他認不是。我將師父的話，牢牢地記在心中，可是，在十多年的江湖生涯中，我卻並沒有遇到大師伯其人。真是萬料不到，如今會在這樣的情況之下，與之相遇！雖然，我如今在做的事，理直氣壯，他卻成了「死神」的護衛，我絕不應該對他低聲下氣的。

但是，一則，他是我的師伯，二則，我此際的處境，實是險極！因此我在吃驚之餘，便叫出了這樣的一句話來。他面上現出了一個奇怪的神色，因之使他的面色，看來沒有那樣的陰沈，只聽得他冷冷地問道：「你叫我作什麼？」我吸了一口氣，道：「我……我以為你是我的大師伯。」他又打量了我一眼，道：「那麼，你是金瘋子的那個徒弟了？」

我連忙點了點頭，只當我們的關係，即已弄清，事情便有了轉機。怎知他的面色，又突然一沈，令人望而生畏，冷笑道：「你師父雖然出身富貴中人，但是人卻可取，哪知他竟收了你這樣一個人作徒弟！哼！」

我一聽這話。心中也不禁大是不服氣，道：「師侄如何不對，尚祈大師伯指正。」

那人哈哈大笑，道：「學武之士，要槍何用？我生平最恨人用槍，難道你師父未曾和你說過麼？」他在講那兩句話的時候，當真是聲色俱厲！我完全可以瞭解到他的心情，因為事實上，我也是最恨用槍的人。如果不是G領事給了我那柄槍，我身上是從來也不帶火器的。自從洋人的勢力入侵中國的近一百年來，中國武術大大地凋零了，這當然是由於火器的犀利，一任你內外功已臻絕頂，也難以抵抗的緣故。像我大師伯那種武林中的奇人，當然更對火器，有著切骨的痛恨。這可以說是近代武林中人落後於時代的一種悲哀。而武功造詣越高的人，這種悲哀也越深。我呆了一呆，道：「大師伯！槍是朋友給我的，我因為看出你武功在我之上，因此才想拔槍先發制人。」他「嘿」、「嘿」地冷笑幾聲，向前走出了兩步。我沈住了氣，道：「大師伯，師父曾對我說，你老人家武功絕頂，但是我卻不明白，何以你老人家竟會和『死神』這樣的人在一起！」我的話，聽來十分客氣，也十分委婉，但實則上，卻極其尖銳。因為學武之士，講究的的是行俠仗義，而絕不是助封為虐。我的話，等於是在指責他為什麼為虎作倀，助「死神」為惡！只見他的面色，微微一變，身子也震了一震。我屏息靜氣，等著他回答。好一會，他才冷冷地道：「你以我為恥麼？」我苦笑了一下，道：「大師伯，我只是感到奇怪，因為師父對你，實是欽佩得不得了，因此你在我的心目中的印象，一直是——」他不等我講完，便道：「不用說了。」

我立即住口不言，他在沙發上坐了下來，又揮手示意我坐下，才緩緩地道：「『死神』的父親，於我有大恩，他臨終之際，我曾發誓保護他後代，受恩莫忘，你大概也可以諒解的？」

他的目光，雖然仍是那樣地懾人，但是語氣卻已然緩和了許多。

我看出我和他之間的關係，已然使他對我不像剛才那樣的嚴厲，等他講完之後，我立即異常懇切地道：「大師伯，我斗膽說一句，『死神』的所作所為，遲早不會有好結果的。如果你老人家要維護他，最好叫他及時收山，以免有難堪的下場！」

他嘆了一口氣，站了起來，踱了幾步，道：「這且不去說他了，你快離開這裏吧。」

我連忙道：「大師伯，石小姐呢？已落在你的手中了麼？」

他望了我一眼，道：「她是你的什麼人？」我道：「她不是我的什麼人——」他不等我講完，便道：「那你就別管閒事了！」

我料不到他的口氣竟這麼強硬，居然打斷我的話頭，斷然要我別管這件事情。

我急道：「大師伯，我絕不能不管的！」他面色一沈，道：「怎麼，你想和我作對麼？若不是你是我師侄，我也絕不能放過你，以後，你對於這種閒事，還是少管些的好！」我吸了一口氣，還想和他爭執，但是繼而一想，我卻忍住了氣，不再出聲，低身拾起了槍，便走了出去，我才出門，便飛似地來到走廊的一邊，將身子隱了起來。不一會，我便看到門打了開來，大師伯和石菊兩人，並肩走了出來。石菊的手，被我大師伯握著，她面色蒼白得十分可怕。他們兩人走進電梯，我連忙由樓梯下去，躲在大門口。沒有多久，他們兩人已然出來，上了一輛汽車。我決定用冒險的方法，去追蹤他們兩人，在大師伯將石菊推進了車子，他自己坐上駕駛位之際，我身形一矮，已然貼著牆，來到橫街上。汽車在我身邊掠過的時候，大師伯並沒有發現我，我一躍身，便已然攀上了汽車尾部的保險架，蹲了下來，街上有人在叫，也有警察在揮動警棍，但是汽車風馳電掣而去，衝過了許多紅燈，直馳到了郊外，我知道自己的辦法已然得逞了。車子一直馳到了海灘上，才停了下來。我立即身子一滾，滾到了車底下，無論如何精明的人，大約都不會想到，在車子下面，會有人藏著的，我見到他們兩人下了車，向海邊走去。等他們走得遠一點，我已然不止可以看到他們的足部，而且也可以看到他們的全身，我看到他們兩人，上了一艘小舢板，大師伯立時划動槳，向海中蕩了出去！

我看到此際，心頭不禁「怦怦」亂跳！

事情非常明顯，大師伯是奉了「死神」之命，來結果我們兩人性命的！只不過因為我是他的師侄，所以他才叫我快些離開此處。而如果「死神」派出的人不是我大師伯，而是另一個赤水幫的龍頭的話，那麼此際，在小舢板上的，將不止是石菊一個人，而是我們兩人了！

我的思緒，亂到了極點，但是有一個概念，卻是十分明白，那就是，一定要救出石菊！不論她落在何人手中，都要將她救出！

我爬出了車底，向海灘奔去。冬日的海灘，冷清清地，並沒有什麼人。

我一面跑，一面在想著對策，在到海灘邊上時，我已然有了主意。

我知道，若是與大師伯正面為敵，我一定沒有法子救出石菊的。我只能利用尚未發覺有人追蹤這一點來對付他，我跳上了一艘小摩托艇，檢查了一下，發現有足夠的汽油。

再檢查一下發動機，覺得也一點沒有毛病，一艘完好無缺的小型摩托艇。

我連忙脫去了原來的衣服，只穿了一件襯衫，又將西裝上的衣袖，撕了下來，包住了頭臉，然後，發動了馬達，摩托艇向前疾馳而出，沒有多久，離得他們兩人的小舢板已然很近了。

我低著頭，向前看去，只見大師伯也已然回過頭來，大聲喝道：「什麼人？」

我一聲不出。仍然駕著摩托艇，向小舢板撞了過去，只聽得「乒乓」一聲，我面前的擋風玻璃，已然被他的金蓮子射得粉碎。

我身子一側，避開了餘勢未衰的金蓮子。就在那剎間，我彷彿聽得石菊一聲大叫，我連忙抬頭看時，只見石菊已然被他拋至六七丈的海面之外！我不知道大師伯是不是識水性，我想立即將摩托艇向石菊馳去，但是卻已然來不及了，摩托艇「砰」地一聲，撞中了小舢板！

小舢板立時斷成了兩截，大師伯身形，疾掠而起，拔高了兩丈上下！我一看這等情形，心中不禁大是駭然！

本來，我的計劃是將他撞到了水中，立即拋出繩子，將石菊救了上來。可是，小舢板雖然被我撞成了兩截，但是卻並沒有落下水，反倒向上拔了起來！看他的情形，分明是想落在我的小艇之上！我手忙腳亂，駕著艇向前疾衝而出，他正落在摩托艇後面，丈許遠近之處。我連忙轉了一個彎，拋出了繩子，石菊也已然知道有人前來救她，一伸手就拉住了繩子。我此際，不敢停下艇來等他，仍然駕著艇在水面飛馳，由於前進的速度太快，石菊被我從水面拉了起來！也就在石菊離開水面之際，兩枚金蓮子，向她激射而至！

我回頭一看，大師伯正浮在海面之上，我連忙一抖繩子，將石菊拉了過來，避開了金蓮子，她也落到小艇上，我立即將小艇向岸邊駛去，艇幾乎直衝上沙灘，我一拉石菊，道：「趕快走！」

石菊直到此際，才知道是我！

她道：「衛大哥，原來是你！」

我回頭看去，只見大師伯正向岸上，疾過來，我忙道：「別出聲，咱們快逃，他是我大師伯，我們絕不是他的敵手！」

我拉著她，一直上了汽車，向前飛馳而出，在汽車中，我才來得及將包在頭上的衣袖，撕了下來。

就在我撕下衣袖之際，陡地想起一件事來，不得大吃了一驚，車子也幾乎向外撞去！

我的行動，本來極其成功，大師伯也未必知道救了石菊的人是誰，但是，我卻忘了一點，我那件西裝上衣，仍在小艇上，他只要查一下，便可以發現袋中有著我的名片，而知道事情是我所為！

雖然這是一件很微小的事情，稍為大意一點的人，未必能夠注意到我的衣服，從而再搜查到我的名片。但是，我大師伯是何等樣人？哪有放過這點線索之理？

可是我知道，這時候，再要回到海灘邊上，一定已然來不及了！

我急得六神無主，在我一生之中，我從來也沒有因為惶急而覺得這樣心中混亂過。我不怕得罪「死神」，更可以和黑手黨的黨魁作生死之鬥。（衛按：這個「黑手黨」最近又在大肆活動，據法新社西西里島巴勒摩六月二十日電訊，黑手黨徒，竟然設計，在一次爆炸中，炸死了八名警察！）

但是，我絕不能想像，如果我和我大師伯正面作對，會有一絲一毫勝利的可能性！

石菊也看出了我惶急的情形，她看了我好一會，才道：「衛大哥，有什麼意外麼？」

我一面駕著車，向前疾馳，不一會，便來到了通蒙地卡羅的公路處，一面拼命地在思索著對策，甚至沒有聽到石菊的問話。

石菊咬著嘴唇，又再問了一遍。我才嘆了一口氣，道：「大麻煩來了。」

石菊低下頭去，道：「都是我不好。」

我想要安慰她幾句，可是我腦中實在太混亂了，竟粗聲道：「如今不是懺悔的時候，我們所遇到的麻煩，實在太大了！」石菊怔了一怔，眼睛紅了起來，兩滴眼淚，也隨之而下，道：「衛大哥，我不再離開你了，但是，究竟是什麼樣的麻煩呢？」我想一想，道：「你的父親來了，你知道不？」石菊「啊」地一聲，不由自主，身子向後一仰，道：「我爹，他老人家？」

我點了點頭，將我在尼斯那家飯店的見聞，向她約略說了一遍，道：「你父親手下的人……」石菊道：「那人我是認識的，我在公路上遇到他，他將我誘到了那家酒店之中。」

我點了點頭，道：「不錯，可是你們的行蹤，卻被奉命來殺死我們的大師伯覺察了，所以，你才會落入他的手中，『死神』可能知道國際警方對他的注意，已然越來越密切，或者是為了其他的什麼原因，所以才令我大師伯，要將我們兩人，毀屍滅跡，不令事情聲張出來。湊巧他派出的，是我的大師伯，如果他派出另外一個高手的話，此際我們早已沈屍海底，和隆美爾的寶藏同樣命運了！」

石菊靜靜地聽我說完，才道：「我們現在不是已經逃脫了麼？」我苦笑了一下，道：「不然，我們可能逃脫，但我將上衣留在那摩托艇上，要命的是，那上衣袋中，有著我的名片！」

石菊呆了半晌，道：「你大師伯的武功很厲害麼？」我嘆了一口氣，道：「我們兩人，是絕對無法與他為敵的。」

石菊聽見我這樣說，於是也著急了起來；道：「那我們怎麼辦呢？」

我想了好一會，才道：「我們回到了蒙地卡羅，立即就走！」

石菊呆了半晌，道：「我……我又上哪兒去呢？」她講到此處，又滴下了淚來。

我道：「我已然發現，黃俊的女朋友，可能已然發現了隆美爾的寶藏，我們先到巴斯契亞，然後，再去找他們兩人！」石菊嘆道：「我爹這樣對我，找到了寶藏，又有什麼用處呢？」

我苦笑著，道：「連我也不知道有什麼用處，但是我卻一定要找到它，我不想費了那麼多的心計，結果卻是失敗！我要找到它，一定要！」

石菊默然不語。直到汽車將近蒙地卡羅的市區之際，我才將車速放慢了下來，我知道大師伯這時，一定也已然找到了汽車，在高速地駛回蒙地卡羅來。

因此，我不斷後望，看看可有人在追蹤我們，幸而，一直到我們進入了市區，尚未發現被人跟蹤，我先駛到我租車的地方，告訴他們，我租的那輛車，停在尼斯城中，碎了一塊玻璃，可能還因為停車不當，而要罰款，我給了車行足夠的錢，才回到酒店中。

一到了酒店，我們兩人，以最快的速度，整理了行裝，我們決定棄去許多東西，又化了裝，石菊變成了一個中年婦人，我也變成了一個上了年紀的紳士。當我結了酒店的帳，剛一出大門時，便見到我大師伯，面色鐵青，從一輛汽車上跳了下來！

當時，我的心臟，幾乎停止了跳動，石菊插在我臂彎中的手，也在微微地抖動著，但是徼天之幸，他並沒有發現我們，而匆匆地走了進去。

我知道他一定是去向「死神」道及他執行命令失敗的經過。

「死神」當然不敢責備他的，因為他是「死神」的長輩，但是我又可以確知，大師伯一定會心中不安，因為他沒有完成「死神」的委託，他也一定將我們兩人，恨之切骨，誓必將我們捉到手中，然後甘心，因為他是那種固守著「一諾千金」而不理所諾之言是不是合理的人。

我們在門口遇到他的一剎那間，雖然仍然向外走著，但是我們的姿勢，一定僵硬得像木乃伊一樣，因為我們全身肌肉，都因為緊張而變得硬化了！這或許使我們看來，更像中年以上的人，但事後，不論過多少日子，直到現在，雖然我又有過不知多少奇險的經歷，但是我卻從來也沒有那一剎間的那種恐怖之感。我們下了酒店大門的石階，才緩過一口氣來，上了計程車，離開蒙地卡羅，兩天之後，我們仍然以原來的化裝，來到了巴斯契亞。

我們一到了巴斯契亞，仍然住在「銀魚」。我們離開了這個小鎮那麼久，這個小鎮，一點也沒有變化，我們休息了半天，我便展開地圖，尋找施維婭的家鄉，她的家鄉，在巴斯契亞之北，地名是G領事告訴我的，那是一個很小的村子，叫做錫恩太村。

我們決定明日一早，步行前去。當晚，我們在一間房中，分榻而睡，午夜，我聽得石菊在夢中喚我的名字。然而，我則整晚思念著黎明玫，想起她和「死神」已然結婚，我就不由自主，緊緊地握著拳頭。

第十二部：父女之間的秘密

第二天一早，我已然醒了過來。我發覺我是被街上兒童的喧嘩聲吵醒的，我俯在窗口一看，不由得陡地吃了一驚，叫道：「看！」

一輛勞斯萊斯，正緩緩地在街上行駛。這個小鎮上，難得這樣名貴的汽車，因此引得一大群頑童，在叫嚷追逐。

而那輛名貴的汽車，我卻是見過的，正是石軒亭所乘的那輛。

石菊給我叫醒，跳了起來，我指著那輛車道：「你父親也來了！」

她茫然地望著我，我道：「快！我們快離開這裏，很可能死神和我大師伯，也會到這裏來的。我們必須較他們先一步找到黃俊，這是時間的競賽！」

她點了點頭，我們迅速地化裝好，出了「銀魚」，開始是慢慢地向前踱去，出了鎮，路上沒有人，我們便飛快的奔馳。

一遇到有人，我們便停了下來。

那一天，是一個非常晴朗的天氣、已然有一點初春的味道。在大地上，春苗已然有點轉青，到了十點鐘左右，我們已然來到了錫恩太村。

那當真是一個小得可憐的村子，只有七八戶人家，我們甚至找不出一個可以聽得懂法文的人，他們操著他們的土語。

費了不少時光，我們才知道，施維婭和她的中國丈夫，正在村東大倉庫附近，我們立即向東行去，走出兩三里，便見到了所謂的「大倉庫」。

那「大倉庫」，實則是一個棚，在倉庫附近，堆著許多高可兩三丈的麥稭，周圍十分寂靜，只有在里許之外，才偶然有人經過。

我們來到了目的地，卻不見有人。我正想出聲叫嚷時，忽然聽得在一堆麥稭旁邊，傳來了一陣歡樂的嘻笑聲。

一個男的，一個女的，我們立即辨出，男的正是黃俊！

我們兩人，向前馳出，只見黃俊已然完全換了當地農民的裝束，正和一個十分健美的少女，在麥稭上追逐嬉戲，對於我們的來到，恍若無覺。

我幾乎不想出聲叫他，因為他們在這裏的生活，實在是太平靜、太幸福到令人不想去破壞他們，以及打擾他們！

我和石菊兩人，又走得離他們近了一些，他們兩人停止了嬉戲，抬起頭來，望著我們。

在這樣的一個小村之中，是很少有人來到的，尤其是外國人。

是以他們都現出了奇怪的神色，施維婭的確是一個漂亮的女人，比我所見到她的相片，還要動人，因為照片上沒有那股活力，她是一個充滿青春氣息的人，如果我是一個雕塑家的話，一定去請她做模特兒，塑一尊青春之像。她不好意思地望著我們一笑，掠了掠頭髮，站了起來，道：「你們找什麼人？」

我一笑，以中國話道：「黃先生，你不認識我了麼？」黃俊陡地吃了一驚，後退了一步，面上為之陡地失色！

施維婭顯然聽不懂中國話，但是她的直覺，使她覺出我們的到來，對黃俊大是不利，她立即攔在黃俊的身前，道：「你們想作什麼？」

我微微一笑，道：「小姐，你放心，我們絕不會傷害你們的，但是並不等於說，沒有人會傷害你們！」施維婭的眼中，露出了將信將疑的神色，石菊冷冷地道：「師哥，我爹來了！」黃俊更是面如死灰，道：「他……在哪裡？」

石菊道：「我們見到他在巴斯契亞鎮上，他當然是為你來的！」

黃俊整個人像是呆住了一樣。

我踏前一步，道：「俊老弟，不管你信不信，我願意幫助你！」

黃俊忽然用雙手撕著頭髮，道：「你幫不了我、誰也幫不了我，我的末日到了！」我走向前去，在他面上，重重地摑了兩下，令他鎮靜了下來，道：「你聽我說，不要慌張，你不為你自己著想，也得為施維婭著想！」他一聽得我如此說法，忽然鎮靜了下來。

我又道：「你先將你所遭遇的困難，和施維婭詳細說一說！」

黃俊點了點頭，照著我的吩咐，向施維婭將他目前的境遇，說了一遍。

施維婭的面色，也變得十分慘白，我立即道：「施維婭，你必要將我當作朋友，要對我講實話！」

施維婭茫然地點了點頭，我問道：「施維婭，你可是已然發現了隆美爾的寶藏？」

「隆美爾的寶藏？」她現出了極其莫名其妙的神氣反問我。

我加重語氣，道：「是的。」

她搖了搖頭，道：「沒有啊！」我道：「那麼，你給黃俊的那袋鑽石，還有，那朵稀世奇珍——，鑽石花，你是從哪裡來的？」

施維婭向黃俊望了一望，欲語又止，我道：「施維婭，你必須說，否則，你可能失去一切！」

施維婭睜大眼睛望了我好一會，然後有點不大相信地說道：「真有那麼嚴重麼？」我用力地點點頭，道：「一點不錯，我希望你相信我的話。」

施維婭道：「那……那是我在潛水的時候找到的。」她的回答，本就在我的意料之中，我立即問道：「其餘的東西呢？」

她又現出迷惑的神色，道：「其餘的東西？那些東西有什麼用？」

她的話，聽來像是太過做作，但是我卻相信，她是出自真正的無知，這種無知，是十分可愛的，因為她是那樣的純樸。

我道：「施維婭，你難道不知道，你已然發現的，是真正的鑽石？」施維婭喜道：「真的麼？」但是她隨即望了一下黃俊，道：「即使是真的，我也沒有用處，有了黃俊，我便有了一切。」

我和石菊互望了一眼，我們都覺得施維婭的話，是出自真心。

我問黃俊道：「黃朋友，事情已到如今這樣地步，你該可以將事情的詳細經過，說一說了吧。我認為如今你十分需要我們的幫忙，因此你最好將事情的來龍去脈，詳細說一說！」

黃俊想了一會，道：「可以。」

他講了兩個字後，又停了片刻，道：「掌門人認為那張藏寶圖是真的，派我離開了西康，來尋取寶藏，我到了法國之後才發現那藏寶圖，根本是假的，我可以只花極低的代價就在巴黎的街頭買到它！」

我點了點頭，道：「這我已知道了。」

黃俊道：「但是，我仍然來到了巴斯契亞，我見到了施維婭。」

他講到此處，向施維婭望了一眼，嘆了一口氣，道：「師妹或許會認為我是三心二意的人，但是我遇到施維婭之後，我確是真心一意的愛她。」

我不耐煩道：「這一點我們可以看得出，你說你自己的事。」

黃俊道：「我認識施維婭之後，根本已將尋寶的事，丟在腦後，但是有一天，施維婭卻對我說，在她幾年的潛水生涯中，曾在海底找到過不少『亮晶晶的玻璃』和一朵『玻璃花』，我叫她拿出來給我看，我也不能確定是不是鑽石——」

我連忙問道：「她是在哪裡找到的？」

黃俊道：「東一顆，西一顆，幾年以來，她搜集到了一袋。」

我點了點頭，道：「那一袋，就是我在輪渡上看到的了？」

黃俊道：「不錯，我懷疑那是真的，恰好師妹打電報給我，叫我快點去見她，我便暫時和施維婭分手，師妹卻已被『死神』追逐，離開了原來約定的地方。」

「這點我早已知道。」我說：「因為當時我和你在一起，一切情形都親眼看到。」

黃俊點點頭道：「不錯，我找不到師妹，在輪船之上，巧遇衛兄，我們之間，還因誤會而打了一場呢！」

「是啊！」我說：「那麼，你為什麼又將鑽石，彈到海中去呢？」

這是我非問不可的一個問題。

因為，我如果不是發現黃俊將鑽石一顆一顆地拋到了海中去的話，我根本不會捲入這個漩渦之中的。

黃俊又向施維婭望了一眼，道：「那是一個誤會，我們約好了，我打電報給她，她一定回電報給我，結果，我卻收不到回電，我不知那時她已然落入了某國領事館的手中，我只當她變了心，所有的一切，都對我沒有意義了，所以，我明知那一袋鑽石是真的，也都將之拋入海中。」

「所以──」我接口道：「我們一上了荒島，你就將施維婭的相片給我看？」

黃俊道：「是的，我非常懷念她。」

這以後的事情，我卻是親歷其境的，不必再多加盤問了，我道：「黃俊，你叫施維婭，帶我們到她發現鑽石的那個海域去潛一次水。」

黃俊轉達了我的意思，施維婭立即道：「可以，就今天麼？」

我立即道：「現在！」

施維婭站了起來。可就是在她剛一站起的一剎間，一陣汽車馬達聲，怒吼而至，一輛勞斯萊斯疾馳而至。

汽車中，迅速跳出四個大漢，向我們望了一眼，躬身等在車門旁，從車子中，又走出一個老年人來。

黃俊一見到那個老年人，面色變得難看到了極點，身子也禁不住在微微發抖！那老年人正是北太極門掌門——武林大豪石軒亭！

石軒亭以威嚴無比的眼光，在我們身上，緩緩地掃過，我覺出身旁的石菊，也震動了一下。只見他向前，走近了幾步。

黃俊已然跪了下去，叫道：「師父——」施維婭大驚失色，道：「黃俊，什麼事？」石軒亭厲聲道：「將這女人弄開！」

一個大漢，應聲而上，便向施維婭走了過來。

我連忙橫身攔在那個大漢的前面，喝道：「別碰她！」那大漢「嘿」地一聲冷笑，拳風颶颶，一拳便向我胸前打來。

石軒亭在場，我明知動起手來，我們絕無上風可占，可是我也不能讓他們對施維婭有所損害，因此，就在那大漢，當胸一拳，向外出打之際，我掌緣如刃，向他手腕，直切了下去！

他那一拳，尚未將我擊中，我已然切中了他的手腕，那大漢不由自主，怪叫一聲、捧著右手，向後踉蹌了開去。

石軒亭冷冷地道：「原來是你！」

他講了四個字後，突然轉頭向石菊望去，喝道：「菊兒，你見了我，詐作不識麼？」原來石軒亭從我的招式上，認出了我的師門來歷，從而識破了我和石菊的身份。

我心中暗叫不妙，本來，我們化了裝，石軒亭倒也不一定認得出我們來。可是剛才我那一切，乃是瘋丐金二嫡傳的「雲切手」，石軒亭是何等樣人，自然一看便自認出！他既然認出了我的身份，當然便知道和我在一起的，乃是石菊。石菊被他一叫，戰戰兢兢地踏前了一步，叫道：「阿爹！」

石軒亭一聲冷笑，道：「我沒有那麼好福氣，你和你母親一樣，是個臭賤——」

他盛怒之下，只顧責罵石菊，卻在無意之間，將他藏在心中的秘密，露了口風，石菊乃是何等聰明之人，一聽之下，便不禁一呆，道：「爹，你想說我媽是臭賤人麼？我媽是足不出戶，當真稱得上賢妻良母，怎麼會是臭賤人？」

石軒亭面色陡變，道：「住口！」

在那剎間，我心中突然閃過了一個念頭：石軒亭罵的，一定是黎明玫！黎明玫真是石菊的母親，但是，她又為什麼在對我講了之後、又不認呢？

正在我思索之際，石軒亭已然道：「你們兩人，誰將寶藏獻出，還可以免於一死！」他們兩人尚未回答，我已然忍不住道：「石前輩，他們兩人，都交不出寶藏來的，那寶藏是否存在，也還是大疑問哩！」

石軒亭厲聲喝道：「住口！」一面向身後四人道：「難道還要我出手？」

那四大漢身形飄動，已然向我撲了過來，我不等他們撲過，已然向前迎了上去！我迎上去的那個，正是剛才吃了我苦頭的，他一見我來勢洶洶，不禁退縮了一下，我一伸手，已然在他腰際，重重地拍了一下，緊接著，一腳反踢，正踢中身後攻到的一人的小肚之上。

這時候，其餘兩人，已然一個自左，一個自右，向我攻到。

我身子立即向後一縮，兩人一個撲空間，我雙手齊出，在他們肩頭，輕輕一扳，兩人已然向前，跌作了一團，我也抽身後退。

我自己也未曾料到，一動上手，竟能在片刻之間，將四人打敗。

我相信這一定是石軒亭為人，極其猜忌兇狠，所以他門下能得到他一分真傳的人，已自不易。因此那四個大漢，才會如此不濟事。

石軒亭「哼」地一聲，道：「有兩下子哇！」他一面說，一面向我疾欺而至！

也就在此際，石菊大叫一聲，道：「爹，你不能！」她一面叫，一面向我撲來，但石軒亭一揮手間，石菊已然向外跌去。

而石軒亭揮出的手，一圈之間，已然一掌向我當胸擊到，勁道之強，實是罕見！

我萬料不到，石軒亭狠辣無情，竟然一至於此，居然連父女之情，也毫不顧念。因此，我對石菊同情，不由又加深了幾分，看著她跌撲在地上的情形，痛心之極。

我一見他一掌擊到，連忙向後退去。但是，他在陡然之間，身形又向前滑出了三尺，我一退變成了白退，連忙一側身時，「砰」地一聲，一掌正擊中在我的左肩之上，我只感到頭昏眼花，身不由主，一跤向後跌出，直向一堆麥稭撞去！

他那一掌，力道奇大，尚幸我背後，有著老大的一堆麥稭。

如果不是有著那樣的一堆麥稭，我不知要跌出多遠，方能站穩腳跟，而如果碰到了石牆上的話，我非撞成重傷不可！

我的身子在麥稭堆上，彈了一彈，只覺得左肩之上，骨痛欲裂，一條左臂，已然抬不起來，但是我咬緊牙關，還是站了起來。

只聽得石軒亭「哼」地一聲冷笑，突然又一掌向施維婭揮出，施維婭大叫著，向後踉蹌跌了出來，剛好來到我的身旁，我連忙一伸右手，將她的手臂握住，低聲道：「施維婭，別急，我們會有辦法的。」

實則上，會有什麼辦法，我根本不知道！但是我不能不以此來安慰施維婭，因為施維婭正在尖聲叫嚷，石軒亭眼中的殺機更盛，如果她不停止叫嚷的話，只怕石軒亭會對她下毒手的！

幸而我的話起了作用，施維婭停止了叫嚷，睜大了眼睛，也不落淚。

石軒亭向我們兩人望了一眼，「哼」地一聲，轉過頭去，向石菊喝道：「跪下！」

石菊的雙眼之中，瑩然欲淚，向我求助地望了一眼，我只能默默地望著她，在眼色之中，給她勇氣。石菊低聲嘆了一口氣，在黃俊的旁邊，跪了下來。

石軒亭走了兩步，來到了他們兩人的面前，喝道：「寶藏在什麼地方，快說！」黃俊的語音顫抖，道：「師父……寶藏地圖……根本是……假……的！」

石軒亭「嘿嘿嘿」一陣冷笑，那一陣冷笑聲，聽來實是令人驚心動魄！我看到黃俊的額上，滲出了豆大的汗珠！

施維婭在這時候，突然大叫道：「黃俊！勇敢些，不要做懦夫！」

我忙道：「施維婭，黃不是懦夫，這種中國的師徒關係，不是你所能瞭解的，他必須這樣，黃並不是膽怯，他只是在恪守一種禮節！」

施維婭似信非信。石軒亭又道：「既然藏寶圖是假的，何以不回桃源谷來？」黃俊道：

「弟子一時糊塗，尚祈師尊原宥。」

石軒亭「哼」地一聲，道：「一派胡言！」他又轉過頭來，問石菊道：「你是我的女兒，也想見財起意麼？」石菊忙道：「爹，我們確實未曾發現寶藏！」

石軒亭怪叫一聲，道：「好哇！」手掌向兩人的頂門，比了一比，疾拍而下！

顯然，石軒亭怒氣，已達到了頂點，對門徒幼女，不再留情。

我在一旁，一見石軒亭的手掌，向他們兩人的頂門拍下，心中不由得大吃一驚，可是，石軒亭出手，實在太快，不要說我根本沒有能力去搶救，就算有的話，也是來不及！我心中一陣發涼，眼看黃俊和石菊兩人，要雙雙地死在石軒亭手下之際，突然聽得一聲冷笑之聲，緊接著，「嗤」，「嗤」兩聲，兩道金光，電般而至，奔向石軒亭右腕脈門！

兩道金光，來勢神速到了極點，而且認穴之準，也是無出其右。石軒亭不論是要拍向黃俊，還是拍向石菊，都不免要被射中！

石軒亭的心中，也不免一凜，立即收掌，向後面退出了兩步，那兩道金光，貼著黃俊和石菊兩人的頂門，電般飛過！

我一見那兩道金光飛到，心中又驚又喜。

兩道金光當然是我大師伯的金蓮子，也就是說，他已然來到了近前。喜的是，大師伯一到，石軒亭有了對手，黃俊和石菊，總算又從鬼門關前，退了回來。

但是既驚的是，師伯一認出了我，我還向哪裡去逃？

我抬頭循聲看去，一望之下，心頭不禁突突亂跳！只見在七八尺開外，已然立了四個人。

一個是我大師伯，另一個，像是曾見過幾面，但印象卻十分淡薄的胖子。那胖子身形甚矮，又胖得出奇，看來像是一隻肉球一樣，一雙眼睛，深陷在肥肉之中，雖是半開半閉，也是精芒四射！我心知他一定是赤水幫的另一個龍頭。

另外兩人，一個正是西裝畢挺，鼻架金絲眼鏡，柱著拐杖的「死神」．另一個，正是令得我心頭亂跳的人，她便是黎明玫。

我和石菊兩人的化裝，十分精巧，因此這四個人，一時之間，都沒有認出我們來，只是將注意力集中在石軒亭一個人的身上。

一時之間，靜到了極點！

但是沈靜只維持了一分鐘，突然之間，那胖子「哈哈」一笑，身子突然滾動起來，迅疾之極，當真是難以想像，在我尚未明白他想做什麼之時，只聽得四聲怪叫，那四個和石軒亭一起前來的大漢，突然各自飛出了丈許，跌倒在地！

那個胖子，卻在四個大漢，尚未落地之際，便已然回到了原來的地方。

石軒亭不愧是一代大豪，他手下四人，捱了那胖子的打，他卻是若無其事，反倒一笑，道：「蔡胖子身手，不減當年哇！」

那胖子笑道：「好說，好說！」

石軒亭冷冷地道：「可惜這樣的身手卻做了人家的走狗！」

那胖子的面色，陡地一變，石軒亭就在此際，一陣風也似，向他撲去！當真是其疾如電其快如風，令人看得，暗生欽佩之心。

我知道石軒亭和那胖子兩人，都是當代碩果僅存的武林高手！他們兩人一死，他們的絕藝，也可能永遠失了傳人，從此淹沒！

因此，我一見石軒亭向蔡胖子撲去，心知他們兩人，難免動手，那乃是千載難逢的機會，我強忍左肩的疼痛，向前跨出了一步，要看個仔細。

只見石軒亭一撲到蔡胖子的面前，左掌倏出，撞向蔡胖子的肚子，蔡胖子身形不動，吸了一口氣，他那凸出老大的肚子，在他一吸氣之間，便像魔術變幻似地，突然不見。

而石軒亭的那一拳，勢子已盡，難以再攻出，就在此際，蔡胖子左手反勾，向石軒亭左脈抓去，石軒亭連忙縮回左手來時，蔡胖子跟著一伸手，眼看石軒亭的左腕，已將被他抓住！

我的心中正在奇怪，何以石軒亭的武功，如此不濟，可是電光石火之間，只聽得石軒亭

「哈哈」一笑，右手疾揚而起，「拍」地一聲，蔡胖子左頰肥肉之上，已然被石軒亭摑了一掌！

原來石軒亭拳撞出，自始至終，都只是虛招！赤水幫龍頭，個個都是非同凡響的人物，但是看來，和北太極門掌門人石軒亭比來，還是差了一些。

蔡胖子中了一掌之後，半邊臉腫起老高，看來更胖了許多。

只聽得他悶哼一聲，手足齊出，片刻之間，便向石軒亭攻出了六七招。我雖然用心觀察，但是他出手，實在太快，我想要辨明他的每一招每一式，仍是在所不能。而石軒亭則身形飄飄，在片刻之間，將蔡胖子攻出的六七招，一齊避了開去。

只見石軒亭身形，突然一矮，一腿橫掃而出。

蔡胖子雙足一蹬，身子已然拔高了尺許，眼看石軒亭一腿，已然在蔡胖子足下掠過，而蔡胖子也向石軒亭打出了一拳之間，石軒亭單足支地，身子突然也拔高了尺許，剛才掃空的那一腿，陡地反掃過來，蔡胖子怪叫一聲，已然跌出了丈許！

他跌出了丈許之後，立即站穩，胖臉之上滿是油光，強笑一聲，道：「佩服！佩服！」

石軒亭長笑一聲，道：「些微小技，何足掛齒，蔡胖子你也是有頭有臉的人物，怎地做了走狗，便小驚大怪起來？」

蔡胖子的一張臉，幾乎已成了紫薑色，但是他卻一句話也說不出來。我大師伯踏前了一步，向石軒亭拱了拱手，道：「在下向閣下領教一二。」

石軒亭道：「咱們是比高下，還是見生死？」

我大師伯道：「閣下絕對不必留情！」他一面說，一面早已欺前一步，「呼」地一掌，已然當胸壓到，石軒亭身子略沈，反手一掌，迎了上去，「砰」地一聲，雙掌已然相交！

第十三部：高手過招

只見他們兩人，各自退出了三步，可見功力相若，我大師伯在一退出之後，手揚處，一枚金蓮子已然向石軒亭頭部射出。

石軒亭手指一彈，「拍」地一聲，也彈出了一枚金錢，「錚」地一聲，正彈在金蓮子上，兩件暗器，一齊迸散了開來！

我大師伯大喝一聲，道：「來得好！」雙手齊灑，十枚金蓮子，分成十道金光，向石軒亭一齊罩下去，石軒亭「哈哈」一笑，十枚金錢，也已然連番飛過，一時之間，只聽得「錚錚」之聲，不絕於耳，二十枚暗器，四下迸散，金光繚繞，蔚為奇觀！

我大師伯呆了一呆，道：「想不到閣下在暗器功夫上，也有這等造詣！」

石軒亭冷笑道：「豈敢！」

他對大師伯，言語之間，不敢十分無禮，當然是他知道大師伯的武功，和他實在是不相伯仲之故。我大師伯雙掌一錯，又待攻向前去，忽然聽得黎明玫嬌聲道：「不要打了！」

她才一出聲，我大師伯身形一閃，便已然退後丈許，黎明玫向前走了幾步，她身上仍然披著名貴的貂皮披肩，陽光之下，她面容雖然顯得出奇的蒼白，可是那種美麗，仍是無法形容的！

她向前走出了兩步，道：「十五年未曾見面了，你好啊！」

石軒亭一見黎明玫走出來，面上便掠過了一絲十分驚恐的神色。

但是片刻之間，他面色重又凜然，喝道：「叛師之徒，還有什麼面目見我？」

黎明玫突然笑了起來，道：「我為何被踢出北太極門，可要當著眾人，說一說麼？」

我看到石軒亭在聽到說這一句話之後，全身陡地一震，面色也為之一變！

我心知他們兩人之間，一定有著極其奇特的關係，石軒亭是石菊的父親，而黎明玫又親口對我講過，她是石菊的母親。

她又和我說過，她最恨的人，就是石軒亭。

然則，他們兩人之間的關係，究竟如何呢？

只見石軒亭不由自主，後退了一步，指著黎明玫，道：「你……你……你……」

黎明玫「格格」笑道：「你怕什麼？你怕什麼？」石軒亭又向後退去，剛才的豪氣，已經不知去向了。

黎明玫道：「你怕被我們的女兒，知道了你的行為，也不齒你為父麼？」

我一聽這話，又是一怔，向石菊望去，只見石菊也睜大了眼睛，愕然望著她的父母。

黎明玫向石軒亭逼了近去，道：「十七年了，我裝著叛師的罪名，無非是為了希望女兒能夠長大，如今，女兒已經安全了，我……我……」

黎明玫講到此處，眼中射出了怒火。我聽了不由得又呆了一呆，她口中的「女兒」，自然是石菊，那麼，「女兒已然安全了」一語，又是什麼意思呢？黎明玫頓了一頓，又道：「我花了極大的代價，才換得了女兒和她心愛的人的安全……」她抬頭望著青天，面上露出了笑容，道：「他們如今，已然該在很遠的地方了！」

一講了這句話，她突然又低下了頭來，雙眼直逼石軒亭，一字一頓，道：「如今我要與你拼命！」石軒亭在黎明玫越來越是激厲地講話之際，身子僵立，一動也不動，而他的面色，也越來越是難看，我看得出他面色的變易，一半是因為發怒，但另一半，卻是為了其他的原因！當黎明玫講完之後，石軒亭猛地震了一震，陡然之間，手臂一圈，一掌已然向黎明玫疾拍而出！

那一掌，去勢之快，不是眼見，當真不能令人相信，黎明玫陡地一呆，像是想不到石軒亭會立即向她出手，而就在那一呆之際，石軒亭的一掌，離她胸前，已只不過半尺！在一瞬間，我忘記了大師伯就在旁邊，我不能現出原形，也忘記了我左肩上的劇痛，我簡直忘了一切，大叫道：「明玫，快避！」我一面叫，一面足點處，右掌揚起，已然向石軒亭背後，直撲了過去！我那一撲，用的力道是如此之大，以致片刻之間，我眼前變得什麼都看不到，而我的心中，也只有一個意願，那就是要將黎明玫救下來，至於我自己會因此產生什麼後果，根本不在考慮之列！等我撲到了一半的時候，我才能看清眼前的情形，這時候，離我那一下叫喚，至多只有兩秒鐘，我聽得大師伯大喝一聲，向前衝來。石軒亭左手向後一擺，也已然一掌擊出。

石軒亭因為左手一擺，向後擊到，他突然之間，向黎明玫攻出一掌，便慢了一慢，黎明玫陡地覺醒，但是，她想要避開之際，卻已然不及，立即手腕一翻，也是一掌拍出！

只聽得「砰砰」兩擊，我和黎明玫，各自向外，跌出了三四步。

我只覺頭昏眼花，胸口發熱，一跌出之後，便坐倒在地上，然而，我剛一跌倒，便見我大師伯，目中怒火迸射，已然來到了我的身邊，手起處，一掌已然向我的頭頂擊下！

就在我毫無抵抗能力，危險已極之際，只聽得黎明玫大叫道：「別下手！」

她當然也在我剛才那一聲叫喚之中，辨出了我是什麼人，因此她才叫得那樣淒厲，而令得大師伯的一掌，在剎那間停在半空之中，沒有向我的頭頂，擊了下來，保住了我的性命。

可是，黎明玫退出之後，只顧及叫我大師伯不要下手，卻忘了石軒亭就在她的面前，無聲無息，向前滑了過去，一掌又已向她胸前擊到。我吸了一口氣，尚未叫出聲來，只聽得「砰」地一聲響，「死神」揚起了手中的手杖，他的手杖，本來就是一柄鑄造奇特的槍，一顆子彈，正射入了石軒亭的右胸，石軒亭面色一變，左手立即按在傷口上，可是，在那一瞬間，他仍來得及狠狠一掌，按在黎明玫的胸口上！

那一掌，簡直比按在我自己的胸口上，還要令我感到痛苦！石軒亭和黎明玫兩人，一齊倒了下來。黎明玫的面色，變得難看之極。一時之間，四周靜到了極點！

在如今的武俠小說中，常常可以讀到「這一切，只不過是電光石火般，一瞬間的事」這樣的句子，當時我們的情形，也的確是如此。

一切，全發生得那麼快，連給你去思考的時間都沒有，變故已然生出來了，事情已然發生了，整個世界對你，也似乎完全不動了。我看到黎明玫的面上，已然泛出了死色，我連忙連滾帶爬，向她撲去。

她一等我來到身邊，向我望了一眼，突然哈哈地大笑了起來。

她的笑聲，是如此的淒厲，令得我不知如何開口，向她安慰才好！只聽得她厲聲叫道：「唐天翔，你過來！」她叫出了六個字，口角已然有鮮血流出，我霎時之間，呆了一呆，不知道她在叫誰。但我立即就明白了，因為「死神」立刻來到她的身邊，屈下一腿，跪了下來，急急地道：「明玫，我是不得已，我實在是愛你的！」

黎明玫又是「哈哈」一陣大笑，道：「好！我一生之中，遇到了兩個男人，原來都是騙我的！石軒亭！」

石軒亭中了一槍，傷勢極重，鮮血不斷地從他指縫中湧出，他聽到黎明玫叫他，只是「哼」地一聲。黎明玫又道：「石軒亭你十七年前，誘惑我的時候。對我說過什麼話來？」

石軒亭眼珠翻了翻，卻沒有說什麼。

石菊一聽得黎明玫的話，連忙一躍而起，道：「爹，她說什麼？」

石軒亭勉力側過身子，伸手向石菊招了一招，道：「菊兒，你……過來。」

石菊向前幾步，在石軒亭的身邊，蹲了下來。石軒亭艱難地抖著，在石菊的面頰上撫摸著，道：「孩子，她……是生你的母親。」

石菊「啊」地一聲，石軒亭又道：「可是你別忘記，她是一個下賤無恥的女——」他下面一個「人」字，尚未講出，喉間突然「格」地一聲，手指仍然指著黎明玫，便已然氣絕身死！

黎明玫揚聲大笑，道：「我總算眼看你死去了，你到陰府地獄，不妨再去騙騙無知少女！哈哈！」她一面笑，一面口角流血。

石菊呆呆地站了起來，望著黎明玫。

黎明玫的聲音，突然平靜了許多，望著石菊，道：「在我像你那樣年紀的時候，被老賊欺騙……生下你來之後，老賊想要……殺人滅口，卻給我逃了出來，如今，你……也像我這麼大了……」

石菊只是呆呆地站在那裏，一動不動，我知道，因為眼前的事情，對她實在是太不可想像了，她不知何所適從，便只好呆呆地站著。

黎明玫長長嘆了一口氣，道：「唐天翔，你……騙得我好哇！」

「死神」滿頭是汗，道：「明玫，我一直不想殺他們，但是他們老和我們作對，明玫，我是愛你的，你信我這一句話！」

「死神」的面色，是如此地惶急，語音震顫，和他平日的為人，絕對不同，不知黎明玫信不信他的話，但是我卻是相信的。

同時，我也知道，黎明玫現在是愛我的，她離開我，和「死神」在一起，甚至和「死神」結婚，全是為了我和石菊！因為她知道「死神」立意要將我和石菊除去，當然她也知道，「死神」手下能人之多，如果他立意要將我和石菊除去的話，我們兩人，實是毫無求生的機會的。所以，她才答應下嫁「死神」，而以「死神」不再侵犯我們為條件！

在不知不覺中，我的眼睛濕潤了，我低聲叫道：「明玫！明玫！」

黎明玫轉過頭來，望了我一眼，閉上了眼睛，好一會才睜了開來，又望了我一會，才長長嘆了一口氣，道：「我對不起你，我被人騙了！」

我想過去將她扶了起來，但是我自己也站不直身子，只得向她靠近了一步。

她握住了我的手，我道：「明玫，好了，現在，一切全都過去了！」

她低聲道：「是的，一切全都過去了……過去了……從今以後，我再也不會受人……騙了……」她的聲音，越來越低，我大吃一驚，叫道：「大師伯，快救救她！你將我怎麼樣都可以，快救救她！」

我大師伯在丈許開外，冷冷地道：「你不必求我，她已經沒有救了！」我大聲地叫了起來，道：「不！」

也就在那時，我感到黎明玫握住我的手，突然緊了一緊，但是卻又陡地鬆了開來，我回頭向她望去，只見她直視天空，已然死了。

這時，我才注意到天上像是有軋軋的機聲，可是是什麼聲音，對我都沒有意義了。

黎明玫死了！我呆了好一會，才按上了她的眼睛。

我望著黎明玫，不知過了多久，「死神」的咆哮才驚醒了我，他大叫道：「衛斯理，是你害死了她！」我回過頭來，想起剛才的情形，如果黎明玫不是為了叫我大師伯不要下手，她當然不會中石軒亭的一掌的。

我心中感到了陣陣的絞痛，但是我直視著滿面油光的「死神」，以極其冷酷的聲音道：「唐天翔，你心中知道，是誰害死她的。那不是我，是你！」「死神」的身子，猛地一震，陡地站了起來。

他面如死灰，眼中射出獸性的光芒，怒道：「是你！是你！快下手將他們全都打死！」大師伯和那個胖子，互望了一眼，一步一步，向我逼了過來。「死神」仍然不斷地叫道：「殺死他！殺死他！」可是，不等大師伯和蔡胖子逼近我的身前，那自天而降的「軋軋」之聲，突然蓋過了他的叫聲，同時，一個洪亮的，顯然由擴音機傳出的聲音，自半空中傳了來，道：「每一個人，都舉起手來！」

我們一齊抬頭看去，只見三架直升機，已然離地面極低，每一架直升機上，都有槍口向外面露出著。大師伯和蔡胖子呆了一呆。從一架直升機上，已然跳下了三個人來。那三個人落在麥稭堆上，迅速地滾了下來，兩個是警察，另外一個正是納爾遜先生！

兩個警察舉著槍，我們這些人，全都呆立不動，納爾遜先生來到了「死神」的面前，冷冷地道：「先生，這一次，我們有了証據，謀殺！我們在直升機上，用遠距離攝影機，拍下了全部事實的經過！」

「死神」的面部抽搐著，但沒有多久，便已然恢復了鎮定，向石軒亭一指，道：「是這個人先向我妻子動手的，我是為了保衛我的妻子。」納爾遜先生摸出手銬來，道：「這些話，留到法庭上再講吧！」「拍拍」兩聲，「死神」的雙手，已被銬住，「死神」回頭叫道：「你們快走！」他自然是想叫我大師伯和蔡胖子逃走。

但是此際，三架直升機都已然著陸，總共有四十名武裝警察，包圍在我們的周圍。我大師伯和蔡胖子，插翅也難以飛出了。納爾遜先生想得十分周到，他甚至帶來了醫務人員，醫務人員在檢查了石軒亭和黎明玫後，說了兩個十分簡單的字，道：「死了！」納爾遜向我們望了一眼，道：「將他們一齊帶走！」我因為受了傷，所以由兩個警察，扶著我上了直升機。我和石菊、和「死神」在一架機上，那四個大漢、黃俊、施維婭和屍體，在一架機上，蔡胖子和我大師伯兩人，在另外一架機上。納爾遜可能以為我大師伯和蔡胖子是兩個無關緊要的人物，因此只派了六個警察看守他們。但兩個小時之後，納爾遜先生便知道他犯了一個極重大的錯誤了！

因為，在直升機起飛之後的兩小時，當直升機來到海面上的時候，我大師伯和蔡胖子兩人，輕而易舉地制服了那六個警察，從高空躍到了海中，納爾遜和我，我們所有的人，都眼看著他們兩人，躍到了海洋之中，但是卻一點辦法也沒有。

對於大師伯和蔡胖子兩人的逃脫，我實在是又驚又喜，「死神」的面上，卻泛出了微笑，並且惡意地向我，望了半晌。直升機在法意邊境的一個小城降落，我們立即被轉送到巴黎。在巴黎，我被送入醫院。在醫院中，我做了不知多少奇怪的夢。甚至於，我希望這所有的事情，完全是夢！

第二天，我事實上已經復原，納爾遜先生來了。和他一齊來的，還有黃俊、施維婭和石菊。石菊見到了我，便哭了起來。

納爾遜趨前，向我握了握手，道：「你們幾個人，並未曾被控，雖然，警方可以控告你們聚眾毆鬥的罪名的。」

我苦笑了一下，道：「『死神』呢？」納爾遜先生笑道：「國際警方，早巳想將『死神』關入監牢中了，但是，苦於沒有証據，想不到他這次會以殺人罪被控！他是從不親自出手殺人的，他被控殺人罪，和阿爾•卡邦以欠稅罪被控，一樣的幽默！」我聽了納爾遜先生的話之後，半晌不語。

納爾遜十分高興，以為這次可以令得「死神」身繫囹圄了。因為他掌握了那麼完美的証據，在那個大倉庫旁所發生的事，他全用活動攝影機，拍了下來！

但是我當時，便覺他的目的，並不一定能夠達得到的。

因為，「死神」在打出那一槍的時候，剛好是石軒亭一掌擊向黎明玫的胸口之際。

納爾遜又道：「衛先生，控方要你做一個証人，希望你在巴黎，多留幾天。」我點了點頭，道：「可以的。」

納爾遜先離了開去，黃俊和施維婭和我談了一會，我和他們約定，巴黎的事情一完，立即去見他們，他們也走了。

只剩下石菊和我在一起了，她不說話，我也好久不說話。好一會，她才道：「衛大哥，你說，媽葬在什麼地方好？」我眼睛又濕了起來，道：「隨便吧！那朵鑽石花，放在她的身邊，你說好麼？」

石菊默然地點了點頭，忽然又哭了起來。

她哭了好一會，才道：「衛大哥，我是太孩子氣了。」我苦笑了一下，道：「那你還回不回西康去？」石菊點了點頭，道：「我自然要回去，掌門權杖，已然在我這裏了，衛大哥，你可有空來看我？」我想了一想，道：「如果我有空，我一定會來看你的。」我才講完這句話，忽然發現病房之中，又多了兩個人！

我猛地吃了一驚，因為那兩個人，從何而來，事先毫無蹤跡，我定了定神，才發現那兩人，正是大師伯和蔡胖子！

一時之間，石菊和我，都呆住了。我大師伯道：「我們要劫獄，要你們幫忙。」我搖了搖頭，道：「沒有希望的，他是最重要的犯人！」

大師伯道：「如果他因此被判死刑，我就絕不會原諒你！」我想了一想，道：「大師伯，你可能保証，如果他無罪釋放，你們絕不令他再犯罪？」

我大師伯面上，現出驚訝的神色，好一會，道：「你有辦法麼？」我點頭道：「我有。」大師伯道：「好，那我們兩人，也能保証。」

他講完這句話，立即退了出去。石菊驚訝地問我：「衛大哥，你準備救『死神』？」我嘆了一口氣，道：「菊，我希望你明白，我救『死神』，並不是為了我自己的安全，而是為了他的的確確愛黎明玫！」石菊像是聽懂了似地點了點頭。

「死神」的案子開審了，他的辯護律師，力指他是為了保護他的妻子，而開槍傷人的，可是辯護律師的聲調，顯然很軟弱，因為電影放出來，石軒亭只不過是一掌擊向黎明玫，法官和陪審員，都不能相信一掌能擊死人，所以「死神」的行動，分明是蓄意殺人。當審判進行到最高潮的時候，辯護律師召我們辯方的証人，我竭力不和「死神」與納爾遜的目光接觸，我只是敘述了中國的武術的神奧，不要說一掌打死一個人，便是一掌打死一頭牛，也有可能的。主控官狠狠地問我：「你能嗎？」我平靜地答道：「我能的。」法官宣佈退庭，第二天，在安排好的地方，我一掌將一頭牛震斃，「死神」是為了保護他的妻子，被判無罪。事後，納爾遜問我：「為什麼？」我答道：「你的目的是在消滅一個罪徒，我相信我已做到了。」他似信似不信地走了。「死神」也來到了我的身邊，問道：「為什麼？」我們兩人，對視了好一會，我才答道：「為了你也真愛黎明玫！」他面上現出一個極其難以形容的表情，毫無變化，然後，他一言不發，便離了開去。從那次之後，許久未曾和他見面，直到再和他相見時，那又是另外一件事了。我和石菊，又到錫恩太村，找到了施維婭，她領著我們在海底下找了七八天，我又找到一顆鑽石，但是卻別無所獲。我深信隆美爾當年，的確有過驚人的、價值三億美金的珍寶，藏在海底，但是如今，卻已然散失了，散開在整個大海的底下，有許多，可能已然進了魚腹！我們放棄了再尋找的企圖，將鑽石花和黎明玫一齊安葬。石菊黯然離我而去。我在開始的一個月，幾乎每天都徘徊在黎明玫的墳前，低聲地叫著她的名字，回憶著她和我在一起時的每一件細小的事，而每每在不知不覺中，淚水便滴在她的墓碑之上。

〈完〉

奇玉

奇玉

奇玉

第一部：世界上最好的翠玉

這件事發生在很久之前，那時候，我還很年輕，十分好動，有一些事情，分明不是自己能力所能做到的，卻也去硬做，以致終於失敗。如今要記述的這件事就是。

那是一個天氣反常的初春。暖和得幾乎和夏天一樣，我和幾個朋友約定，準備乘遊艇到離我那時居住的城市的外島去採集松樹的樹根，揀奇形怪狀的回來作盆景，所以一早，我便已帶走了工具，出了門口。我剛出門口，一輛極其華貴的貴族型的汽車，在我的身邊停了下來。

那個穿制服的司機差點沒將我撞死，但是卻連一句道歉的話也沒有，只是瞪了我一眼，便下了車，打開了車門，一個穿著長袍，五十左右的紳士，拄著拐杖，走了出來。那紳士走了出來之後，拄著拐杖，站定了身子，抬頭向上望了一眼。他望的正是我的屋子，而他的臉上，現出了一種不屑的神情來。

憑良心說，我住的房子，是上下兩層的小花園洋房，那絕不算差的了，而他居然這樣看不起，那不問可知，他一定是富豪之士了。

他望了一眼，走向前去，用拐杖的杖尖去按鈴。我不等他去按電鈴，就一步跨了過去：

「請問你要找甚麼人？」

那紳士傲然地望著我：「你是甚麼人？我要找你的主人。」

我冷笑了一下：「到目前為止，我還沒有主人。」那紳士又伸起手杖去按電鈴，我一伸手，握住了他的手杖：「別按了，這屋子中除了我一個人之外，沒有別人在，你要找的一定是我了。」

那紳士以一種奇異的眼光望著我，「噢噢」地哼著：「你——就是衛斯理——先生？」他那「先生」兩個字說得十分勉強，我心中不禁有氣：「不錯，我就是衛斯理先生！」我特地將「先生」兩字，聲音說得特別重。

那紳士有些尷尬，他從懷中取出了一隻法國黑鱷魚皮夾子，在取出皮夾的時候，露出了他腕上的白金錶，這位紳士的一切，都在表明著他豪富的身份。他打開皮夾，拿出了一張名片來，道：「衛先生，是周先生，周知棠先生介紹我來見你的。」

我聽到了周知棠的名字，精神不禁為之一振，他是我的一位父執，是我相當佩服的一個人。

我接過了名片，上面有著周知棠的幾行字：「介紹熊勤魚先生來見你，他有一件你一定有興趣的事要煩你，希洽。」

我實在不喜歡這位熊勤魚先生，但是他的名字，我卻是如雷貫耳了。

他不但是這個城市的豪富，而且他的富名，遠達數千里以外的許多城市。

熊勤魚有著數不清的銜頭，擔任著數不清的職務，這樣的一個人，為甚麼要來找我呢？光是這一個問題，已足以引起我的興趣了。

我立即放棄了去採集古松的念頭，用鑰匙打開了門：「熊先生，請進來。」

熊勤魚跟著我走了進去，在客廳中坐下，坐了下來之後，他卻又好一會不出聲。我忍不住問道：「熊先生，究竟有何指教？」

熊勤魚的神態，已不如剛才那樣倨傲，他期期艾艾：「我……有一件事想麻煩閣下，但是……衛先生你卻絕不能洩露我們兩人之間的談話，而且也不能將這件事向任何人提起！」

我心中的不快又增加了幾分：「你有甚麼話要說，只管說好了！」

我相信熊勤魚一生之中，從來也未曾受過這樣不客氣的訶責，他神色極之尷尬：「是……是……衛先生，我是想請你尋找一樣失去了的東西。」

我不禁大失所望，因為我所期待的，是一件十分複雜，十分離奇的事情，唯有那樣的事情，才能得到解決困難的無限樂趣。而熊勤魚卻只不過要我去尋找失物！

這種事情，我非但不會有興趣，而且這種事找到我頭上來，對我簡直是一種侮辱！

我站了起來：「對不起，熊先生，我不能去幫你尋找失物，你找錯人了，請你回去吧。」

熊勤魚也站了起來，失聲道：「可是我所謂失物，是一塊稀世翠玉，十六年前，國際珠寶集團對它的估價，便已經達到二百萬英鎊。」我冷冷地道：「錢嚇不倒我的，先生。」熊勤魚道：「可是這是一塊世界上最好的翡翠，自從有翡翠以來，沒有一塊比得上它！」

其實，熊勤魚不必饒舌，我也知道這塊翡翠的來歷的。這的確是一塊最好的翡翠——我沒有見過它的實物，但是卻見過它的圖片和描寫它的文字。

那塊翡翠，熊家的上代是如何得來的，是一個謎。有的人說，熊家的上代曾跟左宗棠平定過西域，那塊翡翠是從西域得來的。也有人說，那是熊家上代破了太平天國的天京，從天王府中搜出來的，更有人說，熊家的上代，原是和珅手下的一個跑腿的，在「跌倒和珅，吃飽嘉慶」一事中，他趁亂在和珅府中偷出來的。

種種傳說，不一而足，但似乎都無關宏旨，要緊的是，熊家在清朝時。便已聲勢顯赫，家族之中，做過封疆大吏的有好幾個人。

只不過那時，熊家的人絕不透露珍藏著這樣的一塊翠玉，因為說不定皇帝老爺一個高興，要「查看」一下，那就麻煩了。

一直到了民國初年，熊家已遷往上海，在一次法國公使的招待會上，當時熊家的家長——也就是熊勤魚的父親。大概喝多了幾杯，要不然就是與會的法國女子太迷人，他竟透露了這翠玉的秘密。

於是，這塊奇異而價值連城的翡翠，才開始為世人所知，但是前後見過這塊翡翠的人，卻也只不過七八個，最後見到的是一個美國流氓，這個流氓就在中國，憑藉著洋人的身份，招搖撞騙，地位混得極高，他在看到那塊翡翠的時候，用間諜用的照相機拍下了一張照片，並且寫了一篇十分詳細的文章，介紹這塊翡翠。

根據這篇文章的記載，這塊翡翠是真正的「透水綠」，也就是說，通體是不深不淡的翠綠色，高三點六五公分，寬七公分，長十七點三公分，是長方形的一塊。當時，國際珠寶集團的估價是三百萬英鎊。

那是當時的價格，如今，這樣的翡翠十分稀少，而需求甚夥，一隻橢圓形的戒指面，往往便可以值到三四萬英鎊，試想，這麼大的一塊，可以剖成多少戒指面，它該值多少鎊？

而這樣的一塊翡翠，卻居然失去了，這應該是一件轟動世界的大新聞，然而竟沒有人知道，其中當然有著極度的曲折的！

所以這時，我已經不怎麼發怒了，因為失物是如此貴重，那麼熊勤魚自然不是存心瞧不起我而來的。

熊勤魚望著我：「這真是一塊了不起的東西，真正了不起，它大得如磚頭一樣，像是有一種奇異的魔力，我在十多歲生日那天，看見過一次，一直到如今，它的樣子，它的那種誘惑力，仍然深深地印在我的腦中！」

當熊勤魚講到這裏時，他連氣都粗了起來。

我又坐了下來：「自從那時候起，那翡翠便失蹤了麼？」

熊勤魚道：「不，只不過是從那一次之後，我便未曾看到過。」

我點了點頭：「那麼，這塊翠玉，當然是由令尊保管的了？」

熊勤魚抽出了一條絲質的手絹來，抹了抹汗：「是的，自從這塊翠玉到了熊家之後，便由家長保管，它究竟藏在何處，只有熊家家長一人知道，而在臨死之際，將藏放寶玉的地方，口授給長子知曉。」

我奇怪地望著他：「如此說來，這塊翠玉是在你手中失去的了，令尊不是在六年之前去世了麼？」

熊勤魚嘆了一口氣：「是的，可是我卻未曾得到那塊翠玉，我在周先生處，得知閣下有過人的機智，堪稱是現代的福爾摩斯，所以才專程前來拜訪，希望你能為我解決這個困難。我如今……如今……」

他講到這裏，更是汗如雨下。

我仍不出聲，只是定定地望著他，他只嘆了一聲：「衛先生，你千萬要替我保守秘密，我經營的事業，由於不景氣，十之八九，已經支持不住，只剩下一個空場面，如果沒有一筆龐大的資金周轉——」

我不禁吃了一驚，熊勤魚是東南亞數一數二的豪富，卻想不到原來竟是外強中乾的一個人！

他苦笑著：「恰好，美國的一個家族，通過一個著名的國際珠寶商，向我提起這塊翠玉來，他表示，只要這塊翠玉真如同那篇文章所描述那樣完美的話，他願意代表那個家族，以一千萬英鎊的價格來購買！」

我坐在沙發上不動，呆了片刻才道：「可是，熊先生，這是你們的傳家寶啊！」熊勤魚道：「是的，我也並不是準備將它出賣，老實說，我是絕不捨得的。我只是要使它給珠寶商看一看，估一估價，將這件事造成一個新聞，然後，我再拒絕出賣，這就夠了，你明白麼？」我當然明白，熊勤魚的窘境，是不容易瞞過人的，他在商場上的信譽，一定已經不如以前了。對於一個商人來說，信譽不似前，這是比瘟疫還要可怕的事。因為人只喜歡借錢給有錢的人。而如果他拒售奇玉的消息一傳出，那麼有關他事業不穩的消息，即使是真實的，也不會有人相信了！一個拒絕接受一千萬英鎊的人，他的身價必然在一千萬英鎊之上——這是一般人的信念。

我攤了攤手：「那我也愛莫能助，我看，我介紹一個著名的私家偵探給你——」

熊勤魚大搖其頭：「不，我相信周先生對你的介紹，如果你不肯幫忙我的話，我也不準備找別人了。」

我不知道我這位世伯大人替我如何地吹噓，以致使得熊勤魚相信我有這樣的能力。我那時還年輕，而年輕人多數是喜歡人吹捧的，我也有些飄飄然起來，口氣也活動了許多：「這是你們熊家的傳家之寶，我怎能去追查呢？」熊勤魚興奮地道：「我可以給你我所知道的一切線索，只要你替我去找，只要我能有這塊翠玉來給那個珠寶商過一過目，你要甚麼報酬，我都給你。」

我故意提出了一個令他難以答覆的要求，道：「我想在找到的翠玉上，切一小塊下來，給我做這件事的紀念品。」

熊勤魚一口答應：「好！」

他既然這樣爽氣，我倒也不便推辭了，我只得道：「好，你將有關的線索說出來給我聽聽。」

當我在那樣說的時候，我是將這件事情，看得十分之輕易的。找尋失物，這是何等簡單的事情，可是，當熊勤魚開始敘述時，我便知道，事情大不容易了。

首先，我要去工作——就是我要去尋找這塊奇玉的地方，並不是在我居住的那個城市，而是在熊老太爺逝世的地方。

本來，那倒也沒有甚麼問題的，可是因為熊老太爺生前所結交的那批政客，已在一次政變中倒臺了，新上臺的掌權者，對熊家採取敵意，而且，知道熊家有著這樣一塊奇異的翠玉，料定有可能翠玉在熊家的舊宅之中，所以，據熊勤魚所知，熊家舊宅日夜都有當地情報機關密探守衛著，他們也在尋找著那塊翠玉，當然他們也未曾發現。

我不但要到那地方去，不但要去尋找那塊翠玉，而且要和無數密探作鬥爭，我聽到這裏，心中已禁不住苦笑！

熊勤魚望著我，我面上還未現出為難的神色來，這使得他比較放心。

我又問道：「那麼，我甚至是沒有法子進入熊家大宅的，我怎能去尋找這塊翠玉？」

熊勤魚道：「在表面上，我們熊家的體面還在，我自己不能去，因為我一去就一定有麻煩，但是我的一個表親，和十九個傭人，卻還住在大宅中，你可以以我遠親的名義去居住，暗中幫我去尋找這塊翠玉，將它帶出來！」

他最後的那句話，又將我嚇了一跳，我非但要隱瞞身份，而且在事情成功之後，還要走私！

帶著那麼大的一塊翠玉走私，那也是不可思議的事情，就算那塊翠玉等著我去拿，也是極難成功的事情。

第二部：一到便遇險

我的苦笑從心中到了面上，熊勤魚掉頭過去，不來看我，他是怕看了我之後，我向他打退堂鼓。其實，他不了解我的性格，固然這件事是難到了極點，但越是難，我就越有興趣。

熊勤魚又摸出了那隻皮夾子來，從裏面取出了一張紙，遞了給我。

我攤開來一看，那是一張信紙，紙上寫著一些字，很潦草。字義是沒有法子連貫的，我照錄如下：

「那翠玉——石硯——錢——椅——書桌——千萬——保守——秘密。」

我看了幾遍，抬起頭來：「這是甚麼意思？」

熊勤魚道：「我們熊家的規矩，這塊翠玉的藏處，只有家長一人知道，而在他死前，將那塊翠玉藏的地方講給他的承繼人聽。我那時在外地經商，我太太說，我父親是中風死的，臨死之前，對我太太俯身講了有關翠玉的話，就是那幾句。」

我將那幾個字，又看了一遍：「其實這已經夠了，石硯、錢、椅、書桌，那翠玉當然是藏在他的書房之中。」

熊勤魚搖了搖頭：「事情沒有那麼簡單，書房的每一寸地方都找過了，沒有發現。」

我的心中忽然閃過了一個念頭，我興奮得直跳了起來：「行了，我立刻動身，只要到那裏，我便可以見到那塊翠玉，問題是我怎樣將之帶出來而已。」

熊勤魚以十分驚訝的眼神望著我：「你……已經知道了？」

我點頭道：「當然。」

「那麼，你可以告訴我？」

我像所有「大偵探」一樣地賣著關子：「不能，等我替你將翠玉拿回來，你就可以知道了。」

熊勤魚像是不相信事情竟會如此之容易，他站了起來：「那麼我便靜候佳音了，我希望你進行得越快越好。」

我道：「當然，我將盡力。」

我和他握手，他忽然道：「對了，我父親臨死之前的那一句話，我太太唯恐聽不清楚，當時就進行了錄音，錄音帶在我這裏，你可要聽一聽？」

我道：「噢，他講些甚麼？」

熊勤魚道：「就是紙上所記的話，石硯、錢、椅——」我不等他講完，便道：「行了，我不必聽，也可以知道它在哪裏了。」

熊勤魚怯生生地問道：「你想……它會不會已被人發現了呢？」

我自負地笑了起來：「不會的，它就算再放上幾十年，就算有人看到了它也不會有人去碰一碰它！」熊勤魚露出十分不信的神色來，我發現如果我再講下去，幾乎要將我所猜到的講出來了，所以我急急地將他送出了門，倒在沙發上，忍不住「哈哈」大笑起來。

我心中在想：這些飯桶，熊老太爺的話說得再清楚也沒有了，他第一句便是「石硯」，那還不明顯麼？熊老太爺是老式人物，他書桌上自然是有石硯的。那塊翠玉的形狀，扁長方形，不正是一塊石硯的形狀麼？

我斷定熊老太爺一定在這塊翠玉之旁，包了石片，使得這塊翠玉在石硯的中心，就將它放在書桌之上，人人可見，人人可以摸到，而不是放在保險庫中！

試想，又有誰料得到那麼價值連城的東西，竟會就這樣在書桌上呢？而我卻想到了！

我不禁為我自己頭腦的靈活而驕傲起來。在高興了半晌之後，我打電話給旅行社的朋友，請他替我代辦入境手續。

兩天之後，我便上了飛機，熊勤魚沒有來替我送行，但是他在早一天卻來見過我，將他寫給他表親的一封信交給了我，介紹我的身份，我成了他的一個前去老宅吃閒飯的遠親了。

飛機飛在半空的時候，我根本不去想及那塊翠玉的所在處，我只是在想，如何才能將這塊翠玉帶出來，帶到熊勤魚的手中。

我想了許多方法，但是考慮的結果，似乎都難以逃得過嚴密的檢查。

最後，我決定使用熊老太爺的辦法，那就是利用人們最不會懷疑的心理去處理這件事，我將翠玉外面的石片剝去，就讓翠玉顯露，然後貼一家水晶玻璃製造廠的商標上去。

那麼，這塊翠玉，看來像是一塊製作精良的綠色水晶玻璃了，當然，我只是將之隨便放在衣箱中，我還可以準備一張專售玻璃器皿公司的發票。

我幾乎已經成功了。

我舒服地倚在椅上，在打著瞌睡，因為如此困難的事，我做來竟像是渡假一樣，那實在是太輕鬆了，太使人高興了。

幾小時後，飛機到達了目的地。

熊勤魚的那位表親，早已接到了熊勤魚的電報，所以在機場迎接我，當我通過了檢查和他見面時，他便熱烈地和我握手。

他是一個四十左右的中年人，態度十分誠懇，一看便給人十分可靠誠實的感覺。他第一句話便道：「我姓王，叫王丹忱。」

我也連忙自我介紹，我和他一起向外走去，一輛式樣古舊，但保養得十分好的汽車停在機場門口，有制服的司機和這輛車子，還保存了熊家豪貴的作風。

這個城市是屬於古老而有文化的一類的都市，路上行走的人，都十分優閒，即使在飛機場外面，人也不會太多，和新興的工業城市完全不同。

我走在他的後面，他拉開了車門：「請。」

這時候，司機回頭來向我看了一眼，那司機分明是十分心急的人，他不等我們兩個人全跨進車廂，便已經去轉動鑰匙。

謝天謝地，虧得那司機是個心急的人！

就在我扶住了車門，將要跨進車廂的時候，突然之間，首先是一股極大的力道，生自車廂之中，那股力道，將我的身子，如同紙紮地一樣彈了出來。

我身子向後彈出到熊勤魚的表親身上，兩人一齊跌出了七八步去。

然後，便是「轟」地一聲巨響。

在那一下巨響過後，我的耳朵變得甚麼也聽不到，所以接下來的一切，是像在看無聲電影一樣，那輛式樣雖老而仍然名貴的汽車，突然向上跳了起來，我甚至可以看到那司機驚惶失色的表情，而再接著，至少十分之一秒的時間之內，車子在半空之中，成為粉碎！

碎片四下飛濺，向所有的方向射去，本來在閒步的人，從四方八面奔了開去。

我雙手抱住了頭，在地上打滾，向外滾去，在我滾出了之後，我的聽覺又恢復了，我聽到怪叫聲，驚呼聲，警笛聲，我轉頭向熊勤魚的表親看去，只見他恰好被一塊玻璃砸中，滿頭是血，正在呻吟。

警察在不到五分鐘內到達，這時，我已在察看傷勢了，一個警官站在我的身前，用力在我的肩頭上拍了一拍：「甚麼事？」

我轉過頭去，那輛汽車已成了廢銅爛鐵，司機也已血肉模糊了。

我站了起來，大聲道：「你難道看不出甚麼？有人要謀害我們，但是未曾成功，卻殺死了司機。」

警官的態度十分嚴肅：「你先跟我們回警局去。」

這時，救傷車也來了，王丹忱被抬上了救傷車，他竭力向我搖著手，似乎想對我講些甚麼，但是他一句話還未曾講出來，便已被塞進了車子，而救傷車也嗚嗚響著，開走了。那警官揮了揮手，兩個警員一個在左，一個在右，似乎想來挾持我。我才一到場，便發生了這樣的意外，這已使得我感到此行要完成任務，只怕沒有那麼簡單，心中著實煩亂，而如今那警官又這樣對待我，更使我心中惱怒，我大聲道：「這算甚麼，我是在汽車中放炸藥的人麼？」

那警官冷冷地道：「你也必須到警局去作例行的手續，我想你不會抗拒吧。」

我「哼」地一聲冷笑：「這裏不是民主國家麼？」

那警官冷冷地道：「當然是，而且我們也歡迎外來的遊客，可是先生，你的護照請先交給我。」

我心中固然生氣，然而在這樣的情形之下，卻也是無可奈何。

我一面將我的護照交了出來，一面自動向警車走去，那兩個警員，仍然亦步亦趨地跟在我的後面。

等我上了警車，他們也坐在我身邊。

老實說，我要對付這兩個警員，那是十分容易的事情，可是我卻完全沒有必要這樣做。

我安安靜靜地坐著，那警官坐在我的前面，車子風馳電掣而去，不一會，便到了警局，我被引到一間小房間之中，坐了下來。

在這間小房間中，我足足等了半小時，也沒有人來和我談話，我拉門，發現門是鎖著，我舉腳在門上踢著，發出砰砰的聲音，一面用我認為不失斯文的話，提著抗議。

這種辦法果然有效，不一會，門便被打開，剛才的那個警官，走了進來，和他在一起的，是一個神情十分狡獪，滿面笑容的中年人。

那中年人一進來，便伸手要與我相握，我憤然不伸出手來：「你們這樣扣留我，合法嗎？」

那中年人將伸出來的手，自然地縮了回去，像是他已經習慣了受人的侮辱一樣，同時，他伸出了一隻手指來，在唇邊搖了搖：「千萬別那麼說，先生，我們怎會扣留一個外地來的貴賓？只不過因為發生了非常的事故，所以才請先生來問幾句話而已。」

我坐了下來，擱起了腿：「好，你們問吧。」

那中年人在一張桌子上坐了下來，居高臨下地望著我：「第一個問題是，衛先生，你到本埠來，是為了甚麼？」

我攤了攤手：「不為了甚麼，我失業了，無事可做，我的遠親熊勤魚要我到這裏來碰碰運氣，暫時可以住在他的家中。」

那中年人笑了起來：「衛先生，我看我們還是坦白一些的好。」

我瞪著眼：「甚麼不坦白？」

那中年人又是一笑：「衛先生，據我們所知，你有一間生意很不錯的出入口行，你的經理人十分能幹，每年為你賺很多利潤，你絕不漏稅，是一個正當商人。」

那中年人望著我，我無話可說。

他繼續道：「而且，你和熊家可以說是絕無親戚關係。」

他頓了一頓，又問道：「衛先生，你現在可以告訴我，你來到本埠，是為了甚麼？」

我呆住了，無話可答，想不到剛才半個小時中，他已將我調查得清清楚楚了，我再想冒認為熊勤魚的遠親，也不行了。

我聳了聳肩：「這倒是笑話，難道每一個外來的人，都要向警方報告來此的目的嗎？」

那中年人道：「一般的情形，當然是用不著，但是當發生了謀殺案，而有人喪了命的時候，那便大不相同了，是麼？」

那中年人的語鋒，十分厲害，他所講的每一句話，都令我無法反駁！

我雖然憋了一肚子氣，但也只得暫時屈服：「好吧，我只是來玩玩的，沒有甚麼事情。」

那中年人道：「不是吧。」

我實在忍不住了：「看來，你甚麼都知道，那你何必問我？」

我霍地站了起來，但是那中年人卻道：「不，你不能走，你要留在這裏。」

我側著頭，斜睨著他：「你想要我採取甚麼辦法離開這裏，是通過合法手續呢，還是憑我自己的本事，硬闖出去？」

那中年人搖頭道：「別激動，年輕人，我們一點也沒有惡意，你一下機，就有人想謀殺你，你的安全，警方是有責任的。」

我冷笑道：「謝謝你，我自己會照顧自己的，我一定要走了。」

那中年人道：「也好，那你一定是到奇玉園去的了?巧得很，我也住在奇玉園中。」

「奇玉園」正是熊家老宅的通稱，這是十分大的老式花園房子，雖然不公開開放，但城中有地位的人，時時接受邀請，可以在園中遊玩，所以園中的一切，膾炙人口。

熊勤魚曾告訴我，當地政府的警方，情報工作人員，長住在奇玉園中，而如今這人又說他也住在奇玉園中，那自然是我的主要敵手了。

我想起我已經知道了那塊翠玉的秘密，而他仍一無所知，我不禁冷笑了起來：「噢，原來貴地政府的人員，可以隨便在民居中住的麼?」

那中年人笑了一下：「不是隨便，根據一項徵用民居的法律，政府各部門的工作人員，在取得屋主的同意之後，是可以暫住在民居之中的，我們有代管熊家財產的律師的書面同意證件，你明白了麼?」

我道：「我明白了，以後我們將時時見面，但是我想，我至多在奇玉園中住上一兩天而已，我是個選擇鄰居很嚴格的人。」

那傢伙絲毫不理會我惡意的諷刺，笑道：「原來這樣，那我必須自我介紹一下：杜子榮。」

我也懶得理他叫甚麼名字，只是隨口道：「杜先生，你的職務是——」

他倒絕不隱瞞：「我名義是警方的顧問，但是我的日常工作，則負責解決一些重要的懸案，你稱我為懸案部門的負責人，也無不可。」

我又問道：「如今你負責的懸案是甚麼？」

他笑了起來，道：「和你來這裏的目的一樣，衛先生！」他一面說，一面又大笑了起來，然而我卻一點也不覺得有甚麼好笑。

他帶著我出了警局，我坐了他的車子，向「奇玉園」駛去。

我們所經過的市區街道，都整潔而寧靜，等到了市區之後，筆直的大路兩旁，全是樹木，不到十分鐘，我便看到了奇玉園。

那果然是氣派極大的一個花園，而且單看圍牆和圍牆上的遮簷，便可以知道絕不庸俗。不管熊家的上代是甚麼出身，但是當熊家在這個城市建造這個園林的時候，總已是「書香門第」，那和暴發戶所建庸俗不堪的花園，不可同日而語。

圍牆全是紅色的水磨磚砌出各種仿古的圖案，圍牆之上是一排排淺綠色的琉璃瓦。牆內花木的枝葉，從琉璃瓦上橫了出來，幽靜而富詩意，這樣的一個環境，叫人難以和鬥爭、奪寶、特務聯想得起來。然而在這圍牆之內，卻的確有著這樣的事情。

當然——我心中想著：等到我將那塊翠玉帶走了之後（我有信心一到園中，就可以唾手而得），這一切也就成為過去了。

車子在大門口停了下來，大門上有一塊橫匾，匾上有兩個古篆，是「瑾園」兩字。熊家有這樣一塊奇玉，雖然絕不向人展示，但是卻又忍不住要告訴人，這所大宅取名為「瑾園」，不就是告訴人園中有美玉麼？

杜子榮就像是奇玉園的主人一樣，驅車直入，在駛過了一條筆直的，由鵝卵石鋪成的短路之後，便在一所大宅之前停下。

我和杜子榮一起下車，有兩個一看便知是便衣隊的人，迎了上來，以敵視的眼光望著我。杜子榮一直在笑，也不知道他們有甚麼好笑的事情，他向東指了一指：「我們只佔住兩邊的一半，你到東面的一半去，就會有人來迎接你了。」

我想問他，熊老太爺的書房，是在西半院還是東半院的，但是我想了一想，便沒有問出來，因為我看出杜子榮並不是一個蠢才，他顯然還未勘破秘密，如果我提起書房的話，那一定會引起他疑心的。

所以，我自己提著行李，向東走去，穿過了一扇月洞門之後，出乎意料之外，我看到包紮著紗布的王丹忱，向我迎了上來。

在王丹忱的身後，跟著兩個僕人，我快步走到他的面前：「你沒事了麼？」

王丹忱苦笑了一下：「我沒有甚麼，我只不過是嚇壞了，可憐阿保——唉！」

他所說的「阿保」，自然是變成了一堆血肉的那個司機了，我也不禁苦笑了一下：「我才一到，便遇上了這樣的事情，太不幸了。」

王丹忱向我身後看了看，低聲道：「衛先生，你來，我還有一些話對你說。」

我向後看去，只見那兩個便衣探員，倚在月洞門旁，賊眉賊眼地望著我們。我和王丹忱大踏步向前走去，不一會，便到了一間寬大的臥室之中，他道：「衛先生，你就住在這裏，可滿意麼？」

第三部：第二次謀殺

我點了點頭，道：「我是無所謂的，反正我不會住得太久，至多一兩天吧了。」

王丹忱壓低了聲音，「衛先生，你是為了找尋那塊翠玉來的吧。」

我呆了一呆，熊勤魚只向我說王丹忱是他的表親，在熊勤魚說起王丹忱的時候，口氣像是十分生疏，照理來說，熊勤魚是不會對王丹忱說起我到這裏來的真正意圖的，那王丹忱是怎麼知道的？

我覺得事情越來越不簡單，看來連這個王丹忱，也未必只是看管舊宅那麼簡單。

我略想了一想，便道：「翠玉？熊家的翠玉，連你們老爺都找不到，我怎能找得到？」

我模稜兩可的回答，並未使王丹忱滿意，他竟認定了我是為尋找翠玉而來的，又壓低了聲音道：「衛先生，你可得小心點才好，你一下飛機就有人在車中放了炸藥，你——」

他才講到這裏，我的心中陡地一亮，他下面的話我也沒有聽清楚。

因為在那一剎間，我想到我要來這裏，熊勤魚是寫信通知王丹忱的，可以說，知道我要來，而能夠在車中放了炸藥的人，只有他一個人。

然而，王丹忱又是要和我一起登車的，炸藥爆炸，如果炸死了我，也必然炸死他，他又有甚麼辦法可以害死我而自己不死呢？照這一點看來，他似乎又不是放置炸藥的人。我的腦中十分紊亂，但這卻使我作出了一個決定：不相信這裏的任何人！

本來，我是準備向王丹忱詢問熊老太爺的書房在甚麼地方的，但如今我也不開口，我推說疲倦，將他客氣地趕了出去。

我在一張寬大的安樂椅上坐了片刻，起身走動。我相信這所大宅中的僕人，至少還有二三十人之多，但是因為宅第太大了，所以我走了半晌，還見不到人，我穿過許多廊廡，才看到了一個僕人，那僕人見到了我，就垂手而立：「先生，你要到哪裏去？」

我隨意道：「我只是四處走走，你們老太爺倒會享清福，他生前的書齋，是在甚麼地方？」

我將最重要的話，裝成最漫不經心地問了出來，那僕人嘆了一口氣，道：「老太爺的書齋，被政府佔去了，在西院，一株大玉蘭旁邊。」他伸手向前指了指，我看到了那株高聳的玉蘭樹。

我點了點頭，又踱了開去，我決定等到天色黑了，才來行事。我走了許久，才找到我住的房間，當我推開房門走進去的時候，我似乎看到在走廊的轉角處，有人正探頭探腦地看著我。

我急忙轉過身去，喝道：「甚麼人！」可是卻了無回音。我推門進去，將門拴好，我想睡上一覺，但是卻十分緊張，一點也睡不著。好不容易到了天黑，我不打開門，只是推開了窗子，探頭向外看去。

外面靜得出奇，我將頭伸得更出些，可以看到那株大玉蘭樹。

我輕輕一翻身，從窗外翻了出去，屋子外面就有花木，掩遮行藏，十分容易，不一會，我就到了東半院和西半院分界的那扇月洞門。

那月洞門旁，並沒有人守著，我堂而皇之走過去。

然後，我認定了那株玉蘭樹，走進了一個在星月微光之下看來十分幽靜的書齋之中，我根本不必費甚麼手腳就推開了門，走了進去。

書齋當然是久已沒有人用了，但是卻打掃得十分潔淨，書齋中的陳設名貴，我看到有幾幅畫，全是各代的古畫，那幾幅畫已然價值不菲，但和那塊翠玉比較起來，自然相去太遠了。

我取出了小電筒，電筒射到了一張紫檀木的書桌，桌上放著許多文具，在我意料之中的是有著一塊石硯，那塊石硯是被放在一隻十分精緻的紅木盒中的，我伸手取到了石硯，轉過身來。

在那時候，我心中已經以為我成功了一半了。

可是，就在我轉過身的那一瞬間，我看到了門口站著一個人！

光線雖然黑暗，可是我還可以看到那人面上掛著笑容，那人站在門口，一聲不出，就像是一個幽靈，然而他面上的笑容告訴我，他並不是甚麼鬼魂，而是杜子榮。

杜子榮笑嘻嘻地走進來，「拍」地一聲，按亮了電燈，我則呆呆地站著，手上還捧著那塊石硯。

杜子榮一直在笑著，這次，我知道他是為甚麼覺得好笑了。

他走前了幾步，才道：「請坐啊，政府既然借用了這個地方，那我也可算得是半個主人了，別客氣。」

我還想偷偷地將石硯放到書桌上，可是杜子榮銳利的眼光卻已經向我手上射來。他聳了聳肩，道：「衛先生，你手中所捧的是一塊十分好的端硯，老坑，上面有兩組，每組五個排列成為梅花形的鸜鴿眼，還有形如白紋的梅桿，這是有名的『雙梅硯』，價值不貲！」

我沒有別的話好說，只得道：「是，是麼？」

杜子榮微笑著，道：「你可以打開來看看。」

我將盒蓋掀了開來，果如杜子榮所說，這是一塊罕見的好端硯，這塊端硯，至少也值一兩千英鎊，然而卻不是我的目標。

我靈機一動，忙道：「是啊，我也是慕這塊『梅花硯』之名，所以，才特地來看一看的。」

「你？」杜子榮又笑了起來，他可詛咒的笑容使我全身不舒服：「你是為了這塊端硯？半夜三更——請原諒我說得不好聽——像做賊一樣地走進來？」

我的臉紅了起來：「杜先生，你不能這樣侮辱我。」

杜子榮向我推過了一張椅子：「請坐！」他自己也坐了下來。

然後，杜子榮道：「你很聰明，想到了石硯，這和我接辦這件懸案時首先想到的一樣，可是我不妨告訴你，這書房中的一切，全經過最新式儀器的檢查，那塊翠玉，絕不在其中！」

我神色尷尬，一時之間，不知說甚麼才好。

杜子榮又道：「熊家在這裏居住了很久，勾結政要，佔了政府不少便宜，熊勤魚自己不敢回來，便是這個緣故，如今新政府大可沒收熊家的所有的財產，但新政府卻不這樣做，新政府只要這塊翠玉——其實，這塊翠玉的價值雖高，比起熊家數十年來走漏的稅項來，也還只是剛好夠的。」

我也坐了下來，慢慢恢復了鎮定：「這不關我的事情。」

杜子榮道：「我說了這許多，只不過是想請你來幫我忙，一齊找那塊翠玉，我已經發現，我一個人要在那麼大的園子中找尋那塊翠玉，是沒有可能的事情，你看，這裏有上億塊磚頭，每一塊磚頭之中，都可以藏著這塊價值連城的翠玉的！」

我不由自主，笑了起來：「這不是太滑稽了麼？你們可以動用新式的光波輻射儀來探測的。」

杜子榮道：「當然可以，但是如果翠玉的外面，包著一層鉛，或是其它可以阻止輻射波前進的東西，那我們也探測不到甚麼了。」

我一聽了杜子榮的話，心中又不禁一動，再次望了望那塊端硯。

包上一層鉛，可能在翠玉外先包了一層鉛，再包上石片，那便發現不了了，或者，在石硯之中所收藏的，不是翠玉，而是有關那翠玉的線索，譬如說，有關保險箱的號碼、鑰匙等等。

總之，我斷定石硯和翠玉有關，要不然，熊勤魚臨死之前，為甚麼要提到「石硯」來呢？

我的行動，逃不過杜子榮的眼睛，他緩緩地道：「石硯……錢……椅……書桌……這幾句話你當然也知道了？」

我怔了一怔：「是。」

杜子榮道：「我們一共找到了十七張石硯，而這所巨宅中的大小椅子，總共有六百三十四張，書桌有八隻，這三樣東西，我們全是逐件檢查過的，衛先生，你絕不必再多費心機了。」

我仍然望著那塊石硯，杜子榮突然一伸手，抓過了那塊石硯，將它用力地砸在地上！

我猛然一驚間，石硯已經碎成了一塊塊，我怒叫了起來，可是杜子榮卻淡然道：「我們早已將它弄碎過了，只不過弄碎的時候十分小心，可以回復原狀而不露痕跡的，衛先生，熊老太爺臨死前的那一句話，另有用意，不是照字眼來解釋那樣簡單！」

我聽了之後，不禁啼笑皆非！

地上的小石塊，證明了杜子榮所說的話，而我想起了自己向熊勤魚拍胸口擔保，我更是尷尬，我如何向他交代呢？杜子榮又道：「這一句話，究竟有甚麼另外的意義，我已想了兩年了，希望你比我聰明，能在短期內想出來。晚安！」

杜子榮話一講完，便站起身，向外走了開去。

我一個人在書房中發呆。我實在是太自作聰明了。由於我認定了我自己想法是對的，所以我根本未曾去想一想萬一石硯中沒有翠玉，我該怎麼辦。

因此，這時我腦中只是一片空白！

我不知道該從何處著手，來彌補這一片空白！

我考慮了許久，才覺得如果沒有杜子榮的幫助，我是不可能成功。

和杜子榮合作，我可以有許多便利，第一，他對這件事已經注意了兩年之久，一切線索，當然是搜集得十分齊全，我便可以在短時間內獲得這些線索。第二，他有著各種各樣的新式儀器，可以幫助尋找這一塊失了蹤的、價值連城的翠玉。

當然，和他合作也有極不好的一點，那就是找到這塊翠玉之後，翠玉將落在他的手中，而不是到我的手內——但是，如今最主要的是使這塊翠玉出現，就算落到了杜子榮的手中，甚至到了國庫之中，只要知道了它的確切所在，還是可以將之弄出來的。

我向門外走去，在門口停了一停，沉聲叫道：「杜先生，杜先生！」

我叫了兩聲，沒有回答我，突然之間，我心跳了起來，感到了一種十分不祥的預感。那種預感是突如其來，幾乎無可捉摸的。

我在呆了一呆之後，身子向後退去。就在我退出一步間，我聽到了「拍拍拍」三聲響。那三聲響是接連而來的，隨著那三聲響，有三件小物事在我的面上掠過，釘在我身側的門口。

如果我不是及時退了一步的話，這三件小物事一定釘在我的面上了。

我連忙回頭看去，不禁毛髮直豎！

那是三枝配有十分粗糙簡陋，手工打造的鐵簇的小箭，箭簇的一半，正陷入門中，另一半則露在門外，箭簇上呈現一種暗紅色。

不管那箭簇是如何粗糙，我知道，只要它擦破了我的皮膚的話，那我就不是站著，而是倒在地上，在不斷地痙攣了！

這種塗在箭簇上的暗紅色的毒液，是馬來叢林之中土人用來擒獵猛獸用的。和汽車中的炸藥相比，同樣地可以殺人，而如果我必須在兩者之中選擇的話，我是寧可選被炸死！

我望著那三枝小箭，心中在想，這是第二次謀殺了！

兩次謀殺的對象都是我，是甚麼人必須殺了我才甘心呢？我到這裏來，對甚麼人最有妨礙呢？

我簡直莫名其妙，因為我到這裏來，是對任何人都沒有妨礙的，除非是對杜子榮。然而我敢斷定杜子榮不會想我死去，因為他像我要借重他一樣，也想借重我，我們兩人的目的是一樣的：使那塊翠玉出現。

那麼，是誰想謀殺我呢？

我呆了片刻，不敢再從門口走出去，轉身到了窗前，推開窗之後，一縱身，躍出了窗外。窗外是一大叢灌木，我身子一矮，先藉著灌木的遮掩，躲了兩分鐘，等到肯定附近沒有人時，才直起身子來，向外走去。

我繞到了一條石子路上，便看到了杜子榮。

杜子榮站在那裏，和一個站崗的警員交談。他聽到了我走向前去的急促的腳步聲，轉過頭來看我，我一望見他那種臉色，便更可以知道，兩次謀殺的主使人，絕不是杜子榮。

我急急地走到了他的面前：「你們剛才可曾看到有人退出來麼？」

杜子榮和那位警員一起搖了搖頭，杜子榮反問道：「發生了甚麼事？」

我「哼」地一聲：「謀殺，來，我帶你去看。」我話一講完，轉身便走，杜子榮和那警員則跟在我的後面，當我們來到書房的前面時，突然看到附近的灌木叢中，有人影一閃。

杜子榮和那警員立時喝道：「甚麼人，站住！」

可是那條黑影卻仍然以極高的速度，向前掠了出去，那警員向黑影逸出的方向，連放了三槍。

「砰！砰！砰！」三下槍響，震撼了寂寞的黑夜，剎那之間，只見處處亮了燈光，人聲鼎沸，我估計若不是有著一百多人的話，是斷然不會發出這樣喧鬧之聲的，想不到杜子榮竟帶了那麼多人住在這裏！

而那麼多人搜尋了兩年，還未曾找到的東西，我又怎能在短短的時期內找得到呢？

剎那之間，我心灰意冷，只是呆呆地站著不動。

我看到一個警官狠狠地奔到了杜子榮的面前，杜子榮揮手道：「沒有甚麼，大家回崗位去。」

人聲不一會就靜了下來，那開槍的警員在放了三槍之後，便向矮木叢中衝了過去，這時他也走了回來，他那三槍當然未曾射中那條人影，但是他的手中，卻拿著一塊撕破了的灰絨。

他將那塊灰絨交給了杜子榮，杜子榮接過來看了一看，我在一旁也已看清：「這是從一件衣服上扯下來的，當然是那人逃得很倉皇，被樹枝鉤破的。」

杜子榮道：「我不以為一個一個人搜索會有用處。」

我點頭道：「我和你的想法一樣，這人的身手如此敏捷，他當然已逃遠了。」

杜子榮將那塊灰絨收了起來，只見王丹忱也已匆匆地走了過來：「發生了甚麼事？長官！」

杜子榮道：「沒有甚麼事，也不干你們的事。」

王丹忱卻也不是容易對付的人，他瞪著眼道：「長官，你們住在這裏，除拆屋之外，還要開戰麼？我們的律師是可以提出抗議的。」

杜子榮眨了眨眼睛，笑了起來：「對不起得很，下次大概不會有這種事情發生了。」

王丹忱又十分恭敬地向我打了一個招呼，退了回去。我直到此際，才有機會轉過身來，和杜子榮一齊，向半開著的書房門看去。

可是，那三枝小箭已不在了。

小箭雖然不在了，但是門上卻留下了三個小洞，我指著那三個小洞，道：「你明白這是甚麼造成的麼？」

杜子榮面上的笑容，居然也會突然間斂去！他睜大著眼，好一會，才緩慢道：「我知道，這是一種有毒刺的小箭所造成的。」

我道：「那很好，這種小箭是誰發射的，你可有甚麼概念？」

杜子榮又笑了起來，但是他的笑容，卻是充滿了恨意，令人不寒而慄，他突然捲起了左腿的褲腳管，我看到在他的小腿上，有一個可怕之極的疤痕，那個疤痕令得他的腿看來不像是腿。

他將褲腳放下來：「如果我對這射箭的人有概念的話，他還能活在世上，那才算是奇事了！」

我心中駭然：「你說……你曾中過這樣的小箭？」

杜子榮點頭道：「不錯，這種暗紅色的毒藥，在射中之後的三分鐘內，使人全身痙攣而亡，我是在中箭之後的一分鐘內，將自己的腿肉剜去，但我也在醫院中躺了足足一個月！」

我的心中更感到了一陣寒意，我問道：「你……不是在這裏中箭的吧。」

杜子榮道：「就是這裏，在那一株含笑樹下面，是我到這裏調查翠玉下落的第二天晚上。我在醫院中住了一個月之後，又回到這裏來，我用盡方法要查出害我的是誰，但是卻沒有結果，今天，總算有了線索！」他緊緊地握著那一塊灰絨。

想起我剛才的幸運，我不禁直冒冷汗，我呆了半晌，才道：「謀殺你，和謀殺我的目的是一樣的，那就是有人不想令這塊翠玉出現。」

杜子榮點頭道：「正是如此，那人或者見我十分無用，費盡心機也找不出這塊翠玉來，所以便放棄了對我的加害，如今，你才是他的目標！」

杜子榮的話，令得我不由自主，打了幾個寒戰。

我苦笑了一下：「太奇怪了，甚麼人不希望翠玉出現呢？」

杜子榮道：「當然是熊家的人！」

我搖頭道：「不，你完全錯了，我知道你是指王丹忱，或者是其它知情的老家人，在阻止你行事。可是你難道未曾想到，我是奉了熊勤魚之命而來的麼?熊勤魚亟需要這塊翠玉，忠心於熊家的老僕人，是不應該謀害我，而應幫助我的。」

杜子榮睜大了眼睛，我知道他一直是在懷疑著熊家的家人的，然而聽了我的話之後，他兩年來的懷疑，變得沒有了著落。

他和我一樣，變成不知如何重新開始才好了。呆了片刻，才聽得他苦笑道：「老兄，你一來，事情非但未曾明朗，而且更複雜、神秘了！」

我攤了攤手：「這證明我們兩人都走錯了路，我們必須從頭開始。」

杜子榮喜道：「你願意和我合作了？」他伸出手來。

我卻暫時不伸出手，只是望著他：「在找尋翠玉這一點上，我與你合作。」

杜子榮一怔，但是隨即點了點頭，笑道：「我明白你的意思了，我們是有限度的合作。」

我伸出手來，和他握了一下。

杜子榮又笑了起來：「衛先生，你不明白麼？我們其實可以成為很好的朋友。」

我也漸漸在感到杜子榮有著許多人所難及的地方，他腦筋靈活，絕不在我之下，而且往往在他鋒芒逼人，使人覺得十分難堪之際，而又由他主動來給人轉圜的餘地，他的確是一個可以成為好朋友的人，但在如今這樣的情形下，我們卻是沒有法子成為朋友。

所以，我只是抱歉地笑了笑：「或者是將來。」

杜子榮不再說甚麼，他只是望著我，過了片刻，才道：「我想我們應該研究如何著手進行了，我先將兩年來我所做過的事情，講給你聽一聽。」

我向書房中走去，一面點頭道：「這正是最需要的，希望你不要保留甚麼。」

第四部：黑社會「皇帝」

我們一起在書房的沙發中坐了下來。杜子榮開始向我簡略地敘述這兩年來，他為了尋找這塊翠玉所下的功夫。我聽了他的敘述之後，再想起我在接受熊勤魚的委託之際，以為一到奇玉園，便可以將那塊翠玉找到，心中禁不住苦笑。

在兩年之內，杜子榮和他的部下，動用了五架光波輻射探測儀，搬動了數十座假山，抽乾了三個荷花塘，和一個大水池的水，檢查了所有的屋子、柱子，以及所有樹木的樹幹。

總之，凡是可以放得下那塊翠玉的地方，他差不多都動手找過了！

結果——結果如何，他不用說，我也知道了，他當然未曾找到那塊翠玉。

杜子榮講完了之後，灰朦朦的曙光已經透進窗子，顯得我和他兩人的面色，都十分難看，那只是一種象徵失敗的灰色。

我呆了半晌，才道：「其實事情很明顯了，杜先生，那塊翠玉一定不在奇玉園中！」

杜子榮嘆了一口氣：「我也不是未曾想到過這一點，然則它不在這裏，又在甚麼地方呢？它是一定在這裏的，你來此地，證明了熊勤魚夫婦，也肯定這塊翠玉是在這裏！」

他講到這裏，嘆了一口氣：「我知道我們一定未能徹底地了解熊老太爺的那一句遺言！」

我心中陡地一動：「聽說熊老太爺的那一句遺言，是經過錄音帶，你可曾聽過錄音帶？」

杜子榮道：「那倒沒有，錄音帶被熊夫人帶走，我只是看到了熊夫人記下的那一句斷斷續續的話，同時，我在家人處了解到，熊老太爺在說這句話的時候，手發著抖，是指著書房的！」我不禁抬起頭來，慢慢地巡視著這間書房，秘密是在這裏，可是秘密卻又深深地藏著，不肯顯露出來。

我們呆了半晌，我才道：「一個人臨死之前，所講的話會口齒不清，熊勤魚夫人並不是廣東人，或者她聽錯了，所以她記下來的字句，未必可靠，我立即和熊勤魚通長途電話，要他派專人將那卷錄音帶送到這裏來供我們研究！」

杜子榮站了起來，拍了拍我的肩頭：「希望我們的合作能有成績。」

他走了出去，我還坐在沙發上不想動，那種古老的沙發，寬大而柔軟，整個人像是埋在椅子中一樣，我的目光停留在每一件東西上，我的心中千百遍地暗唸著：「那翠玉……石硯……錢……椅……書桌……千萬保守秘密」這一句話。

我相信杜子榮已經反覆研究這句話不下千百遍了，所以我不去多想這句話的內容，我只是心中奇怪，這塊罕見的翠玉，既然是熊家的傳家之寶，那麼熊老太爺為甚麼要捱到最後，講完話就斷氣之際，才講出有關這塊翠玉的秘密來呢？

他為甚麼不早一點講呢？

是不是他有著甚麼特別的原因，必須將這樣一個大秘密留到最後才講呢？還是因為他的兒子不在，而他又對兒媳有隔膜呢？

我的心中，對自己提出了許多問題，然而這些問題，我卻難以解釋。

我在朦朧中睡去，等到陽光刺痛了我的眼睛，才一躍而起，已經是上午十點鐘了。我離開了西半院，吩咐王丹忱替我準備車子，我要到市區去。

王丹忱對我的態度，似乎不像昨天那樣友善，每當我向他望過去的時候，他總是有意地轉過頭去，那使我心中起疑。

可是，我心中卻又對自己說，疑心王丹忱是沒有理由的，因為他曾和我一樣，在飛機場旁，幾乎為放在汽車的炸藥炸死。

然而他的態度，卻又使我肯定他的心中，一定蘊藏著甚麼秘密，這當真是一個神秘的地方，連這裏的人，也充滿了神秘之感！

我決定等我自市區回來之後，再向他盤問他心中的秘密。王丹忱為我準備的車子是租來的，我在上車之前，先檢查了一下機件，直到我認為安全了，我才上車，駕車向市區駛去。

我先到了電報局，和熊勤魚通了一個電話，告訴熊勤魚，說事情有一些麻煩，但是我將盡我的力量，而希望他用最快的方法，將那卷錄音帶帶來給我。

熊勤魚在聽我講話的時候，只是不斷地苦笑著，他在我講完之後，像一個老太婆似的，囑咐我必須找到那塊翠玉。

他一再地囑咐著，幾乎是在向我苦苦哀求，而他更告訴我，由他經營的一家銀行，也已開始不穩了，如果這樣的情形再持續下去的話，那麼他可能一下子便垮了下來，再難收拾。

而如今能夠救他的，便是那塊翠玉。

當我和他通完電話之後，我的心中不禁茫然，我想起，照如今的情形看來，成功的希望十分微小，那麼，熊勤魚就會垮臺。熊勤魚一個人垮臺不要緊，由於他所經營的商業，從銀行到工廠，不知凡幾，那麼直接、間接影響的人，不知有多少！

我感到責任重大，心境也十分沉重，我低著頭，向電報局外走去，電報局的大堂中人不少，我也未曾向別人多望一眼，只是低頭疾行，可是在忽然之間，我卻突然覺出，似乎有人亦步亦趨地跟在我的後面！

我連忙加快腳步，向前疾行了幾步，然後，在突然之間，我停下，並且轉過身來。

在我的身後，果然有人跟著，由於我的動作來得太過突然了，所以，當我突然轉過身來之際，跟在我身後的那人，避之不及，幾乎和我撞了一個滿懷！那當然使這人極之驚愕和發窘。

可是，在那一剎，我的驚愕和發窘，卻也絕不在對方之下！

原來那竟是一個女子。而且還是一個三十左右，極之艷麗的少婦，我連忙後退了一步，心想我一定是神經過敏了，那少婦大約也是要離開電報局，只不過恰好走在我的身後而已。

我在後退了一步之後，連聲道：「對不起，對不起！」那少婦驚愕受窘的神情，也已褪去，她向我一笑：「不必介意，都是我不好，我想向你打招呼，但是卻又提不起勇氣來。」

我更是愕然：「你想向我打招呼？」

那少婦又十分嬌羞地笑了一笑，老實說，這是一位十分美麗的少婦，而且她對我這樣友善，這不免使我有些想入非非。

但是我到這個城市來，不到兩天，已經有兩次險乎喪失生命了，這使我對這種「飛來艷福」，也抱著極其小心的態度。

我沉聲道：「不知道小姐有甚麼指教？」

她道：「我想你是衛斯理先生了。」

我一呆，不知道怎麼回答她才好，她又道：「你是受熊勤魚所托而來的，是不是？你來這裏的任務，有人知道了，那個人想和你商量一件事情，不知道你有沒有興趣和他見一次面！」

我冷冷地望著她，我不知道該怎樣回答才好，因為這少婦來得太突然，太神秘了！

我站著發呆，那少婦又道：「這件事，保證對你有利，你不信我麼？」

她又向我嫣然一笑，一個男人要當著那麼美麗的女子面說不信她，那是十分困難的，但我卻使自己克服了這個困難，硬著心腸，反問道：「我憑甚麼信任你呢？」

那少婦又笑了一下，她大概知道她的笑容是十分迷人的，所以不斷地使用著這個「武器」，我幾乎要被她這種「武器」征服了，在她微笑的時候，我感到目眩。她道：「你看，我是能傷害你的人麼？」

我點頭道：「你當然不會，但是指使你來的是甚麼人呢？我可以聽一聽麼？」

那少婦道：「暫時不能，等你跟我去之後，你就會知道了，那是半小時之內的事情。」

我硬起了心腸：「對不起，我——」

然而我這一句話未曾講完，便停了下來，我本來是想說「我不準備跟你去」的，可是我在停了一停之後，卻道：「——我想我一定要跟你去見那人了！」

使我改變主意的是她的手袋，那是一隻十分精緻的黑鱷魚皮手袋，手袋的開合夾是圓形的，一端正向著我，使我看清楚那是一柄可以射出兩粒子彈的小型手槍的槍管。

在我和她這樣近的距離中，她發射的話，我一定難逃一死，而她卻可以從容退卻。

當然，我可以出其不意地反抗，但是她美麗的驗上卻充滿了警覺，我想反抗，只怕也不一定得手，所以我便非改變主意不可了。

她又是嫣然一笑，向旁退開了一步：「那麼請你先走一步。」

我向電報局外面走去，她跟在我的後面，才一出門，我便看到我停在門口的車子，車門已被人打開了，一個戴著黑眼鏡的男子，正倚著車門站著，一看到我們出來，他便鑽進了車子。

我冷笑地道：「哦，原來你們請人客，連自己的車子也不備的麼？」

那少婦道：「那樣豈不是更可以少些麻煩？」

我不再出聲，坐進了車子，我坐在那少婦和神秘男子的中間，那少婦手袋上的秘密小型槍仍對準我。我心中暗暗好笑。在電報局的大堂中，她用這小型槍對著我，使我不能不就範，那是我如果撲擊，她可以有閃避餘地的緣故，而當她閃開去之後，她仍可以向我發射。但是在車中，情形卻不同了，一個有經驗的人，一定不會在車中用武器脅迫對方，而離得對方如此之近的，她應該在車子的後座脅迫我。

因為我和她若是離得如此近，我要突然反擊，她不一定穩佔優勢。

但是我卻不動，我已經決定了想見見要會我的是甚麼人！

我還是第一次來到這個城市，不但有人謀殺我，而且有人要用綁票的方法使我去見一個，這不能不使我心中感到奇怪，也不能不使我一探究竟！

我索性詐癲納福，儘量靠向那少婦，那少婦似怒非怒地望著我。當然，我一方面還在仔細留心車子所經過的路線，以便知道我自己身在何處。

二十分鐘後，車子到了海邊。

在碼頭上，早已有四個戴著黑眼鏡的人並排站著，一看到車子駛到，立時分了開來。照這陣仗看來，想和我會見的人，似乎是當地黑社會方面的人物。

我下了汽車，走到碼頭上，被他們六個人一齊簇擁著上了一艘快艇，快艇向海中駛了出去，雪白的浪花濺了起來，使得每個人的身上都有點濡濕。如果我們走出海去釣魚的話，那情調實在太好了。

快艇在海面上駛了半個小時，似乎仍沒有停止的意思，我的心中也越來越不耐煩，就在這時，我看到了一艘乳白色的大遊艇，正向著快艇駛來。

而在遊艇出現之後，快艇的速度也開始慢了下來，不一會，兩隻船已並在一起，遊艇上有軟梯放了下來，我上了軟梯，甲板上放著兩張帆布椅，有兩個人正躺在帆布椅上曬太陽。

那兩個人的衣著，十分隨便，但是在他們身後的大漢，卻全是西服煌然。那兩個躺在帆布椅上的人顯然是大亨，八成也是要與我見面的人了。

那少婦先我一步，到了兩人的面前，道：「衛先生來了。」左首那個胖子懶洋洋地哼了一聲，道：「衛先生，請坐。」

右邊的那個人，甚至連動都不動，他們兩人臉上的黑眼鏡也不除下來。

而且更有甚者，甲板上除了他們兩人所坐的帆布椅之外，絕沒有第三張椅子在，那胖子「請坐」兩字，分明是在調侃我！

這不禁使我怒火中燃，我冷笑一聲：「你們要見我？」我一面說，一面陡地向前，跨出了兩步，在跨出了兩步之後，我的身子，突然向前倒去！

我的動作是如此之快，所以那胖子雖然覺出不妙，立時站起身來之際，已然慢了一步！

我一跌到了甲板上，雙手已抓住了帆布椅的椅腳，用力向上一抬，那胖子一個仰天八叉，重重地跌倒在甲板之上。

而我的身子，早已彈了起來，順手曳過了椅子，坐了下來，冷冷地道：「給客人讓座，這幾乎是最簡單的禮貌，難道你不懂？」

在遊艇的甲板上，約有六個大漢，這六個大漢的動作，快疾得如同機械一樣，我剛在椅上坐定，那六個人手抖著，手上已各自多了一柄手槍，槍口毫無例外地對準了我。

那胖子從甲板上爬了起來，面上的胖肉抖動著，毫無疑問，他口中將要叫出的幾個字是「將他打死」！

但是，那胖子卻沒有機會出聲。

一直坐在椅上不動的另一個人——他是一個高個子，卻並不胖。

那高個子留著小鬍子，面部肌肉的線條很硬，一望而知是一個十分殘酷的人。這個人比胖子先開口，他笑了一聲：「別這樣對待客人！」

那六個槍手的動作，又比機械還整齊，他們立時收起了手槍，胖子的面色覺得十分狼狽。

而我則直到此際，才鬆了一口氣，別以為我不害怕，我之所以敢動手對付那胖子，是我認定在這兩個人中，胖子的地位較低。所以我敢於將胖子摔倒。在一個盜匪組織之中，你若是處在劣勢中，那你絕不能得罪第一號人物，但卻不妨得罪第一號以外的人物，說不定首腦人物還會欣賞你的能幹！

目前的情形就是那樣，胖子固然滿面怒容，但是卻也無可奈何。那中年人直了直身子，除下了黑眼鏡，他的雙眼之中，閃耀著冷酷的光芒，他望了我一會，才道：「我來自我介紹，我是丁廣海。」

我怔了一怔。

丁廣海這個名字，我太熟悉了，他是這一帶黑社會的領導者。關於他組織犯罪集團的故事太多，最膾炙人口的是他在十五歲那年，便帶著一批亡命之徒，向固有的黑社會首領挑戰，結果是他贏了，而從那時起，他便一直是所有犯罪集團的「皇帝」，他的外號就叫著「廣海皇帝」。

當然，和一切犯罪組織的首腦一樣，他在表面上，也有著龐大的事業。他甚至曾率領過工商代表團去參加國際貿易展覽，但是實際上，他卻操縱著附近數十個城市的犯罪組織！

想不到在這裏會和這樣的一個人物見面！

我那時年紀還輕，聽了丁廣海的名字之後。竟呆了半晌之久，才道：「我也來自我介紹，我是衛斯理。」

丁廣海點了點頭，又戴上了黑眼鏡。叫人不能從他冷酷的眼睛中判斷他心中在想些甚麼。

他又欠了欠身子，才道：「衛先生，我們請你來，是想請你帶一件東西離開本地，你一定肯答應的，是不是？」

我絕不知道他要我帶的是甚麼，我也不高興他那種一定要我答應的口氣。我冷冷地道：「丁先生，你手下的走私網，轄及全世界，有甚麼東西要勞動我這個局外人的？」

丁廣海的身子一動也不動，像是一尊石像一樣，而他的聲音也硬得像石頭，他講的仍是那句話，道：「我要你將一件東西帶離本地，你一定答應的，是不是？」

他講的話，硬到了有一股叫人無法抗拒的力量，我「霍」地站了起來，我看到甲板上每一個人都望著我，那個胖子的臉上，更帶著幸災樂禍的神色。

我知道如果我一拒絕了丁廣海的要求，那一定要吃眼前虧的了。

我站了片刻，又坐了下來，表示我已認清當前的情勢，不準備有反抗的行動。但是我心中卻正在盤算著反抗的方法。

我攤了攤手：「那麼，至少要叫我明白，我帶的是甚麼東西。」

丁廣海冷然道：「沒有這個必要，你在半途中也絕不能將它拆開來看，只消將它帶到指定地方，才交給我所指定的人，那就行了。」

我半欠身子，沉吟道：「這個——」

任何人都以為我考慮的結果，一定是屈服在丁廣海的勢力之下，而答應下來。所以胖子臉上那種高興的神情也消失了，槍手的戒備也鬆懈了。

但是就在這時候，我卻如同豹子一樣地向上跳了起來，我撞向一名槍手，我剛才注意這個槍手放槍的地方，所以我撞倒了他，他和我一齊躍起來的時候，他的手槍，已到了我的手中，這使他陡地一呆。

而他的一呆正是我所需要的，我將他的手腕握住，將他的手背扭了過來，他的身子擋在我的前面，我就可以安全了。

這一切全是在極短時間內所發生的，正當我以為我已獲得了暫時安全的時候，「砰」地一聲槍響，打斷了我的幻想。

隨著那一聲槍響，我身前的那個大漢身子猛地向前一跌，我的肩頭之上，也感到了一陣劇痛，一顆子彈，穿過了那大漢的胸口，射向我的肩頭。

那大漢毫無疑問，已經死了。

我抬頭向前看去，放槍的正是丁廣海，他的手中握著一柄精緻之極的左輪槍，他面如鐵石地望著我。他竟會毫不考慮地便殺死他的手下，這的確是令人所難以想得到的事情。

我鬆開了手——左手，右手同時鬆開。那大漢的身子倒在甲板上，血從他胸前的傷口向外淌去，在潔白的甲板上留下了殷紅的痕跡。我手中的槍也跌到了甲板上，我已受了傷，而且失去了掩護，沒有能力再堅持下去。

丁廣海緩緩地舉起槍來，向著還在冒煙的槍口，輕輕地吹了一口氣：「對不起，使你受傷了，我要你做的事，你一定答應了，是不是？」

我低頭看我肩上的傷口，血已將我整個肩頭弄濕了，我後退一步，倚著艙，才能站得穩身子，我苦笑著道：「我能不答應麼？」

丁廣海冷冷地道：「你明白這一點就好了，你甚麼時候離去，不必你通知，我們自會知道，在你臨上機之前，將會有人將東西交給你。你要記得，今天的事情，不准對任何人講起，如果你傷口痛的話，也不要在人前呻吟，明白了麼？」

我只是望著他，一聲不出。在如今這樣的情形下，我有甚麼話好說呢？

我呆了片刻，只是冷冷地道：「我已受了傷，難道能夠不給人家知道麼？」

丁廣海道：「當然可以，你在這裏，可以得到最好的外科處理！」

我在那艘遊艇之上，不但得到了最好的外科處理，而且還換上了一套西裝。那套西裝的質地、顏色、牌子，可以說和我身上所穿的那套，絕無不同。這使我知道了一件事，那便是丁廣海對我的注意，至少是在我一下飛機起就開始的了。

我當然不能肯定對我進行兩次謀殺的就是他，但是卻可以斷定，我此行又惹出了新的是非！

等我從艙中再回到甲板上的時候，丁廣海仍坐在帆布椅中，一個人死了，一個人傷了，但他卻始終未曾站起過身子來，「廣海皇帝」的確與眾不同！

我在兩個大漢的監視下，站在他的面前，他懶洋洋地揮了揮手，像是打發一個乞丐一樣，道：「去吧！」我回過身去，已有人將我引到了船舷，我走下了繩梯，上了快艇，快艇立即破浪而去，那艘遊艇向相反的方向駛去，轉眼之間，便看不見了。

我閉上了眼睛，將過去半小時之內所發生的事情，靜靜地想了一遍。我仍是一點頭緒也沒有，不知道丁廣海為甚麼會突然看中了我，要和我進行這樣的一種「交易」。

我也不以為丁廣海之找上我的麻煩，是和我此行有關的，我是將他當作是額外的一件事。當小艇在海面上疾駛之際，我已經思索好了對策，我當然不會就此吃了虧算數的，丁廣海欠我一槍，我一定要向他討還的，不論他是「廣海皇帝」甚或是「廣海太上皇」，我都要他還我這一槍！

我的肩頭在隱隱作痛，但是我竭力忍著，我要照他的吩咐，不讓人知道我受了傷，因為我不想借助外來的力量來雪恨。

我是大可以先通知杜子榮，在我臨上機的時候，將丁廣海的手下捉住，因為丁廣海的手下要送東西來給我帶回去。

然而我只是略想了一想，便放棄了這個念頭，我只是決定將離開這裏的時間延長，長到了使丁廣海感到不耐煩，再來找我！那麼我便可以在另一場合中和他接觸，當然，我仍然是失敗的成份多，但總可以再和他們進行一次鬥爭了。

我一直在想著，直到小艇靠了岸。

我的汽車仍然停在岸上，車旁有兩個大漢在，等我走到了車旁邊時，他們向我咧齒一笑，讓了開來，我逕自打開了車門，駛車回奇玉園。

我在離開了電報局之後，到再駛車回奇玉園，只不過相隔了四十分鐘左右。所以，當我的車子駛進奇玉園，杜子榮恰好從奇玉園中走出來的時候，他並沒有驚詫於我離去太久。他靠近我的車子，問道：「你和熊勤魚通過電話了麼？咦，你面色怎麼那樣難看？」

我轉過頭去：「我感到不舒服，熊勤魚已答應立即派專人將錄音帶送來，我相信至遲明天一定可以送到供我們研究了。」

第五部：第三次謀殺

杜子榮點了點頭：「希望我們合作成功！」

我回到了住所，肩頭的傷痛，使我覺得昏眩，我躺在床上，昏昏然像是要睡了過去，忽然，我聽得我的窗外響起了一種輕微的悉索聲。

我心中猛地一怔，雙眼打開了一道縫，人卻仍然躺在床上不動。

我看到我的窗外，像是正有一個人影在閃動。但因為熊家大宅所有的玻璃窗，全是花紋玻璃的關係，所以我看不清那是甚麼人。

這使我的警惕性提高，我全身緊張得一用力就可以彈起三五尺高下來。

就在這時候，我看到窗子上的一塊玻璃，鬆了開來，鬆開了寸許。

那當然是玻璃和窗框之間的油灰，早就被弄去了的緣故，所以玻璃才能被移開來。

我一手按住了床沿，已準備一有槍管伸進來的時候，便立即翻身到床下去。可是出乎我意料之外的是，在玻璃被移開的隙縫中，所露出來的，並不是槍口，而是一隻手，在那隻手的食指和中指中，挾著一條毒蛇。

手指正挾在那蛇的七寸上，三角形的蛇頭，可怖地膨脹著，毒牙白森森地閃光，晶瑩的毒液正像是要滴下來。

我陡地一呆間，那手猛地一鬆，毒蛇「嗤」地向我竄了過來！

本來我是立即可以躍起來去撲擊窗口外的那個人的，但是毒蛇正竄了過來，若是我向窗子撲去的話·無異是迎向那條蛇了。

所以我連忙向後退，拉起枕頭，向毒蛇拍了下去，對毒蛇的來勢，阻了一阻，然後，我一躍而起，站在床上，一腳踢開了窗子。

然而，當我踢開窗子之後，窗外已經一個人也沒有了，我乘勢向窗外躍了出去，在窗外停了一停，只見那條毒蛇的尾部，已從枕頭之外翻了出來，毒蛇的整個口部，咬住了枕頭。

我在窗外呆呆地站著，剎那之間，我覺得我肩頭上的創傷，簡直算不了甚麼了。

這是第三次謀殺了，一次比一次巧妙，如果剛才，我在那種昏昏然感覺之中，竟然睡著了的話，那麼我一定「死於意外」了！

天氣一點也不冷，可是我卻感到一股寒意。我急急地向杜子榮的房間走去，但是我還未曾到達那座月洞門，便碰到了王丹忱。

王丹忱正在督促花匠剪枝，他看到了我，便客氣地叫了我一聲，我走到他的身邊：「我要搬到西半院和杜先生一起住。」

王丹忱呆了一呆：「衛先生，你是熊先生的人，怎麼能和——」

我明白他的意思，因之不等他講完，便打斷了他的話頭：「在這裏，我的安全太沒有保障，王先生，你跟我來，我還有幾句話問你。」

我話一說完，也不等他答應，便走了開去。

我走開了兩步，轉過頭去，看到王丹忱的面上，現出了十分猶豫的神色，但是他終於起步走來。

王丹忱的那種神態，使我知道他的心中，正有著甚麼需要隱瞞的事情在。因為如果他不是有所顧忌的話，他定然立即跟來了。

我走到了屋角處才站定，轉過身來，開門見山地問道：「王先生，我應了熊先生的托付，到這裏來，你可表示歡迎？」

王丹忱「啊」地一聲：「衛先生，這是甚麼話？我雖然算起來，是熊家的遠親，但是熊老太爺卻是我的恩人，當年若不是他一力拯救，我一定死在監獄中了——」

我心中一動，連忙道：「監獄中？當時你是犯了甚麼罪？」

王丹忱的面色變了一變：「這是過去的事了，何必再提？我……我其實只能算是熊家的僕人，我怎有資格表示不歡迎？」

我緊逼著問道：「我是問，你心中對我的來臨，是不是表示歡迎？」

王丹忱道：「我根本未曾想過這個問題。」

我冷笑著道：「那麼你至少不是對我表示熱忱歡迎的了。我不妨向你直說，我此行的成功與否，和熊先生事業有莫大的干係，如果你隱瞞著甚麼，那對你的恩人而言，十分不利。」

王丹忱忙道：「我沒有隱瞞甚麼，我甚麼也不知道，衛先生，你不必疑心我。」

我望著他，只是一言不發，王丹忱起先也望著我，但是他卻低下了頭去，只不過在他的面上，卻現出了十分倔強的神色。

我道：「好，但我是一定要搬過去的了，你命人將我的行李送過來，你還要去叫人在我的房中將一條毒蛇捉出來。」

王丹忱抬起頭來：「毒蛇，甚麼意思？」

我不再說甚麼，逕自向前走去，他仍然呆立在那裏，我見到了杜子榮，他正在看著一疊圖樣，那是熊家巨宅的詳細圖樣。他大概是在研究那巨宅之中是不是有甚麼暗道地室之類的建築。

我一直來到他的身邊：「杜先生，我相信你不但研究房子，你對人一定也研究過的了？」

杜子榮抬起頭來看我：「這是甚麼意思？」

我道：「王丹忱坐過監，他犯的是甚麼罪？」

杜子榮的回答使我心驚肉跳，他只說了兩個字：「謀殺！」我忙道：「謀殺？那他怎麼能逃脫法律的裁判的？」

杜子榮道：「這裏以前的政權相當腐敗，王丹忱是一個低級軍官，他曾經涉嫌謀殺五個同僚，但是證據卻不十分充份，熊老太爺因為王丹忱是他的遠親，所以才硬用勢力將他放了出來，他也一直成為熊家的管家。」

我呆了片刻：「看來他對熊家十分忠心？」

杜子榮苦笑了一下：「忠心到了可怕的程度，我一直懷疑，謀殺我的就是他。」我搖頭道：「那不可能，他要殺你可以講得通，但是他為甚麼要殺我？他應該知道我，是在為他的恩人辦事！」杜子榮聳了聳肩並不回答。

我想了片刻：「或者他故意向我放毒箭，來使你放棄對他的懷疑？可是炸藥呢？毒蛇呢？」

杜子榮站了起來：「毒蛇，甚麼毒蛇？」

我將有人放毒蛇進我的窗戶，我幾乎被毒蛇咬死的事情說了一遍。杜子榮來回踱了幾步，道：「這倒奇怪了。炸藥、毒箭、毒蛇，這正是王丹忱昔年所用的謀殺方法中的三樣。」

我撐住了桌子望著他，他走到一個文件櫃前，拉開了一個抽屜，取出了一份文件來：「你看，這是王丹忱昔年犯案的資料。」

我接了過來，在桌邊坐下，將那份資料翻了一翻，我看到了王丹忱過去的犯罪紀錄，不禁感到陣陣發寒，我實在想不到像王丹忱這樣彬彬有禮，身材矮瘦的人，會有這樣的紀錄。

紀錄中表明，王丹忱為了一件極小的小事，用毒蛇、毒箭和土製炸藥，殺死了二十六個人之多！

我抬起頭來，杜子榮也望著我。

我搖了搖頭，表示我沒有法子解釋。我不認為謀殺我的是王丹忱，因為兩個原因：第一，第一次謀殺發生時，王丹忱和我一樣有被謀殺的可能；第二，我是為熊家來辦事的，王丹忱應該幫助我，而不應該謀害我。除非他對熊家的忠心是假的。

杜子榮道：「我下令逮捕他。」

我奇道：「你有證據？憑甚麼逮捕他？」

杜子榮道：「我可以進行秘密逮捕，這人的心中一定有著極度的秘密，他先謀殺我，又謀殺你，目的全是一樣的，為的是不想我們發現他心中的秘密，我敢斷定，他心中的秘密，定然和那塊翠玉有關！」

杜子榮越說越是激動，聲音也越提越高，他剛一講完，忽然門口傳來了敲門聲。

杜子榮大聲道：「進來！」門被推了開來。我和杜子榮兩人都不禁一怔，站在門口的不是別人，竟就是王丹忱。就算王丹忱不是在門口站了許多時候的話，杜子榮的話他也可以聽到了，因為杜子榮剛才講得十分大聲，隔老遠就可以聽到了。

一時之間，杜子榮也不禁十分尷尬，王丹忱站在門口，像是他十分膽怯一樣，低聲叫道：「衛先生，杜先生，我有一件小事來找你們。」

杜子榮道：「請進來。」

王丹忱走了進來，在我的對面坐下，他伸手向我在看的資料指了一指：「衛先生，你在看我過去的資料是不是？如果不是熊老太爺救我，我早已是亂葬崗上的枯骨了！」

王丹忱講來，令人十分毛骨悚然，我和杜子榮兩人，都不出聲，也不明白他來意何在。

王丹忱舐了舐口唇：「我是工兵，我對於土製的炸藥，很有心得。」他一面說，一面竟從袋中，摸出了一個用油紙包著的方盒來。

杜子榮厲聲道：「這是甚麼？」

王丹忱手按在盒上，他的聲音十分平靜，道：「這是一個土製炸彈！」

杜子榮的感覺如何，我不知道，我自己則是聽得王丹忱那樣說法，便陡地一驚，欠身過去，想將那盒東西搶了過來。

可是王丹忱卻立即道：「別動，你一動，我手向下一按，炸藥就炸了。」

我的身子還是動了一動，但是卻是人家看不出來的一種震動，我只是震了一下。杜子榮的神色，居然也十分鎮定，他道：「這算是甚麼？」

奇怪的是，王丹忱仍然是一副可憐巴巴的樣子，看來像是他正要向我們兩人借錢，而不是拿著一個土製炸彈在威脅著我們。

他緩緩地說：「我想和兩位先生談談。」

我竭力使自己輕鬆，向那罐炸藥指了一指：「你不以為如果將手移開去，我們談話的氣氛，便可以更加好一些麼？」

他搖了搖頭：「不，還是放在上面好，只要兩位聽明白了我的話，我的手是不會按下去的。」

杜子榮直了直身子：「王丹忱，真如你所說，你手一按下去的話，炸藥便會爆炸，那麼第一個粉身碎骨的是你自己！」

王丹忱慢慢地點了點頭：「在理論上來說，的確是那樣的，但實際上，我先死，和兩位遲死，只不過是幾百分之一秒的差別，因為爆炸所產生的殺人氣浪，擴展速度是十分迅速的。」

我大聲道：「那麼，你自己也難免要一死的，是麼？」

王丹忱睜大眼睛，像是我所說的這句話十分滑稽一樣。接著，他道：「我死了算甚麼呢？我不是早就應該死在獄中的麼？」

我又道：「那麼你是至今懷念著熊老太爺的救命之恩了？你可知道我這次來，是來尋找那塊翠玉，去挽救熊勤魚行將破產的事業麼？」

王丹忱點了點頭：「我知道。衛先生，如果你肯聽我的話，那你快回去，告訴熊先生，說你已經失敗了，叫他……唉，叫他另外設法。」

我沉聲道：「為甚麼？」

王丹忱緩緩道：「不要問我。」

杜子榮向我使了一個眼色：「那麼，我應該怎麼樣呢？」

王丹忱道：「你也離開這裏，你們永遠找不到這塊翠玉！」

我早已知道，在王丹忱的心中，有一個絕大的秘密，那秘密則可能關係著我此行的目的的，如今，王丹忱已經自己透露了這個大秘密。

我一聽，立時「哈哈」大笑了起來：「你完全弄錯了，我們已經完全明白這其中的原委了！」

王丹忱的面色陡地一變，身子也直了一下，我手中早已偷偷地握住了一枝鋼筆，在等待著機會，而我之所以在忽然之間哈哈大笑，故作驚人之語，也就是為了要使王丹忱呆上一呆！就在他一呆之際，我手一揚，那枝鋼筆已如箭也似向前射了出去，正好射在他右肘的「麻筋」穴上，令得他的一條右臂，不由自主，彈了起來。

那條「麻筋」如果受到了外力的撞擊，那麼手臂，在一震之後，剎那間便會軟得一點力道也沒有，這幾乎是每一個人都經歷過的事。

我一看到王丹忱的手臂提了起來，便叫道：「快！」

由於我坐得離王丹忱較遠，而且兩人之間還隔著一張桌子，所以我沒有法子動手去搶那罐炸藥，而時間又只允許我說出一個「快」字來，我希望離得王丹忱較近的杜子榮，能夠明白我的意思。

杜子榮不失是一位十分機警的人，我才叫了一聲，他已倏地一伸手，五指抓住了那隻罐頭，手臂一揮，便向外疾拋了出去。杜子榮伸手將炸藥搶走，這是在我意料之中，也正是我所希望的事。

但是我卻未曾想到杜子榮一搶到了炸藥之後，竟會跟著便向外拋去！

杜子榮顯然是軍人出身的，而剛才的緊張，使得他產生了一種錯覺，認為那是立即會自動爆炸的手榴彈，所以才一抓到手，便向外拋去。

那罐炸藥落在窗外兩碼處，緊接著，便是驚天動地的一下巨響。

我眼看著窗外七八株高大的芭蕉樹如同毽子似地向上飛了起來，接著，正如王丹忱所說，爆炸的氣浪擴展的速度是十分驚人的，我身子被一股大力，湧得向後跌了出去，同時，我聽到一下慘叫聲。

由於那一下慘叫聲來得尖銳、難聽之極，而整間屋子又為爆炸所震坍，灰塵磚屑，如雨而下，所以我也無法辨別出這一下慘叫聲是王丹忱還是杜子榮所發的。

我只是立即雙手抱住了頭，鑽到了一張桌子的下面。我剛鑽到桌子之下，又是一聲巨響，眼前完全黑暗，我已被坍下來的屋子埋住了。

幸而我早在桌子之下，桌子替我擋住了從上面壓下來的瓦塊和磚頭，使得我的身子，還不致於完全被瓦礫所埋沒。

但是我所能活動的範圍，卻也是小到了極點，我只能略略地舒動一下腳，而我幾乎沒有法子呼吸，因為僅有的空間中，滿是塵沙。

我先吃力地撕下一塊襯衣來，掩在口鼻上，吃力地吸了兩口氣，然後，儘量使自己鎮定下來。科學家已證明人越是慌張和掙扎，便越是消耗更多的氧氣，而桌子下的那一個小空間中，顯然是沒有多少氧氣的，我如果不「節約使用」的話，很可能在我被人掘出之前，便已經窒息而死了！

我也試過用力去頂那張桌子，但壓在我上面的磚石，一定有好幾噸之多，因為那張桌子一動也不動。

我在黑暗之中等著，在那一段時間中，我覺得自己彷彿像是軟體動物中的鑿穴蛤。這種蛤在堅硬的岩石中鑽洞，鑽進去了之後，便一生不再出來。我覺得我的呼吸漸漸困難，但是終於我聽到了人聲。

在聽到了人聲之後不久，我看到了光亮，我大叫道：「我在這裏，我在這裏！」

我叫了兩聲之後，我眼前的亮光，迅速地擴大，我聽得有人叫道：「好了，三個人都被掘出來了。」

我抓住了伸進來的兩隻手，身子向外擠去，終於，我出了瓦礫堆。我大口大口地吸著氣，一時之間，我除了吸氣之外，甚麼都不想做。

足足過了三分鐘，我才向四面看去。奇玉園的建築，實在太古老了，那一罐炸藥，至少炸毀了七八間房間。幸而只有我們這一間房間是有人的。

我站了起來，這才看到杜子榮正倚著一株樹，坐在地上，一個醫務人員正在為他包紮，他看到了我，苦笑了一下，我看到他的傷勢並不重，就知道在爆炸發生時，發出慘叫的並不是他了。

我又看到了王丹忱，王丹忱躺在地上，身上全是血，一個醫生正在聽他的心臟。

我連忙走了過去，那醫生抬起頭來：「他沒有希望了。」

杜子榮也掙扎著站了起來：「醫生，他可以在死前講幾句話麼？」

醫生道：「那要看注射強心針之後的效果怎樣，才能決定。」

醫生轉過身去，一個醫務人員已準備好了注射器具，杜子榮和我，看看醫生將強心針的針液，慢慢地注進王丹忱的身體內。

等到醫生拔出了注射器之後，約莫過了三分鐘，王丹忱的眼皮，才跳動著，慢慢地睜了開來，他望著我和杜子榮，一言不發。

杜子榮抓住了他的手，用力地握著：「謀殺我和衛先生的，是不是你？」

王丹忱道：「不……不是我。」

王丹忱是沒有理由再說謊的，我在他的眼神中，可以看出他自知不久於人世了，一個自知快要死的人，為甚麼還要否認犯罪？他說不是他，那麼一定另有其人。

我疾聲問：「那你為甚麼帶炸藥來找我們？」

王丹忱道：「我想你們離開……奇玉園……」

他的聲音已經弱到不能再弱了，我連忙又問道：「那塊翠玉——」

我只講了四個字，便停了口，等王丹忱接下去講，這樣，就可以使王丹忱產生一個錯覺，以為我早已知道了他心中的秘密，那麼他在死前，或許會透露出他心中的秘密來。

杜子榮顯然也明白了我的用意，他立時屏住了氣息，等候王丹忱的回答。

王丹忱的胸口，急促地起伏著，他臉上現出了一個十分慘淡的笑容：「那翠玉……那翠玉……」

我又不能催他，但在他重複地講著「那翠玉」這三個字的時候，我的心中，實是著急到了極點！

杜子榮顯然和我同樣地著急，他雙手握著拳頭，甚至連指骨也發出了「格格」聲來。

我知道他心中和我存著同樣的感覺，那便是，在王丹忱的話一講出來之後，我和他就成為敵人了。

如今的情形，就像是百米賽跑未開始前一剎那一樣，我伏在跑道的起點上，只等槍聲一響，便立時向前衝刺，誰先起步，對於誰先到終點，有著決定性的作用。

我和他同樣緊張，而王丹忱的聲音，則越來越是斷續，他在連喘了幾口氣後，道：「那翠玉的秘密……那翠玉……石硯……錢……椅……」

他才講到這裏，喉間使響起了一陣「咯咯」的聲音來，那一陣聲音，將他下面要講的話，全都遮了下來。那是他立即就要斷氣的現象！

如果王丹忱剛才所說的是別的話，那麼我一定用中國武術上特有的打穴手法，去刺激他的主要穴道，使他再能夠得到極短暫時間的清醒。

可是，剛才王丹忱所說的是甚麼？

他講的那半句話，正是熊老太爺臨死前的遺言，這一句話，我和杜子榮兩人是熟到不能再熱的了，又何待王丹忱來覆述一遍？

我大聲道：「別說這些，那翠玉究竟怎樣了？」

王丹忱睜大了眼望著我，喉間的「咯咯」聲越來越響，我伸手出去，想去叩他的頭頂上的「百滙穴」，但是我的手剛伸出來，王丹忱睜大的眼睛，已停止不動，而喉間的「咯咯」聲也聽不到了，他靜了下來，他永遠不能再出聲，他已死了！

我向杜子榮望了一眼，他也向我望了一眼，我們兩人相視苦笑。

第六部：熊老太爺的秘密

剛才的緊張，突然變得異常可笑。王丹忱所說的話，就是我們所熟知的，他全然未曾講出甚麼新的秘密來。

呆了好一會，我才緩緩地道：「杜先生，看來我們還要好好地研究熊老太爺臨死前的遺言，因為王丹忱死前想說而未曾說出來的，顯然也是這句話。」

杜子榮發出了無可奈何的苦笑：「當然我們要好好研究，可是我已研究了兩年！」

王丹忱死了，但是他的死並未曾使麻煩停止，反倒使他心中的秘密，也隨之而要永埋地下了。

我和杜子榮一起離開了爆炸現場，我們兩人全都不出聲，只是默默相對。

我們慢慢地向外走去，到了另一個院落，杜子榮才道：「王丹忱說對我們進行謀殺的不是他，那我們還要仔細隄防，我們住在一起可好？」

我點頭道：「不錯，我們可以一起工作，你不覺得事情遠較我們想像來得複雜麼？」

杜子榮道：「是的，我想這兩年來，我一定鑽在牛角尖中，所以我們越是向牛角尖鑽，便越是莫名其妙，我們一定要另闢道路才是。」

他一面講著，一面眼睛眨也不眨地望著我。我知道他心中一定有甚麼事情在想著，只不過未曾說出來而已。我便問他：「你是說——」

杜子榮笑了一笑：「我是說，當我們在合作的時候，我們要真正的合作，絕不要在合作中向對方玩弄花樣！」

我不禁怒道：「你這是甚麼意思？」

杜子榮續道：「我以為我們兩人之間，絕不應該有甚麼相互隱瞞的事情。」

我心中怔了一怔：「你以為我向你隱瞞了甚麼事情？」

杜子榮突然一伸手，向我的肩頭上按來，我連忙側身以避，可是我肩頭上的槍傷，卻因為太以急驟的動作而產生一陣劇痛，那陣劇痛使我的動作慢了一慢，杜子榮的手也順利地接上了我的肩頭。

從杜子榮敏捷的動作來看，他對於中國的武術，顯然也有極高的造詣。

我神色尷尬，杜子榮則道：「兄弟，你肩頭上受了傷，我想是槍傷，而且是你早上出去的時候受傷的，你為甚麼不對我說？」

我忙分辯道：「這和我們合作的事情沒有關係，我何必對你說？」

杜子榮搖頭道：「不，你是為了熊家的翠玉到這裏來的，你的任何遭遇，可以說都和我們在努力著的目標有關，你是怎麼受傷的？」

我不能不將早上的遭遇說出來了，我先簡單地說了一句：「是丁廣海射傷我的。」

杜子榮的身子，陡地一震，向後退出了一步，他的聲音變得十分尖銳：「誰？」

我道：「丁廣海，廣海皇帝。」

杜子榮立即道：「和他有甚麼關係，事情和他難道有關係麼？」

他在自言自語，我不滿意地道：「我早就和你說事情和奇玉園是絲毫無關的了！」

杜子榮卻大聲道：「不！你不知道，當奇玉園在全盛時期，丁廣海是這裏的常客，你是怎麼受傷的？你對我詳細地說上一說！」

我和他一齊走進了一間屋子，坐了下來，將早上的事情，和他講了一遍。

杜子榮不斷地在踱著步，雙手互擊著，口中則不斷地在自己問自己：為甚麼呢？他要你送甚麼呢？那是甚麼東西？

我大聲道：「我不認為事情和我們的工作有關，你還是別多費心神了！」

杜子榮道：「不，我相信是有關係的，不過我們可以暫時將這個問題擱一擱，我相信在錄音帶送到之前，我們沒有別的事情可做了。」

我則搖頭：「有事情要做，王丹忱並不是兇手，我們要找出兇手來！」

杜子榮沉默了片刻，才道：「你已受了傷，需要休息，讓我來多做一些事情好了。」

我不再多說甚麼，在一張寬大的椅子上躺了下來，我也的確需要休息，而杜子榮則去吩咐人準備我們兩人的臥室。

當天晚上，我們仍然研究著杜子榮這兩年來所做過的事情，而一無收穫。杜子榮的工作可以說十分之精細，照說，那塊翠玉應該被找到，但事實上卻沒有。

我的結論是：翠玉不在熊家巨宅之中。

但是杜子榮的結論則和我相反，他認為沒有任何跡象表明，這塊翠玉會在別的地方！

第二天上午，熊勤魚派來的人，已經到了奇玉園。那人帶來了錄音帶，也帶來了一封信，是熊勤魚給我的。

熊勤魚在信中，又一再拜託，要我千萬找到那塊翠玉。

其實，熊勤魚不必催促我，我也想盡力完成這件事的，因為這可以說是我第一次的擔任重責，絕不想出師不捷。

我打發了那人回去，杜子榮則已利用我和那人交談的時間，將錄音帶聽了三遍，我走到他身邊的時候，那卷錄音帶正被他作第四遍的播放。

杜子榮只是抬頭向我望上了一眼，便示意我仔細傾聽。我在錄音機旁，坐了下來。

從錄音機中傳出的，是一陣十分凌亂的聲音，有腳步聲、交談聲，也聽不出甚麼道理來，接著，有一陣沉重的腳步聲傳了過來，一個婦人的聲音響了起來，道：「別吵了，醫生來了。」

凌亂的聲音靜了下來，接下來的，便是醫生沉著的聲音和醫生吩咐護士的聲音，醫生講的是英語，我聽出他吩咐護士準備的是強心針注射劑，那表示醫生一看到了病人，便知道病人沒有希望了。

再接下來的，便是靜默，但也不是絕對的靜默，我可以聽到許多人在喘息，而其中一個喘息之聲，一聽就知道是發自病人的。

那種情形，持續了約莫五分鐘，接著，別人的呼吸聲，一齊靜止，聽到的是病人一人的濃重喘息聲，可以想像得到，那是病人在注射了強心針之後，病人已在開始動彈了。

接著，又是一個婦人的聲音（那自然是熊勤魚的夫人），道：「老爺，老爺，你好點了麼？」

那口音竟不是廣東口音，我連忙望了杜子榮一眼，杜子榮道：「熊夫人是四川人。」

我繼續聽下去，只聽得一陣咳嗽聲，接著，便是一個十分微弱的聲音：「勤魚……勤魚……」

熊夫人忙道：「勤魚不在，他在外國，是老爺你吩咐他去的。」

又是一陣劇咳。

那聲音又斷斷續續地響了起來，杜子榮在這時，突然一按暫停掣，抬起頭來：「注意，以下便是老頭子的遺言了！」

我點了點頭，杜子榮又鬆開了手，在一陣喘息之後，我聽到了熊老太爺的聲音。

那聲音十分模糊，而且邊夾雜著「咯咯」之聲，當然那是由於熊老太爺的喉間有著濃痰的緣故。

那就是熊老太爺垂死前的聲音了，我聽到其餘的聲音都靜了下來，熊老太爺喘了半晌氣，才道：「勤魚不在，我……也非說不可……了！」

由於他的聲音十分模糊，我們用心聽著，也只是僅堪辨聞的程度。

而在這一句之後，又是長時間的喘息，然後才又是聲音，道：「那…翠…玉……石硯……錢……椅……書……桌……千萬保守秘……」

實際上的那個「密」字還未曾出口，熊老太爺便已斷了氣，雜亂的聲音又傳了出來，還有一些出於傷心的嚎哭聲。

杜子榮「拍」地一下，關上了錄音機，道：「你的意見怎樣？」

我將錄音帶捲回來，在最要緊的地方重放，又重放，我聽了四遍，才抬起頭來，我心頭茫然，我想我的面色一定也十分茫然。

杜子榮連忙問我，道：「你想到了甚麼？」

我的確是想到了一些甚麼，但是卻又十分空洞而難以捉摸，十分虛幻，甚至我還在自己嘲笑自己的想法。我呆了半晌，才反問道：「別問我，你想到了甚麼？」

杜子榮嘆了一口氣：「在未曾聽錄音帶之前，我還認為在聽了錄音帶之後，會有新的發現，但如今我卻放棄了，我承認失敗了。」

我奇道：「你不再尋找那翠玉了？」

杜子榮大聲道：「你叫我怎麼找？你聽聽！」他學著熊老太爺死前的遺言，道：「石硯……錢……椅……書桌……這是甚麼話？」

我聽了杜子榮的話之後，又是陡地一愣。

杜子榮原籍是福建人，他的口音很特別，當他在高聲唸著那句遺言的時候，如果不是早已知道他唸的是甚麼的話，那是絕不容易聽清楚的。

這正和我剛才興起的那種還十分空洞的想法相合，如今，我那種空洞的想法，已經有了一個輪廓了。

我連忙來回走了幾步，竭力想將這個輪廓固定起來，我道：「你將熊老太爺的遺言，再唸上一遍來聽聽。快唸！」

杜子榮瞪著我，道：「你開甚麼玩笑？」

我催促道：「你快唸，中間不要停頓，將一句話一口氣地唸下來。」

杜子榮仍不出聲，他眨著眼，那顯然是他雖然不出聲，但是卻在腹中暗唸那一句話。他的眼中，漸漸地出現了一種跳動的光采，忽然道：「完全不是那個意思？完全不是那個意思？」

我點頭道：「對了，完全不是那個意思，這句話從一開始起，便給人誤解了，這當然是由於熊勤魚不在，而熊勤魚夫人又是四川人的緣故，我想她根本未曾聽懂熊老太爺的遺言！」

杜子榮直跳了起來，叫道：「根本不是那個意思？」他像瘋了似的揮著手，叫著。我要大聲喝叫，才能阻止他的跳躍。

杜子榮喘著氣，道：「完全不是這個意思，我明白了，我去找一個熊老太爺的同鄉人來，讓他來聽聽熊老太爺的這句遺言。」

我道：「對，這是最簡單的方法，唉，熊夫人如果不是將那句話誤寫下來的話，熊勤魚也早應該聽出來了，但有了這句誤解的話之後，人們有了先入之見。便循著那句話去思索，牛角尖也越鑽越深了。唉，由此可見，偏見有時是何等根深蒂固，難以消除。」

杜子榮匆匆地走了出去，又急急地走了回來。在他離開的那一段時間內，我竭力地思索著，當他又走進來的時候，我抬起頭來，道：「我也已明白了。」

我向前跨出了一步，道：「我們可要相互印證一下麼？或許我們的理解，還有不同。」

杜子榮道：「我看不必了，衛先生，你可以回去了，你的任務已完成，你不能將那塊翠玉帶回去，那不是你的過錯。」

我搖了搖頭，道：「杜先生，你這樣說法是甚麼意思？你忘了我們有著共同尋找這塊翠玉的君子協定的麼？你可是想反悔了麼？」

杜子榮詫異地道：「你……還未曾知道熊老太爺遺言的真正意思麼？」

我笑道：「我當然知道，熊老太爺的遺言是說：『那翠玉十年前已輸左！』這正是熊勤魚夫人記下的那句話的諧音，那是熊老太爺一直保守秘密的事，所以他說完之後，仍然要人保守秘密，但是熊勤魚夫人都將這句話完全聽錯了，以致變成了『石硯……錢椅……書桌』，這使你鑽了兩年的牛角尖！」

杜子榮不住地點頭：「你說得是，那翠玉既然早已給熊老太爺輸掉了，我們的協定自然也結束了。」

我直走到他的身前：「你完全錯了，在沒有找到那塊翠玉之前，你我之間的協定，不可能結束的，我們還要在一起努力！」

杜子榮呆了半晌，才道：「這不是太過份些了麼？」

我搖頭道：「絕不，你不能不公平地對待我們的協定，告訴我，你可是已經知道，熊老太爺是將這塊價值連城的翠玉輸給甚麼人的了？」

杜子榮默然不語，我冷笑了起來，「其實，我也想到了。」

杜子榮奇道：「你也想到了，怎麼可能？」

我冷笑道：「為甚麼不可能。這塊翠玉的目標太大，在你們的國度中，是絕對無法公開發售的，因為它已成了新政府的目標。而如果將之割裂，那又大大地影響了價值，偷運出去，卻又因為緝查得緊，而沒有這個可能，所以，這塊翠玉，仍在本市。」

杜子榮的面色漸漸凝重。

我又道：「熊老太爺會將這塊翠玉輸出去，他所參加的一定是一個騙局，而不是一個賭局，而我來到這裏，本來是為了翠玉而來的，卻又受到了第一號罪犯組織巨頭的注意——」

我講到這裏，頓了一頓：「前因後果合起來，還得不出結論來麼？」

杜子榮和我對望了半晌，兩人才一字一頓地道：「丁廣海！」

兩人講出這個名字之後，又呆了好一會，我才坐了下來，不由自主地嘆了一口氣：「丁廣海這個人，實在太聰明了！」

杜子榮道：「是，他太聰明了，他先謀殺我，是唯恐我知道了熊老太爺遺言的秘密之後，便向他追索翠玉，後來知我鑽在牛角尖中，便放過了我，而來謀殺你，等到知道你也不可能了解熊老太爺遺言的秘密，而會鎩羽而歸時，他便要你帶一樣東西回去，你是為甚麼而來，是所有人知道的，你失敗而回，也是人人知道的，在那樣的情形下，還有甚麼人會懷疑那塊翠玉是在你的身上？」

杜子榮的話，正和我心中所想的一樣。

可是在那一瞬之間，我卻突然想到了一點：那便是，在我和丁廣海見面之後，仍有人放毒蛇咬我！這證明謀害我的人，是在奇玉園中的，他因為未曾和丁廣海及時聯絡，所以才繼續執行謀殺我的命令。

而我進行這件事是成功是失敗，誰又會知道得最清楚呢？

我和政府方面的緝查人員已有了協定，我失敗而歸，政府人員對我便不加注意，丁廣海又是如何知道的呢？

丁廣海又何以肯定我帶了他交給我的東西上機之後，會全然不受檢查呢？

我越想越是疑惑，我的心中，也越來越是駭然，我望著杜子榮，一直望著他，但是卻一聲不出，他給我的印象是如此精明、能幹，這樣一個能幹的人，會在一個其實並不十分複雜的問題之上，鑽了兩年之久，而一點成績都沒有麼？

我心中的疑點漸漸擴大，本來連想也沒有想到過的事，本來是絕不可能的事，在一剎間，變得有可能了。

我仍然一動不動地望著杜子榮，我面上木然而無表情，我相信杜子榮絕不能在我的面上看出我正在想些甚麼來。

杜子榮開始時，輕鬆地來回走著，回望著我，可是漸漸地，他卻有些不自在起來。

他用手敲著桌子：「不錯，丁廣海要你帶的一定是那塊翠玉。」

我又望了他好一會，才道：「本來或者是的，但如今，他要在機場交給我的，一定是一枚炸彈。」

杜子榮道：「炸彈，為甚麼？」

我冷冷地道：「因為我已知道熊老太爺遺言的秘密，他不能收買我，就一定要害我。」

杜子榮乾笑了起來，拿起暖水壺來，慢慢地在杯子中倒著茶。

第七部：翠玉的下落

我忽然俯身，用十分尋常的聲音問道：「你究竟是甚麼時候就知道了熊老太爺的秘密的？」

杜子榮的身子猛地一震，熱水沖到了桌子上，他突然轉過身，一揮手，手中五磅熱水瓶，向我直飛了過來，我身子一閃，「砰」地一聲響，熱水瓶碰在牆壁上，砸成了粉碎。

我跳到了沙發的旁邊，又道：「丁廣海給了你多少賄賂？」

杜子榮突然擎出手槍，但是我膝蓋一抬，那張沙發已被我膝蓋一頂之力，頂得向前滑了出去，正好撞中了杜子榮。

杜子榮身子一仰，「砰砰砰」三聲響，三槍一齊射到了天花板上。

這時，我人也已飛撲了過去。杜子榮或者也學過一些武術，但他卻不是我的敵手，我一到了他的身前，手肘一撞，已撞在他右臂的關節之上，他的手臂發出了「格」的一聲響，我不敢肯定他的手臂骨已經折斷，但是至少已經脫骨，他右臂軟了下來，手中的槍也「拍」地跌到了地上。

他的部下恰在這時候探進頭來，杜子榮道：「沒有甚麼，你們別理。」

他的部下退了出去，我拾起了手槍，我們兩人又坐了下來，面對著面，但是情形和十分鐘之前，卻大不相同，杜子榮面色蒼白，抱著右臂，好一會，他才道：「你想怎麼樣？」

我拋了拋手中的手槍：「杜先生，你的手段也未免太辣一些了，你接連對我進行了三次謀殺，卻又編造了一個自己也曾中過毒箭的故事，你一定還有同黨，那倉皇溜走的人影，一幅衣襟等等，當然全是你佈置的把戲了，是不是？」

杜子榮並不理會我的話，只是重複地問道：「你想怎麼樣？」

我將手槍擺在膝上，槍口向著杜子榮：「被人謀殺三次的滋味，不怎麼好受，但是我也可以算了，而且，你是否忠於你工作的政府，這也是和我絕沒有關係的事情，你明白麼？」

杜子榮道：「我當然明白，你要甚麼條件？」

我的回答十分之簡單：「那塊翠玉。」

杜子榮搖頭道：「沒有可能，那不是我的東西，它在丁廣海的手中。」

我站了起來：「那麼，你帶我去見他，我可以當他的面指出，他是用不正當的手段贏得那塊價值連城的翠玉的。」

杜子榮卻搖了搖頭：「你錯了，那一副牌，熊老太爺是四條七，丁廣海是四條八，丁廣海用他控制下的全部船隻來押那塊翠玉，丁廣海贏了。」

我冷冷地道：「你也在場麼？」

杜子榮苦笑道：「當然不，我是聽丁廣海說的。」

我聳肩道：「那就行了，每一個做了壞事的人，都會用最好的言語來掩飾他的壞行徑，你帶我去見丁廣海，現在就去！」

如果我那時是現在這個年紀，我是不一定會要杜子榮帶我去見丁廣海的，但那時我卻還年輕，和所有年輕人一樣，有一股天不怕地不怕的傻勁，驅使我要去見丁廣海。

我要去見丁廣海，一則是為了要當面揭露他的秘密，使他不安——這塊翠玉既然是政府必得之而甘心的物事，那麼消息洩露了出來，對他十分不利，他不敢和政府正面作對。二則，我肩頭上的那一槍，不能就此白白地算數了！杜子榮道：「你去見他有甚麼好處？我們不如談談別的條件吧。」

我冷冷地道：「你大概已和他聯絡過了，他想出多少錢來賄賂我？」

杜子榮吞了一口口水，道：「二十萬英鎊。」他對這個數字顯然十分眼紅，所以在說出來之前，才會吞下一口口水的。

杜子榮提出的數字，引起了我一陣冷笑聲：「是不是包括我將那塊翠玉帶出去的酬勞在內？」

杜子榮道：「當然是，你可是答應了？那我們仍然可以合作。」

他一面說，一面伸出了手來，我握住了他的手，但是我卻並不是和他握手，我猛地一拉，將他從沙發之上拉了起來，然後，我手臂一揮，將他的身子，扭得在半空之中翻了一個筋斗，重重地跌到了地上。

他在地上翻著白眼向我望著，我冷冷地道：「帶我去見丁廣海！」

杜子榮吃力地爬了起來：「好，你要去見他，那是你的事情，我可以帶你去。」

我喝道：「走，現在就走。」

杜子榮走到了電話機旁，打了一個電話：「我姓杜，是奇玉園中的，我要見廣海皇帝。」那邊的聲音，隱隱地從電話筒中可以聽得出來：「你先到第七號碼頭上去等候。」

杜子榮放下了電話：「我們去吧。」

由他駕著車，我們一齊向市區駛去，到了沿海的大路上，碼頭上大小船隻擠在一起，使得海水成了骯髒的濃黑色。

來到了七號碼頭前，便有一個苦力模樣的人迎了上來，道：「杜先生，是你要見廣海皇帝？」

杜子榮道：「我和他，他是衛斯理，已和廣海皇帝見過面的。」

那苦力向我上上下下地打量了幾眼：「請你們到中央大廈七樓七〇四室去。」

中央大廈是在市區的另一端的，我覺得有些不耐煩，道：「他可是在中央大廈麼？」

那苦力向我冷冷地望了一眼：「你到了那裏，自然會知道了。」

我立時大怒，想衝向前去，教訓教訓那傢伙，但是卻被杜子榮拖到了車中。二十分鐘後，我們到了中央大廈七〇四室。那是一間中等規模的商行，我們會到這裏來，顯然早已有了通知，一個女職員模樣的人將我們引進了會客室。

我們等著，過了十分鐘，一個中年人走了進來，他進來之後，一言不發，便取起了電話，交給杜子榮，道：「廣海皇帝不能接見你，但是他可以和你通電話。」

杜子榮待要伸手去接電話，可是我卻先他一步，將電話搶到了手中。那中年人作勢欲向我撲來，但我的動作比他更快，一欠身，反掌一劈，劈在他的肚子上，痛得他「哇」地一聲，叫了起來，彎下身去。

「甚麼事？」我聽到了丁廣海的聲音，在電話中傳了起來。

我笑了一下：「是你的手下，中了一掌之後在怪叫，你聽不出來麼。廣海皇帝！」

丁廣海「哼」地一聲：「是你，你肩頭上的傷痛沒有使你得到教訓？」

我道：「當然它使我得到了教訓，它教訓我要好好地對付你，不要大意。」

丁廣海放肆地笑了起來。我則在他的笑聲中冷冷地道：「那塊翠玉在你手中，而政府是早已將這塊翠玉列為國家財物的。而你行賄國家的高級工作人員，這也夠使你到監獄中去做很久皇帝的了！」

丁廣海的笑聲，突然停了下來，我們兩人都沉默著，那中年人已經直起了身子來，狠狠地望著我，但因為我和他們最高首領在通電話，所以他不敢將我怎麼樣。

好一會，丁廣海才道：「你以為你可以脫身麼？」

他的這句話，充滿了陰森可怖的味道，使得我握住電話的手，也為之一震，幸而我不是在他的對面，他看不到我的弱點。我使聲音鎮定：「你以為我不可以脫身麼，嗯？」

丁廣海道：「我很喜歡你，你要多少？」

我的怒氣又在上升，我道：「你曾經通過杜子榮，提出過二十萬鎊的這個數字，是不是，我對這個數字不滿意，我要兩億鎊。」

任何人都可以知道我是在開玩笑，「拍」地一聲，丁廣海掛了電話，他顯然被激怒了。

我也立即感到我處境的危險，裝著仍和丁廣海在通電話，這樣，我面前的那中年人和杜子榮，或是在暗中監視我的人，以為我還在和丁廣海通話，便會不敢向我動手，我笑著，道：「這數目字太大了些麼？」

我一面說，一面站了起來，突然之間，我出其不意地一腳，踢向那中年人的下陰。

那中年人痛得面色慘白，俯下身去，我一躍而起，已在他腰際抽出了一柄手槍來，我奪門而出，「砰砰砰砰」連放四槍，外面辦公室中的十幾個職員，在槍聲之下，都縮成了一團。

我衝到了門口，立時奔到了走廊的盡頭，迅速地向下奔了兩層，到了五樓，這是一幢寫字樓大廈，每一層都有著規模不同的各種各樣的商行，我在五樓的走廊中迅速地走著，看到了一塊「東南通訊社」的招牌。

我收起了手槍，推門而入，一個女職員抬起頭來望我，我走到她的面前，道：「我想借打一個電話——同時，我可以向你們通訊社，提供一項轟動全國的大新聞。」

那女職員用鉛筆向一具電話指了一指，我三步併作兩步，跨到了電話之旁，拿起了話筒，道：「接線生，替我接警方最高負責人。」

可是，電話中卻傳來了一個十分冷森的聲音：「對不起，衛斯理，你不能和警方通電話。」

這是絕對出乎我意料之外的事情！我已經下了兩層樓，到了一家通訊社的辦公室中來借打電話，如何電話中還會傳來了丁廣海黨徒的聲音？難道那麼湊巧，我剛好又撞進了丁廣海的巢穴？

我倏地放下電話，轉過身來，那女職員的椅子已轉了過來，她的桌上，一具看來像是插墨水筆的筆插也似的東西正向著我，而她的手則放在那筆插上面，我立即明白那是一柄槍。

而且，我也明白，不是我運氣不好，又撞進了丁廣海的巢穴，而是整座中央大廈之中，形形式式的寫字樓，全是丁廣海的巢穴！

我的槍在褲袋中，若伸手去取，是不會快過那女職員已按在武器上的手的。

而且，門開處，又有兩個人走了進來，那兩個人都帶著不懷好意的笑容，他們一進屋。就分兩旁站了開來，並不向我說甚麼，他們的手中，熟練地玩著手中的槍，像是在變魔術一樣。

在那兩個大漢之後，門又被推了開來，又是四個人走了進來。

在那四個人之後，一個瘦子，像鬼魂一樣地溜了進來，直到我的身前，道：「槍。」

我裝著不知，道：「甚麼槍？」

那瘦子道：「你的槍剩三顆子彈，德國克虜伯工廠一九四五年出品的G型左輪槍——你還要我說得再詳細些麼？」

我伸手自袋中取出那柄槍來，槍口一轉，突然對住了那瘦子，那瘦子給我嚇得「騰」地向後退出了一步，我笑了一笑：「小朋友，不必怕！」我一揮手，槍便「拍」地跌到了地上。

我眼看著那瘦子的面色由青而白，他像是想來打我，但是又有兩個大漢，在那時走了進來。

剎那之間，小小的一間辦公室中，幾乎全是人。我不知道他們在搗些甚麼鬼。擠在房間中的人誰也不出聲，然後，才是一陣「托托」的腳步聲，一個人走了進來。

廣海皇帝！

丁廣海穿得十分隨便，但是他卻自有一股令人看了十分害怕的神情。我這才明白，原來那麼多人，全是保護他而來的。我心中不禁好笑，丁廣海身手不凡，這是人人皆知的，他在闖天下的時候，身經百戰，聲名大噪，又何嘗有甚麼人保護過他來著？

但如今，他已爬到了最高的地位，連和我見面，都要出動那麼多人來保護！

丁廣海走進了門，那女職員立時站了起來，丁廣海就在她的椅子上坐了下來。望著我。我揚了揚手：「嗨，你好。」

丁廣海冷冷地道：「這種態度，可以使你喪生。」

我聳了聳肩：「我難道還能夠有生還的希望麼？我知道了你最不想人知道的一個大秘密！」

丁廣海道：「可以，接受我的酬勞，將翠玉帶走！」

我伸出手來：「基本上我同意，但是報酬的數目上，我們還略有爭執，是不是？」

丁廣海倏地站了起來，他比我要高半個頭，他一站了起來，手揮處，一掌便向我的面上，摑了過來！我就只怕他離得我遠，他離我遠了，我就沒有辦法對付他，他離得我近，我就有希望了。

當他一掌摑來的時候，我的頭笨拙地向旁，移了一移，「扒」地一聲響，他的巨靈之掌，已經摑中了我的左頰，我感到一陣熱熱辣辣的疼痛。

不出我所料，他一掌摑中了我之後，又踏前一步，反手一掌，又向我的右頰摑了過來。

我之所以可以避開他那一摑而不避開的原因，就是要他摑了一掌之後，再加上一掌，因為這時，他離得我更近了，我一抬腿，右邊的膝蓋重重地頂在丁廣海的小腹之上，他突然受了這一下撞擊，身子震了一震。

他這一震，只不過是十分之一秒的時間，但我已經夠用了。我右臂揚起，先在他手臂之上，用力地壓了下來，然後，五指已抓住了他的手腕，用力一扭。

剎那之間，他的右臂已被我扭到了背後，而他的人則被我扭得背對我，面向著門口。

丁廣海的部下，應變也算得快疾，只聽得幾聲大喝，好幾柄槍，一齊揚了起來。

但是揚了起來的手槍，在剎那之間，又一齊垂下去了！因為這時，丁廣海的身子，完全攔在我的前面，他們想要只傷害我而不傷害丁廣海，那是絕對沒有可能的一件事。

我右手抓住了丁廣海的手腕，左臂勒住了丁廣海的頭頸。丁廣海本來是出了名的好漢，我竟然這樣輕易就制服了他，連我自己也感到意外。這自然是因為他在爬到了極高的位置之後，以為沒有人再會反抗他，而不再鍛鍊，鬆懈下來的緣故。

這時，情形完全變了，我已佔定了上風。

我用不著大聲嚷叫，我只是在他耳邊低聲道：「喂，怎麼樣？」

丁廣海沒有法子大聲講話，因為他的頭頸被我的手臂緊緊地勾住，他只是悶哼了一聲。

我將聲音放得更低：「這裏的幾個人，你可以輕易地將他們殺死滅口，而我則永遠不對任何人說起，那麼廣海皇帝出醜一事，就不會有人知道了。」

丁廣海含糊地道：「你……想怎樣？」

我道：「很簡單，你去吩咐親信，將那塊翠玉帶到這裏來交給我。」

丁廣海的喉間，發出了一陣怒吼，可是我的手臂一緊，他的怒吼聲便沉了下去。

我的手臂在緊了半分鐘之後，又開始放鬆，丁廣海喘著氣：「牛建才，你到我書房中去，將左邊書櫥中，那套『方輿記要』取來，快，快！」

牛建才就是那個瘦子，他呆了一呆，才道：「我……能夠到你的書房去麼？」

丁廣海的左手，在腰間解下一個玉扣來，道：「憑這個，快去！」

瘦子牛建才接過了那玉扣，退到了門口。

丁廣海又道：「快去快來！」

牛建才道：「是，右面書櫥的一部『方輿記要』，我知道了。」

我早就聽說過，丁廣海幼年失學，但是在「事業」有成之後，卻十分用功，所以他管理下的許多「事業」，都能夠蒸蒸日上，就是這個緣故。他要瘦子去取那部書，自然他是將那塊翠玉放在書中。

我鬆了一口氣，這塊翠玉可說已到我手了，雖然東西到手之後，還有許多事要做，但是那總可以算是我的成功。

我一直控制著丁廣海，室內的任何人都不敢動，不敢出聲，唯恐一有異動，我就對他們的首領不利。在靜默之中，時間過得十分慢，好不容易，才過了二十分鐘，瘦子牛建才仍然沒有回來。

我瞪著眼：「牛建才怎麼還沒有回來！」

丁廣海吸了一口氣：「應該快了。」

時間慢慢地過去，又過了二十分鐘，室內每一個人的臉色，都有些異樣，丁廣海怒吼著：「你們還在等甚麼，還不去看看，兩個人去！」

有兩條大漢，立時走了出去，室內的氣氛更緊張了，而且在緊張的氣氛中，我還覺得有很多人想笑，但是卻又不敢笑。

他們為甚麼想笑呢？為甚麼會想笑呢？我略想了一想，心中一動，陡地想起，那是因為丁廣海受了欺騙，他們心目中的偶像受了欺騙，這無論如何是一件十分滑稽的事情，所以他們想笑。

丁廣海是受了甚麼欺騙呢？自然人人都知道，那是瘦子牛建才在取到了那塊翠玉之後，不會再回來了，他帶著翠玉走了！

我剛想到這一點，門「砰」地一聲被推開，剛才離去的兩個大漢衝了進來。

那兩個大漢面色蒼白，一進來就叫道：「廣海——」他們原來一定想說「廣海皇帝」的，大概是他們看到了丁廣海這時候的情形不怎麼像皇帝，所以將後面「皇帝」兩個字，縮了回去。

丁廣海叫道：「怎麼樣？」

那兩個大漢道：「牛建才取走了東西，早回來了。」

丁廣海失聲叫道：「他為甚麼還不來？」

那兩個大漢面上的表情十分滑稽：「或許是在半路上出毛病，撞了車子。」這兩個大漢的話，別人聽了，還因為忌憚丁廣海而不敢笑，但是我卻實在忍不住了，我哈哈大笑起來，丁廣海趁我大笑的時候，掙了開去，我陡地吃了一驚，還想去抓他。

但是我立即發現，我是不必去抓他的了，因為這時候，他要對付的不是我，而是牛建才。

他衝到了電話機面前，抓起話筒，咆哮地叫道：「接各分公司的經理，快！限三分鐘內，全部接通，絕對不准延誤。」

我提醒他：「先守住各交通要道。」

丁廣海回過頭來，叱道：「廢話，他會離開本市麼？他能帶著翠玉離開本市麼？我做不到的事情他能夠做到麼？」

我呆了一呆，丁廣海的這句話，表示這些年來，他想用各種方法將這塊翠玉運出去，而未曾成功，所以才會想到利用我來替他將這塊翠玉帶出去。然而，這究竟是難以想像的事，以丁廣海的神通廣大，他竟會運不出一塊翠玉？但事實卻又的確如此。

據我的猜想，那塊翠玉，一定有十分驚人的吸引人的力量，使人一看到它，便愛不釋手，似乎有著一股超自然的魔力。所以丁廣海事實上並不是真的想將之運出去的。我更相信當地政府化了那麼大的注意力在這塊翠玉上，可能是由於這個政府中某些有勢力的人當日曾經見過那塊翠玉，因而一直著迷的緣故。

但丁廣海的心情是十分矛盾的，他不想出售這塊翠玉，又覺得放在本市不安全，所以想要運出去，他又知道政府方面對這塊翠玉異乎尋常的注意，所以一定患得患失——像丁廣海那樣的「事業」，只能不顧一切地去做，因為這本來就是亡命之徒的事情，他一小心，當然平白放過了很多機會，這便是為甚麼那塊翠玉還在他的書房中的緣故。

如今，瘦子牛建才當然不是撞了車，他將那塊翠玉帶走了，他沒有丁廣海的那種患得患失的心理，他正是一個亡命之徒，他會留在本市，不向外走麼？

我冷笑了一聲：「丁先生，事實上你不是萬能的神，你不能做到的事情，一樣可以有人做到的。」

丁廣海的面色鐵青，比被我抓住的時候更加難看，他用力敲著桌子，大聲叫道：「不能讓這小子得到這塊翡翠，這塊翡翠是我的，它一直帶給我好運，直到如今仍然是我的！」

可憐的丁廣海，這時我一點也看不出他是憑了甚麼而統治著那麼龐大的一個黑社會組織的。

我又聽著他在電話中吩咐著他的手下，務必用盡一切方法，將牛建才抓回來，當他下完了命令之後，他將杜子榮召了來。

杜子榮顯然已知道一切了，他自然也知道我是怎樣對付丁廣海的，所以當他走進來的時候，向我望了一眼，那神氣就像是在看一具死屍一樣。

丁廣海一看到杜子榮，便叫道：「牛建才將那塊翠玉帶走了，是我告訴他在甚麼地方，是我叫他去拿的，哈哈，哈哈！」

他笑得十分駭人，杜子榮一聲也不敢出，丁廣海道：「你去通知警方，說牛建才會將這塊翠玉帶出本市去。我從來沒有和政府合作過，但這次我需要合作，我要找回這塊翠玉來，它是我的！」

杜子榮諾諾連聲，走了出去。丁廣海倏地轉過身來望著我，他的手則在寫字檯上亂摸著，他摸到了一柄裁紙刀，緊緊地抓住了它，狠很地道：「衛斯理，一切全是因你而起的！」在那樣情形下，我也不禁駭然，我攤了攤手：「這能怪我麼?是你自己的部下不忠。」

丁廣海大叱了一聲。道：「胡說！」他陡地揚起手來，看他的樣子，是想用他手中的裁紙刀，親手將我殺死！但是當他揚起刀來的時候，他的身子，突然發起抖來，他的面色變得如此蒼白，他全身的骨頭就像軟了一樣，順著書桌的邊緣，瀉了下去，看來像是滑稽片中的一個鏡頭。

稍有醫療常識的人，都可以看得出那是心臟病突發的象徵。

我疾跳了起來：「叫醫生！他就要死了！」室內的幾個人，看到了丁廣海的情形，本來已慌了手腳，再給我一叫，更立時大亂了起來，我甚至走到了丁廣海的身邊看了一看，才從容向外走去，室內的人，竟沒有注意我的離去。

我沒有回到奇玉園，而是在市區找了一家下級旅店住了下來。第二天，在全市所有的報紙上，我看到了丁廣海的死訊，報紙上有幾個著名醫生簽字的報告書，說他是死於「心臟病猝發」。沒想到像「廣海皇帝」這樣的一個人，會有著嚴重的心臟病的。我設法和杜子榮聯絡了一下，杜子榮的聲音在發抖，他若是面對著我，一定會對我跪下來，要求我不要洩漏他曾經受過丁廣海賄賂的秘密。

我答應代他保守秘密，但是卻提出了一個條件，牛建才和那塊翠玉一有了消息，就要來告訴我。這時，我已經幾乎放棄了要將這塊翠玉弄到手的願望了，但是我卻想看一看這塊在想像之中，應該有著非凡魔力的翡翠，看看它究竟吸引人到了甚麼程度。杜子榮答應了我，我和他每天聯絡一次，我在那酒店中住了十二天。在這十二天中，當地政府動員了所有的力量，通過了各種國際關係，在搜捕牛建才的下落，可是卻一點消息也沒有，就像是牛建才那天，一離開了丁廣海的書房之後，就和那塊翠玉一齊消失在空氣中一樣。

到哪裏去了呢？那塊翠玉的下落如何呢？

經過這樣的搜捕，仍然未曾發現牛建才，那牛建才當然是離開本市了，然而他到哪裏去了呢？那塊翠玉的下落如何呢？

我沒有再等下去，回去後，熊勤魚甚至未曾來看我，他的事業開始潰敗，這是有目共睹的事情，因為他派我去求「仙方」，而我卻失敗回來了。

但是，這些日子來，我一直刻意在注意著牛建才的下落，我曾經通過許多人，用了許多錢，在世界各地公開或秘密的珠寶市場中，尋求那塊翠玉的下落——即使那塊翠玉已被割碎，由於它質地之超群，和數量的巨大，來源又不明，那是絕難瞞得過人的。

但我的追求，至今未有結果，那塊翠玉和牛建才真的失蹤了，牛建才帶著那塊翠玉，離開了丁廣海的書房之後，究竟是到了甚麼地方去了呢？這仍是我一有空就自己向自己提出的一個問題。

（完）

倪匡奇幻精品集01

非常人傳奇之

妖偶

鬼鐘

「亞洲之鷹」羅開意外被一個神秘組織收編，在他鍥而不捨地追尋之下，竟發現駭人的事實！「組織」竟能透過操控人腦，使美女變為活的機械人！那是一種人還活著，但自己已不再是自己的主宰，所有的活動，都要聽一種信號來指揮。如今，羅開也陷入了即將成為活機械人的命運……

妖偶

自從見過那個鬼魂似的「活時鐘」，羅開都在想著這件怪異的事。當羅開一看到那具偶像臉孔之際，令他震驚莫名，連血液都有凝結之感！他無法不想，那像是個噩夢，一直環繞著他。時間的力量是如此巨大，它掌握一切，在時間主宰下，任何事、物，皆要聽命於它！事情似乎沒有結束，更可能才是開始……

倪匡奇幻精品集02

非常人傳奇之

魔像

魔像

一幅畫，除了是一件藝術品之外，還能夠是什麼？拍賣場上一幅怪畫引起羅開的注意，而高價買下畫的神秘女人更是令人好奇。傳說當畫中的那個魔像走進濃霧之中，全部被濃霧遮住的時候，就會有意想不到的噩運，這是古老的咒語還是無稽之談？一連串不合情理的事已經徹底失控，完全超乎羅開的預期，他該如何解除魔咒？……

亞洲之鷹

兩枚價值高達一億美元的衛星在發射後，莫名消失在太空中，蘇聯情報局為了找到失蹤的人造衛星，不惜派出美豔的女情報員去色誘羅開。當羅開深入調查後，發現居然是時間大神搞的鬼！這回祂又對人類布下了什麼樣的天羅地網？看羅開如何與「時間大神」一較高下！……

倪匡珍藏限量紀念版 1

衛斯理傳奇之天涯

作者：倪匡
發行人：陳曉林
出版所：風雲時代出版股份有限公司
地址：10576台北市民生東路五段178號7樓之3
電話：(02) 2756-0949　　傳真：(02) 2765-3799
執行主編：朱墨菲
美術設計：許惠芳
業務總監：張瑋鳳
出版日期：2023年11月倪匡珍藏限量紀念版二刷
版權授權：倪匡
ISBN ：978-626-7153-73-4
風雲書網：http://www.eastbooks.com.tw
官方部落格：http://eastbooks.pixnet.net/blog
Facebook：http://www.facebook.com/h7560949
E-mail：h7560949@ms15.hinet.net
劃撥帳號：12043291
戶名：風雲時代出版股份有限公司

風雲發行所：33373桃園市龜山區公西村2鄰復興街304巷96號
電話：(03) 318-1378
傳真：(03) 318-1378
法律顧問：永然法律事務所 李永然律師
　　　　　北辰著作權事務所 蕭雄淋律師

行政院新聞局局版台業字第3595號 營利事業統一編號22759935

定價：340元　

國家圖書館出版品預行編目資料

衛斯理傳奇之天涯 ／ 倪匡著. -- 三版. --
臺北市：風雲時代出版股份有限公司，2022.11
面；公分　倪匡珍藏限量紀念版

ISBN 978-626-7153-73-4（平裝）

857.83　　111018516